NELLY ARNOLD |
Wenn das die Lösung ist, will ich mein Problem zurück

Das Buch
Clea ist 39 und mit ihrem Leben recht zufrieden. Sie führt sehr erfolgreich ihr eigenes Wellnessstudio, und sie liebt ihren Job. Nur der richtige Mann an ihrer Seite will einfach nicht auftauchen. Also muss Clea sich Unterstützung holen. Und so geht sie zu Madame Zelda, die zugegebenermaßen sehr exzentrisch und vielleicht auch ein wenig geldgierig ist, aber für nur hundert Euro den perfekten Partner nennen kann. Eine gute Investition!, denkt Clea und zögert nicht lange. Madame Zelda ist entzückt: Clea muss nicht wie viele ihrer anderen Klienten um den halben Globus reisen, sondern der perfekte Mann für sie befindet sich in ihrer Stadt. Doch obwohl das Glück so greifbar scheint, muss Clea einiges tun, um ihm auch wirklich nahe zu kommen ...

Die Autorin
Nelly Arnold wurde 1966 geboren. Sie lebt und arbeitet als freie Autorin in München und hat unter anderem Namen bereits mehrere Kinder- und Jugendbücher sowie Krimis veröffentlicht. *Wenn das die Lösung ist, will ich mein Problem zurück* ist ihr zweiter Roman im Diana Verlag, 2013 erschien bereits *Ohne Mann bin ich wenigstens nicht einsam*.

NELLY ARNOLD

Wenn das die Lösung ist, will ich mein Problem zurück

Roman

Diana Verlag

Verlagsgruppe Random House FSC® N001967
Das für dieses Buch verwendete
FSC®-zertifizierte Papier *Holmen Book Cream*
liefert Holmen Paper, Hallstavik, Schweden.

Originalausgabe 02/2014
Copyright © 2014 by Diana Verlag, München,
in der Verlagsgruppe Random House GmbH
Umschlaggestaltung | t.mutzenbach design, München
Umschlagmotiv | © plainpicture/Lubitz + Dorner; shutterstock
Satz | Leingärtner, Nabburg
Druck und Bindung | GGP Media GmbH, Pößneck
Alle Rechte vorbehalten
Printed in Germany
ISBN 978-3-453-35762-4

www.diana-verlag.de

I

»So, und wann kommst du unter die Haube?«, fragte Marion, mittlerweile schon ziemlich beschwipst.

Unter die Haube? Sagte man das heutzutage noch? Aber meine Cousine Marion hatte bis zu ihrem zwanzigsten Lebensjahr Burlington-Kniestrümpfe zu ihren Bermudas getragen. Insofern sollte mich bei ihr nichts wundern. Das heißt, eine Sache doch. Und die wunderte mich sogar sehr: Wie hatte sie es geschafft, dieses Bild von einem Mann zum Altar zu führen?

»Wer weiß, ob ich jemals *unter die Haube* komme«, antwortete ich, so selbstbewusst wie möglich.

»Oh.« Sie verzog den Mund, so als hätte ich ihr gerade erzählt, dass ich mit einem Herzschrittmacher und nur noch einer Niere lebe.

Wir standen neben dem Kuchenbüffet und ständig liefen Leute an uns vorbei, denen Marion ab und an zulächelte. Sie trug noch immer ihren Brautschleier und warf ihn alle zwei Minuten über die Schultern. Es war nicht zu übersehen, dass sie vor Stolz beinahe platzte. Meine neuen Schuhe drückten. Ich hatte sie mir eigens für Marions Hochzeit gekauft. Aber ich gab mir große Mühe, wegen der Schmerzen kein säuerliches Gesicht zu machen. Seitdem mein Exfreund Hans-Uwe einmal behauptet hatte, ich würde mich oft wie eine Prinzessin aufführen, hielt ich mich mit

Jammern und Beschwerden zurück. Irgendwie hatte dieser Satz bei mir damals ziemlich eingeschlagen.

»Sag mal, Marion«, fing ich unbeholfen an, »wie ist es dir eigentlich gelungen, diesen tollen Mann an Land zu ziehen?« Ich war wirklich neugierig. Wenn sie nebeneinanderstanden, sahen sie aus wie *The Sexiest Man Alive* neben einer rustikalen Autogrammjägerin. Und er schien ernsthaft verliebt in sie zu sein. Ich versuchte mir einzureden, dass Mr. Sexbombe vielleicht in anderer Hinsicht Defizite hatte. Wie ich gehört hatte, war er ein Kioskbesitzer. Finanziell gesehen war er bestimmt kein so guter Fang.

Marion kicherte und rührte mit dem Strohhalm in ihrer Margarita.

»Tja, wie ist mir das gelungen ...« Sie hatte sich für die Hochzeit eine Dauerwelle machen lassen, und das Resultat war eine mittelschwere Katastrophe. So eine Frisur hatte ich das letzte Mal in einem Heinz-Erhardt-Film aus den Fünfzigern gesehen. Das sagte ich ihr lieber nicht, denn schließlich war es ein besonderer Tag für sie und den wollte ich nicht trüben.

Hier am Kuchenbüffet hatten wir an diesem Tag zum ersten Mal Gelegenheit, uns zu unterhalten. Es war mindestens fünf Jahre her, dass ich sie zum letzten Mal gesehen hatte. Unsere Mütter waren Schwestern und alles andere als befreundet. Alles, was wir vor der Hochzeit über Marions Ehemann erfahren hatten, war, dass er Australier war.

»Nun sag schon«, drängte ich, »wie hast du dir diesen tollen Typen geangelt?«

»Versprich, dass du nicht lachst.« Sie kicherte und hielt sich die Hand vor den Mund.

»Ich verspreche es.« Dabei hob ich die rechte Hand wie in einem amerikanischen Justizthriller. Nun ja, ich war ebenfalls schon leicht angesäuselt.

»Ich war bei einer Seherin«, flüsterte Marion mir zu, während sie nach links und rechts guckte, ob uns wohl niemand zuhörte.

»Wie bitte?«

»Bei einer Seeeheeeriiin«, wiederholte sie und klang dabei, als hätte sie eine Frau vor sich, deren High Heels höher waren als ihr IQ.

»Du meinst eine Wahrsagerin?« Ich unterdrückte ein Lachen. War sie so betrunken? Glaubte sie an so einen Humbug? Oder vielleicht wollte sie mich einfach nur auf den Arm nehmen.

Marion nickte. »Sie ist großartig. Meiner Kollegin hat sie auch vor einem Jahr ihren perfekten Partner genannt, und die ist daraufhin nach Kopenhagen, um ihn zu finden.«

»Und was ist passiert?«

»Sie ist hingefahren, hat ihn gefunden und ist seit vier Monaten mit ihm verheiratet.«

»Wirklich?« Das klang ziemlich verrückt, fand ich. Aber eigentlich war meine Cousine in der Familie nicht dafür bekannt, dass sie sich Geschichten ausdachte. Dafür war sie als Baustofffirma-Betriebswirtin wahrscheinlich auch zu nüchtern gestrickt.

»Wenn ich's dir doch sage, Clea.« Marion nahm einen tiefen Zug aus ihrem Strohhalm. »Zelda ist die Größte.«

»Wer?«

»Zelda, die Seherin.«

Zelda? Was für ein merkwürdiger Name. »Und was kostet

das?« Ich tat betont gleichgültig, während ich meinen Brownie von allen Seiten begutachtete, als wollte ich ihn kaufen.

»Hundert Euro.«

Das kam mir nicht teuer vor, wenn man bedachte, dass ein anständiger Fernseher, den man als Single unweigerlich brauchte, tausend Euro kostete. Da waren hundert Euro für die große Liebe doch ein Pappenstiel. »Hundert Eu…«

Ich wollte gerade zu einem Kommentar ansetzen, da stand plötzlich Marions Chef zwischen uns und nahm sie in Beschlag. Ich blieb mit meinem Brownie zurück und kam zu dem Schluss, dass der Alkohol an diesem seltsamen Gespräch mit Marion schuld sein musste.

Gesa peste über die Landstraße, als könne sie es kaum erwarten, diese Hochzeit hinter sich zu lassen. Was auch stimmte.

Erstens hatte meine Mutter, die ich immer nur beim Vornamen nannte, noch nie eine gute Meinung von Tante Lore gehabt. Ihrer Ansicht nach war ihre Schwester ein Heimchen am Herd, was meine Mutter regelrecht »zum Kotzen« fand. Wir hatten darüber schon einen längeren Disput gehabt, denn ich fand, jeder solle nach seiner Fasson glücklich werden. Gesa meinte allerdings, dass Tante Lore bei dem vielen Kuchenbacken und Gemüseanbauen gar nicht dazu kam, darüber nachzudenken, ob sie es nicht besser haben könnte.

Zweitens fand meine Mutter Hochzeiten generell fürchterlich, weil die Ehe eine männliche Institution sei und die Frauen in ihrer Freiheit beschneide. Meine Mutter war eine Achtundsechzigerin und arbeitete bei der Frauenzeitschrift *ensemble*. Gesa hatte ihr den französischen Namen verpasst, *gemeinsam* hielt sie für genau das richtige Stichwort. Ich wollte ja nichts sagen, aber von den fünf Frauen, die dort arbeiteten, sprach nur eine fließend Französisch, und das war Aminata, die afrikanische Putzfrau.

In manchen Dingen gab ich Gesa recht, aber manchmal gingen mir ihre Dogmen auf den Geist und eine Diskussion endete nicht selten im Streit. Sie hatte zwar nie eine lila Latzhose getragen, aber sie würde bis zu ihrem letzten Atemzug dem Feminismus treu bleiben. Das war ihr gutes Recht. Was mich störte, war, wenn sie mir ihre Vorstellungen überstülpen wollte, als könne ich mit meinen neununddreißig Jahren nicht für mich selbst denken. Und dabei merkte sie nicht einmal, dass sie mir genau das machte, was sie bei allen anderen kritisierte: Vorschriften.

»Es ist erstaunlich, dass du dich dazu durchgerungen hast. Ich weiß, wie sehr du Hochzeiten hasst.«

Sie warf mir einen kurzen Seitenblick zu. »Ich hasse keine Hochzeiten, ich bin gegen die Ehe.« Mit meinem Vater war sie zwar verheiratet gewesen, aber sie meinte, damals habe sie in ihrer Verliebtheit eine rosarote Brille aufgehabt und sei damit jenseits aller Vernunft gewesen. Das würde ihr kein zweites Mal passieren.

In ihrem schwarzen Kostüm und der pinkfarbenen Bluse sah sie richtig schick aus. Sonst trug sie immer blaue oder schwarze Jeans und weiße oder wollweiße Pullover oder Blusen. Eigentlich hatte sie keinen schlechten Geschmack und sie kaufte ihre Sachen nie in Billigläden. Weil sie die Menschenausbeutung in Asien nicht unterstützen wollte. Sie war wirklich immer eine idealistische Kämpferin geblieben. Aber sie tat es wohl auch, weil sie sich gerne als

Frau fühlen wollte. Ich würde den Teufel tun und ihr das sagen. Wozu sollte ich mir eine stundenlange Diskussion antun?

»Aber Hochzeit oder Ehe, das kommt doch aufs Gleiche raus, oder?«

Sie verzog den Mund. »Ach, soll sie glücklich werden mit ihrem Down-Under-Typen.« Sprach's und nahm eine scharfe Kurve, sodass ich mich am Griff der Beifahrertür festhalten musste. Gesa fuhr grundsätzlich und immer zu schnell. Sie bewegte sich schon seit Jahren ständig an der Grenze zum Führerscheinentzug.

»Findest du nicht, dass der Kerl ein Hammer ist?« Ich war wirklich ziemlich betrunken, sonst hätte ich mich ihr gegenüber kaum so ausgedrückt.

Gesa runzelte für einen Augenblick die Stirn. »Ja, Gottogott, er ist ganz niedlich, aber ...«

»Er ist ein Hammer.«

»Dann ist er eben ein Hammer.« Manchmal gab sie einfach nach, und manchmal wollte sie mit dem Kopf durch die Wand. Bei Gesa war das stimmungs- und themenabhängig. Als ich im letzten Jahr vor dem Abitur überlegte, was ich studieren wollte, hatte Gesa natürlich Journalismus vorgeschlagen, denn ich sollte in ihre Fußstapfen treten und die Welt verändern. Ich allerdings schwankte damals zwischen Pharmazie und BWL. »Pharmazie?«, hatte Gesa hysterisch ausgerufen. Sie hatte eine Aversion gegen die Schulmedizin und schwor auf Homöopathie. Das war zwischen meinen Eltern immer ein Streitthema gewesen. Logischerweise war mein Vater als Arzt der Schulmedizin verpflichtet.

BWL war in Gesas Augen nicht viel besser, denn natürlich wollte sie keinesfalls, dass ich zum »imperialistischen Mainstream« gehörte.

»Was hast du denn mit Marion geredet?«, unterbrach Gesa mein Nachdenken über unsere Mutter-Tochter-Beziehung. »Du hast dabei so interessiert ausgesehen. Als hätte Marion jemals was Interessantes zu erzählen gehabt.«

»Och, ich … kann mich nicht mehr erinnern.«

»Aber ihr habt euch doch lange unterhalten?«

»Und wenn schon.«

»Was soll das denn heißen?«

»Naja, wir haben über die Hochzeit geredet. Die Vorbereitung, Organisation und so.«

»Aha.« Gesa warf mir einen kurzen Blick zu, dann sah sie wieder auf die Straße. »Wie hat sie den Kerl denn kennengelernt?« Meine Mutter war ein furchtbar neugieriger Mensch, und sie stellte ihre Fragen manchmal allzu direkt, was nicht bei jedem gut ankam.

Ich würde ihr ganz bestimmt nicht von Zelda erzählen. Gesa würde das nie und nimmer verstehen. Außerdem hatte ich Marion versprochen, es für mich zu behalten.

»Äh, na ja … in Australien halt.«

Sie verdrehte die Augen. »So weit war ich auch schon. Also wirklich, Clea, man kann sich mit dir nicht unterhalten. Du hast was getrunken.«

Das verschlug mir die Sprache. Ich bin neununddreißig, hätte ich am liebsten geschrien. Hoffentlich war ich bald zu Hause.

2

Als Gesa mich eine halbe Stunde später vor dem Haus absetzte, betete ich, dass meine Schwester schon im Bett war. Ich war müde und hatte keine Lust mehr, mich mit jemandem zu unterhalten. Aber kaum hatte ich die Tür aufgesperrt, blendete mich das Flurlicht. Überhaupt waren mal wieder überall die Lichter an. Es hatte einfach keinen Sinn, sie jeden Tag von Neuem darauf hinzuweisen. Da hätte ich ebenso gut mit der Mikrowelle über die politische Entwicklung Mittelamerikas sprechen können. Das hätte den gleichen Effekt gehabt.

Der Fernseher lief, und die deutschen Synchronstimmen waren in panischer Aufregung. Komischerweise brannte in jedem Raum das Licht, außer im Wohnzimmer, wo Linda fernsah. Sie saß im Dunkeln und schreckte auf, als ich eine Lampe anknipste. Verbieten konnte sie es mir schlecht, da sie mein Gast war. Dauergast, um genau zu sein.

Linda war nicht bei der Hochzeit gewesen, weil wir Halbschwestern väterlicherseits waren. Sie war also nicht mit Tante Lores Sippe verwandt. Eigentlich hatte ich bis vor Kurzem mit Linda wenig zu tun gehabt. Ich traf sie zwei- oder dreimal im Jahr, wenn ich meinen Vater besuchte, bei dem sie aufgewachsen war. Vor etwa zwanzig Jahren waren wir auch mal zusammen verreist, nach Griechenland. Mein Vater, Linda und ich. Der Urlaub war die Hölle gewesen.

Nicht wegen Linda, denn die hatte schon immer diese gewisse Ihr-könnt-mich-mal-Einstellung gehabt. Es war vielmehr wegen unseres Vaters. Bis dahin hatte ich ihn immer als lässig und aufgeschlossen erlebt. Aber in diesem Urlaub konnte ich sein Genörgel über Land und Leute nicht mehr hören. Kein Wunder, dachte ich damals, dass keine der vielen Frauen es lange mit ihm ausgehalten hatte. Nach ein paar Gläsern Retsina hatte er Linda und mich damit zugetextet, wie unterfordert er sich als Anästhesist fühle und wie eintönig und routiniert seine Arbeit sei. Dabei hatte er uns kein einziges Mal etwas über uns gefragt. Linda und ich waren von unserem Vater so genervt gewesen, dass uns das einander näherbrachte. Sie erzählte mir, wie schwierig das Verhältnis zu ihren Eltern war. Ihre Mutter interessierte sich nur für Yoga und Ayurveda – und unser Vater nur für sich selbst. Ich entwickelte beinahe so etwas wie einen Beschützerinstinkt für Linda, denn damals – ich war neunzehn, sie gerade mal elf – markierten die acht Jahre Altersunterschied noch den Unterschied zwischen Kindsein und Erwachsensein. Danach waren Linda und ich aber wieder getrennte Wege gegangen und hatten uns nur selten gesehen.

Bis sie vor zwei Monaten plötzlich vor meiner Haustür stand. Wir waren sozusagen noch in der Kennenlernphase.

»Wie war die Hochzeit?«, fragte Linda, während sie sich Popcorn in den Mund stopfte. Sie fragte nur, um irgendetwas zu sagen. Mittlerweile kannte ich sie gut genug, um zu wissen, dass sie meine Antwort keinen Deut interessierte. Außerdem hörte Linda nie richtig zu. Wenn ich jetzt »Jemand hat den Bräutigam erschossen« sagte, würde sie wahrscheinlich »Hmhm« machen und weiter den Fernseher anglotzen.

»Wie Hochzeiten halt so sind«, antwortete ich müde. Ich ließ mich neben sie auf die Couch plumpsen und guckte auf den Bildschirm. Linda besaß einen gewöhnungsbedürftigen Geschmack, was Filme betraf. Letztes Wochenende hatte sie mich gefragt, ob wir einen Filmabend machen wollten. Ich stellte mir das gemütlich und entspannend vor. »Na klar!«, hatte ich deshalb euphorisch ausgerufen. Und was hatte sie angeschleppt? *Das fünfte Element* und *Matrix*. Science-Fiction war nun gar nichts für mich. »Clea«, hatte sie mich zurechtgewiesen, »man schaut sich Filme an, weil man der Realität entfliehen will. Ich brauche doch keinen Film, um zu kapieren, wie schwierig das Leben ist.« Jedenfalls sah ich mir an diesem Abend lieber im Fernsehen *Chocolat* an, während Linda in ihrem Zimmer schmollte und mit einer Freundin telefonierte.

»Ist das *Der Exorzist*?«

Sie nickte, ohne den Blick vom Bildschirm zu wenden. »Director's Cut«, murmelte sie und schob sich wieder eine Handvoll Popcorn in den Mund. Ich sah darüber hinweg, dass der Inhalt der halben Tüte auf der Couch verstreut war.

»Die Schauspielerin heißt auch Linda, Linda Blair«, sagte ich, um ein Gespräch in Gang zu bringen

»Ich weiß, und jetzt sei still«, sagte sie, als sei das ihre Wohnung.

Sie war mit der Bitte aufgetaucht, ein paar Tage bleiben zu können. »Wirklich nur ein paar Tage«, hatte sie gesagt. Das war vor zwei Monaten gewesen, und seit ein paar Wochen sprach sie gar nicht mehr davon auszuziehen.

Sie hatte sich mit unserem Vater verkracht. Linda wohnte mal bei ihm, mal bei ihrer Mutter und zwischendurch auch mal mit einem Freund zusammen. Sie war mittlerweile einunddreißig, aber immer noch nicht erwachsen. Ich mochte sie wirklich, aber wenn jemals der Ausdruck Verschiedenartigkeit angebracht war, dann im Fall von uns beiden. Sie hatte Philosophie studiert und arbeitete jetzt als Moderatorin bei einem zweitklassigen, jedoch von ihr heiß geliebten Radiosender. Ich war irgendwie stolz auf sie, denn sie wusste, was sie wollte und kämpfte dafür. Aber wenn sie nach einem Sechsstundentag nach Hause kam und verkündete, sie sei zu fertig, um noch zu staubsaugen, konnte ich wahnsinnig werden. Ihre Unordnung machte mich meschugge. Ich dagegen war selbstständig und arbeitete täglich neun bis zehn Stunden in meinem Wellnessstudio. Und trotzdem schaffte ich es, meine Wohnung ordentlich zu halten.

»Also, ich mag Horrorfilme ja«, sagte ich, »aber den finde ich wirklich heftig. Ich meine, wirklich total heftig.«

Linda verdrehte die Augen, nahm die Fernbedienung in die Hand und stellte den Fernseher lauter. Nun hatte ich zwei Möglichkeiten. Ich konnte es ignorieren oder ihr die Fernbedienung um die Ohren hauen und sie hochkant rauswerfen. Für die zweite Option war ich zu müde. Außerdem konnte ich sie kaum zu unserem emotional gestörten Vater zurückschicken. Und ihre Mutter war auch keine vernünftige Alternative. Also entschied ich mich notgedrungen für die erste Option.

Nun flippte der Teufel, der von Linda Blair Besitz ergriffen hatte, völlig aus. Während ich verschreckt zusammenzuckte, kaute Linda genüsslich ihr Popcorn.

Ich beschloss, mir das nicht länger anzutun, und ging ins Bad, um zu duschen. Mein Regal über dem Waschbecken war voller *Bionatura*-Produkte. *Bionatura* war das Kosmetikunternehmen, bei dem ich vor meiner Selbstständigkeit gearbeitet hatte. Heute verkaufte und verwendete ich in meinem Geschäft ihre Produkte, womit sie mich mit einem fairen Prozentsatz belohnten.

Während ich mich ein paar Minuten später mit *Bionatura Roses & Aloe Vera Moisture Balm* einseifte (mit dem Produkt, das ich sozusagen erfunden hatte) wanderten meine Gedanken zu Marions Hochzeit. Die Glückliche. Wieso schaffte es so ziemlich jede Frau, einen geeigneten Partner zu finden – außer mir? Na ja, beinahe die Hälfte der Paare ging auch wieder auseinander, versuchte ich mich ein wenig zu trösten. Trotzdem glaubte ich an die große Liebe, und dass sie mich irgendwann treffen würde. Jedenfalls wollte ich nicht alleine bleiben, ohne Mann und ohne Kind. In vierzig Jahren würde man meine verweste Leiche in dem Polstersessel im Wohnzimmer finden, nachdem sich die Nachbarn über den Geruch beschwert hatten … Ich wollte lieber nicht darüber nachdenken.

Ob ich Marion nach Zeldas Nummer fragen sollte? Ein wenig peinlich war mir der Gedanke, aber ich hatte ja nichts zu verlieren. Außerdem hatte Marion in den letzten zehn Jahren mindestens zwanzig Nachrichten auf meinem AB hinterlassen, ohne dass ich je zurückgerufen hatte. Blöderweise rief sie immer an, wenn ich nicht zu Hause war. Also war ich jetzt an der Reihe, und vielleicht würde ich sie nach Zeldas Nummer fragen. Vielleicht, so nebenbei, wenn ich es nicht vergaß. Mal sehen.

Gedankenverloren stieg ich aus der Dusche. Ich war seltsam aufgeregt.

Bevor ich ins Bett ging, lief ich durch die ganze Wohnung und schaltete alle Lichter aus. Es kostete mich ein bisschen Überwindung, dabei keinen Kommentar von mir zu geben.

Als ich später hellwach zur Decke schaute und darüber nachdachte, was Marion mir erzählt hatte, beschloss ich, sie am nächsten Tag anzurufen. Wenn ich Glück hatte, erwischte ich sie noch, bevor sie für zwei Wochen in die Flitterwochen auf die Kanaren fuhr. Was konnte im schlimmsten Fall passieren, außer dass diese Zelda mir sagte, es gäbe auf der großen weiten Welt keinen Mann für mich? Darauf musste ich mich vorbereiten, denn wundern würde es mich nicht. Meine Beziehungen waren allesamt daran gescheitert, dass ich angeblich *schwierig* war. Ich brauchte gar nicht an meine allerersten Versuche zurückdenken, als ich noch sehr jung war. Meine drei festen Beziehungen waren nämlich ebenfalls keine schönen Erfahrungen gewesen.

Bastian hatte mir einen ganz lieben Brief geschrieben und immer wieder beteuert, wie sehr er mir wünschte, dass ich jemanden finden würde, der damit zurechtkam, wie *verkopft* ich sei. Verkopft, das musste man sich mal vorstellen. Gesa meinte, dass die Männer nicht mal heutzutage damit klarkamen, wenn Frauen ihren Verstand benutzten. Aber ich glaubte, es lag daran, dass ich Bastian immer wieder auf den Boden der Tatsachen geholt hatte, wenn er davon träumte, mit seiner Rockband den großen Hit zu landen. Vielleicht hätte ich ihm einfach seinen Traum lassen und mich nicht aufführen sollen, als hätte ich eine Mission zu erfüllen. Aber ich hatte ihn ja nur vor einer Enttäuschung bewahren wollen. Bastian war der einzige Exfreund, mit dem ich noch längere Zeit danach Kontakt gehabt hatte. Verliebt hin, verliebt her, aber am Ende geht man doch irgendwie mit negativen Gefühlen auseinander. Mit Bastian war es anders, weil er einfach ein guter Mensch war und nicht nur auf seinen Vorteil bedacht. Ich konnte ihn mir gut als tibetischen Mönch vorstellen.

Christian hatte mich als zu dominant empfunden. Meine beste Freundin Julia glaubte, dass er mit seinen neunundzwanzig Jahren noch dabei war, seinen Selbstwert aufzubauen und ich für ihn zu stark wäre. Dabei war ich nur ein Jahr jünger als er gewesen. Aber mit Christian hätte es sowieso nicht lange gehalten. Er war so harmoniesüchtig, dass er mich damit in den Wahnsinn trieb. Ständig lächelte er, sogar in den unpassendsten Situationen. Jemand drängelte sich in der Schlange vor? Christian lächelte. Der Herr, dem er die Tür aufhielt, bedankte sich nicht, sondern sah ihn nur verwundert an? Christian lächelte. Die Frau mit Kinderwagen schubste ihn zur Seite und entschuldigte sich nicht? Wie Christian darauf reagierte, erübrigt sich. Sogar als er mit mir Schluss machte, lächelte er. »Du bist mir zu dominant, Clea. Aber ...«, setzte er freundlich hinzu, »das ist völlig okay, weißt du. Nur eben nicht für mich. Diese Energie, die du manchmal ausströmst, überwältigt mich irgendwie zu sehr. Ich ... ich mag mich lieber mit positiven Menschen umgeben.«

»Positiv am Arsch«, war es mir herausgerutscht. »Man kann nicht immer nur grinsen, wenn andere im Unrecht sind.«

Christian hatte lächelnd meine Hand getätschelt und

genickt, als sei ich die Patientin einer geschlossenen Anstalt und er der Oberarzt.

Hans-Uwe dagegen hatte den Weg des geringsten Widerstands gewählt, indem er mir eine SMS mit dem Text schickte: »Es ISt aus.. Tut mir LEid, bber du machst zuviel STress.« Nein, Uwe war kein Analphabet. Er war Architekt und auch sonst ziemlich gebildet und belesen. Seine schlampig verfasste SMS erklärte ich mir damit, dass er es furchtbar eilig hatte, mich loszuwerden. Ich hatte lange darüber nachgedacht, was er damit gemeint hatte, dass ich zu viel Stress machte. Es kostete mich einige Überwindung, aber am Ende gestand ich mir ein, dass ich bei ihm angefangen hatte zu klammern. Ich wollte auf Teufel komm raus eine ernsthafte und stabile Beziehung daraus machen, während Hans-Uwe aus Nervosität Brechreiz bekam, wenn er sich in der Rolle des Vaters und Ehemanns sah. Hans-Uwe hatte keinen Sinn für Humor und hasste es, zu verreisen, aber ich bildete mir ein, dass man das schon ändern konnte. Wir waren vierzehn Monate zusammen und ich weiß heute noch nicht, wie wir das trotz unserer immensen Unterschiedlichkeit geschafft haben. In unserer Beziehung hatte jede Romantik gefehlt, und heute weiß ich, dass ich mit der Familiengründung weniger verliebt als vielmehr rational bei ihm rübergekommen war. Dabei war ich durchaus verknallt in ihn gewesen. Aber auf meine Aussage: »Wir sollten vielleicht heiraten, damit wir nicht für die Großeltern unserer Kinder gehalten werden«, hatte Hans-Uwe die Augen aufgerissen und am nächsten Tag diese dämliche SMS geschickt. Ich meinte ja nur. Wenn er nach vierzehn Monaten noch nie vom Heiraten gesprochen hatte, dann dachte ich, jemand muss es ja tun.

Alles in allem war ich ein ziemlich nüchterner Mensch. Ich träumte nicht von einer Hochzeit in Weiß und schon gar nicht davon, einem Mann ständig zu gefallen. Und ich konnte hervorragend einparken. Manchmal war ich ratlos, ob ich den Männern vielleicht nicht weiblich genug war. Verlangte ich zu viel vom Leben? Möglicherweise war ich dazu bestimmt, Karriere zu machen und ein angenehmes Leben ohne Partner zu führen. Aber es gab ja auch jede Menge Frauen, die beides hatten. Warum sollte ausgerechnet ich eine Rentnerin mit Dutt, randloser Brille und Hobbys, die man gut alleine pflegen konnte, werden?

Meine Freundin Julia lebte schon jahrelang als Single und wollte keine Partnerschaft, nur kurze Affären. Das war nicht mein Ding. Auch wenn diese Art von Lebensführung mittlerweile gesellschaftlich akzeptiert wurde, musste ich das nicht mitmachen, nur um zu beweisen, wie fortschrittlich und selbstständig ich war. Es musste da draußen doch jemanden geben, für den ich die Richtige war und mit dem ich eine dauerhafte Beziehung führen konnte? Jemanden mit Humor, Intelligenz und ernsten Absichten. Hatte ich gerade *ernste Absichten* gedacht? Ich war eben doch Marions Cousine, und in unseren Adern floss das gleiche Blut.

Vielleicht konnte ich sogar noch ein Kind haben? Seit einigen Jahren schlich sich dieser Gedanke immer mal wieder in meinen Kopf. Ich wünschte es mir nicht um jeden Preis. Aber wenn ich einen passenden Mann hätte, dann ... Plötzlich tauchte ein Bild vor mir auf: Mein Mann und ich toben mit unseren beiden Kindern im Park, während unser kleiner Hund bellend um uns herumspringt ...

Am nächsten Tag schlief ich bis ein Uhr nachmittags. Das hatte ich seit Jahren nicht mehr gemacht. In der Küche erwarteten mich Lindas Überreste ihres Frühstücks. Der Tisch war voller Krümel und ich durfte Teller, Kaffeetasse und Marmeladengläser wegräumen. Linda musste sonntags immer arbeiten, aber ich ärgerte mich trotzdem darüber. Ich machte mir Frühstück und blätterte lustlos die Wochenzeitung durch, aber Wirtschaftskrise und Umweltverschmutzung machten mich heute nur depressiv. Während ich in meiner grauen Leggings und dem ausgewaschenen T-Shirt meinen Kaffee trank, überlegte ich, was ich mit dem Rest des Tages anfangen sollte.

Mit Julia war ich morgen Abend schon verabredet. Ich könnte mir irgendetwas zu Essen bestellen und mir einen Film ansehen. Aber so ein Film dauerte auch nur anderthalb Stunden, dann hätte ich den ganzen Abend noch vor mir. Fürs Fitnessstudio war ich heute zu faul. War es nicht unfreiwillig komisch, dass ich *Bionatura* verlassen hatte, um mehr Zeit für mich zu haben? Jetzt hatte ich zwei Angestellte und eine Aushilfe und der Laden lief so gut, dass ich mir den Luxus von ausreichend Freizeit erlauben konnte. Nun saß ich da und wusste mit diesem kostbaren Gut nicht viel anzufangen. In meinen Zwanzigern und bis Mitte dreißig hatte ich einen recht großen Freundeskreis gehabt. Es gab verschiedene Gründe, warum sich das aufgelöst hatte. Ein paar Leute waren nur wegen ihres Studiums in München gewesen und verschwanden danach wieder in ihre Heimat. Einige zogen aus beruflichen Gründen um. Und mit ein paar anderen hatte sich der Kontakt einfach dadurch verloren, dass sie Familien gründeten und lieber mit Paaren zusammen waren, die ebenfalls kleine Kinder hatten. Nun war Alleinsein eigentlich eine feine Sache. Aber eher im Sinne von »Liebling, kümmerst du dich übers Wochenende um die Kinder, damit ich ein Entschlackungswochenende machen kann?« oder »Ich ziehe mich für ein paar Stunden zurück, weil ich ein bisschen lesen möchte«. Wenn das Alleinsein aber von Einsamkeit überschattet wurde, dann war irgendetwas schiefgelaufen. Mit Gesa oder Julia konnte ich darüber nicht sprechen, weil sie dann meinten, ich hätte nur gerne einen Partner, um eine Leere zu füllen. Was nicht stimmte! Die Leere war zwar da, und ich hätte gerne wieder einen kleinen Freundeskreis gehabt. Mein Wunsch nach einem Mann und einem Kind entsprang aber nicht irgendeinem Defizit, das ein Mann in Ordnung bringen sollte. Na ja, wenn ich niemanden fand, dann würde ich mich damit auch arrangieren müssen. Was konnte ich auch tun? Eine Belohnung für einen Heiratswilligen aussetzen?

Ich musste unwillkürlich an Frau Pührer denken, die Mutter meiner Schulfreundin Elfriede. Frau Pührer hatte immer wahnsinnig viele und tolle Pullover gestrickt und als ich gefragt hatte, wie sie das schaffte, hatte Elfriede die Lider gesenkt und geantwortet: »Das kommt durch die Einsamkeit.« Es war nur eine Frage der Zeit, wann ich die Stricknadeln zücken würde.

Ich hatte weder Wolle noch Stricknadeln zur Hand, also musste ich den Sonntag irgendwie anders verbringen. Ich wollte ja noch Marion anrufen.

Nach dem dritten Klingeln hörte ich Marions Stimme. »Hallo Clea«, meldete sie sich verwundert, »wenn das keine Überraschung ist!«

»Kommt mein Anruf ungelegen?«

»Nein, wir haben nur gekuschelt.«

Das war vielleicht etwas mehr Information, als ich wollte, deshalb sagte ich einfach: »Marion, ich wollte mich noch mal für die Einladung bedanken.«

»Das ist aber nett von dir, Clea.«

»Ja, und ich wollte dir sagen, dass es eine wunderbare Hochzeitsfeier war.«

»Ja, ich weiß«, schwärmte Marion. »Ach, ist Gary nicht umwerfend?« Ihre Stimme wurde leiser und gedämpfter. Wahrscheinlich hatte sie den Kopf gedreht, um Gary anzusehen. Oh ja, er war umwerfend. Das würde ich nicht bestreiten. Apropos Gary. Marion war so über beide Ohren verliebt, da konnte ich ebenso gut ganz plump überleiten. »Also Marion, das ist ja echt superklasse, wie du Gary gefunden hast. Diese Zelda, also, die muss ein Genie sein oder so.«

»Ach? Dabei warst du gestern noch so skeptisch.«

»Äh, na ja. Deine Geschichte klang schon ziemlich verrückt, aber die besten Geschichten schreibt ja bekanntlich das Leben.«

»Hmm … Willst du hingehen?«

Das kam so direkt, dass ich nicht gleich reagieren konnte. Nach einer Weile antwortete ich: »Ich weiß nicht recht.«

»Du kannst dir doch mal anhören, was sie dir sagt. Wenn du dann immer noch denkst, dass das alles Unsinn ist, dann lass es halt. Du unterschreibst ja keinen Vertrag, in dem du dich verpflichtest, deinen Typen zu finden.«

»Das klingt plausibel.«

»Genau.«

»Wo ist denn diese Zelda?«

»Direkt am Ostbahnhof, zwischen Apotheke und Sexshop.«

»Aha, sozusagen in der Sandwichposition der Verderbnis und der Heilung«, meinte ich grinsend.

»Was?« Marion klang todernst. Wie es aussah, verstand sie in dieser Angelegenheit keinen Spaß.

»Ach nichts. Hast du eine Telefonnummer?«

»Klar.« Ich hörte, wie Papier raschelte, dann sagte Marion: »47 06 66.«

Dreimal die Sechs kam mir ein bisschen makaber vor. »Ist dreimal die Sechs nicht die Teufelszahl?«

»Clea«, mahnte Marion, »jetzt spinn doch nicht. Was kann denn die arme Frau für ihre Telefonnummer?«

»Du hast recht. Na gut, und auf der Klingel steht ... was? Doch nicht Zelda, oder?«

»Sie heißt nicht wirklich Zelda, weißt du.«

»Das habe ich mir beinahe gedacht.« Ich verzog den Mund, und zum Glück konnte Marion das nicht sehen.

»Auf der Klingel steht Meier-Odenthal. Zelda heißt sie nur unter Insidern.«

»Insidern, aha.« Marion benutzte sonst nie Anglizismen.

»Du klingelst also bei Meier-Odenthal. Sie möchte aber mit Madame Zelda angesprochen werden. Das muss man halt respektieren, bei so spirituellen Menschen.« Marion erklärte mir das alles, als würde sie daran zweifeln, dass ich so viele Informationen gleichzeitig aufnehmen konnte. Plötzlich lachte sie laut auf. »Oh Mann! Wenn Gesa das wüsste! Die würde dich bestimmt zu ihrem nächsten Emanzentreffen schleppen, damit sie dir mal gehörig den Kopf waschen. Hahahah!«

Aber ich wollte jetzt nicht über meine Mutter sprechen. Ich hatte da nämlich noch ein Anliegen. »Hör zu, Marion. Ich habe dir doch versprochen, dass ich niemanden etwas von Zelda erzähle.«

»Ja?«

»Kannst du mir das Gleiche versprechen?«

»Mach dir keinen Kopf, Clea. Ich werd's niemandem sagen.«

3

Das Erste, was ich an diesem Montagmorgen sah, war Johanna beim Nägelfeilen. Sie saß am Empfangspult, neben ihr die *Bunte* und ein roséfarbener Nagellack, der auf seinen Einsatz wartete. Ich hatte eine Schwäche für Johanna, nur so war es zu erklären, dass sie die Probezeit bestanden hatte und immer noch für mich arbeitete. Ihre gelassene Authentizität und ihr Charme machten ihre mitunter nervige Unzuverlässigkeit wett. Und ich musste zugeben, dass die Kundinnen sie liebten.

»Guten Morgen.« Ich bemühte mich, etwas Autorität in meinen Tonfall zu legen.

Johanna legte die Feile weg und schob Zeitschrift und Nagellack zur Seite. »Morgen. Mit dir hab ich noch gar nicht gerechnet.«

Betont langsam ging ich auf das Pult zu und sah sie ein wenig streng an. Richtig streng sein konnte ich eigentlich nicht und ich fühlte mich dabei auch nicht sonderlich wohl. Johanna trieb mich aber immer wieder dazu, die Chefin heraushängen zu lassen. Manchmal fragte ich mich, wie sie sich zu Hause organisierte. Immerhin hatte sie drei kleine Kinder. Fynn ging in die erste Klasse und die Zwillinge Jakob und Jana in den Kindergarten. Ihre Schwiegermutter holte die Kinder ab, kochte für sie und half bei den Hausaufgaben. Ich wusste, dass der Job für Johanna wichtig war, auch wenn sie nur Teilzeit arbeitete und hin und wieder zusätzlich einsprang. Sie war froh, hier für einige Stunden in einer anderen Welt zu sein. Normalerweise sah ich über ihre Marotten hinweg, und es war mir auch egal, dass sie die Zeitschriften rauf und runter las, Hauptsache sie ging ans Telefon, war freundlich und vergab Termine. Die Kundinnen beriet sie zuvorkommend und kompetent. Johannas Nachteil bestand aber in den Aufgaben drumherum, die sie regelmäßig vergaß. Außerdem war sie ungemein konsequent, was ihren Feierabend betraf. Sie war im Stande, mitten im Satz abzubrechen, ihre Jacke anzuziehen und den Anrufbeantworter einzuschalten.

»Johanna, ich habe doch letzte Woche diese Liste gemacht. Weißt du noch?«

Sie tat unwissend und war dabei so leicht zu durchschauen wie ein Taschendieb, der vorgab, ihm sei die Geldbörse zufällig in die offene Hand gefallen. »Ach ja, die Liste.« Sie lächelte.

Ich musste gestehen, dass sie eine Ausstrahlung besaß, die einen einlullte. Johanna war eine sehr hübsche Frau von vierunddreißig. Langes, glattes und dunkles Haar und ein makelloses Gesicht mit blitzeweißen Zähnen. Sie war eigentlich Veranstaltungskauffrau. Aus ihrer ersten festen Stelle war sie rausgeflogen, weil sie sich nicht angepasst hatte, was immer das auch heißen mochte. Ich hatte lieber nicht gefragt. Ihre Bewerbung war damals die einzig brauchbare gewesen. Mir lief es immer noch kalt den Rücken runter, wenn ich an das Bewerbungsfoto im Bikini dachte oder die zwei, die *Engel's Beauty Heaven* falsch geschrieben hatten. Die eine hatte *Angels Beuty Hevan* geschrieben und die andere *Angeles Beaty*

Heaven. Aber was wunderte ich mich. Wie oft passierte es schließlich, dass die Leute mich ermahnten, man würde Engel auf Englisch aber mit A schreiben, und nicht verstanden, dass es einfach nur mein Nachname war. Deshalb hatte ich in meinen neuen Flyern und den Visitenkarten meinen Namen in Fettdruck unter dem Firmennamen stehen.

»Wo ist sie überhaupt?«

»Wo ist wer?«

»Die Liste. Wo ist die Liste, Johanna?«

Sie schien eine Weile nachzudenken. »Die Liste ... die Liste ... Ach ja, die hab ich hier in der Schublade.« Sie öffnete das oberste Fach, dann das nächste, bis sie zur fünften und untersten angelangt war. »Hier ist sie.« Johanna reichte mir zufrieden die Liste.

Ich schloss für einen Moment die Augen und holte tief Luft. »*Ich* brauche die Liste nicht, Johanna, denn ich habe sie geschrieben und weiß, was draufsteht.«

»Okaaay«, sagte sie und drehte es so, als würde *ich* mich bescheuert verhalten. Sie zog das Blatt Papier zurück und legte es neben sich auf die Ablage.

»Weißt *du* denn auch, was da steht?«, fragte ich, auf Fassung bedacht.

»Klar«, meinte sie schulterzuckend.

»Und was steht da unter Montag, besser gesagt unter Montagmorgen?« Ich versuchte, ein wenig zu lächeln.

Johanna spielte die scharf Nachdenkende und kratzte sich dabei sogar am Kopf.

Ich beschloss, meine Zeit nicht mehr zu vergeuden und sagte knapp: »Regale wischen und Bestellungen der letzten Woche überprüfen.«

»Den Wareneingang habe ich überprüft und alles ist okay. Und die Regale habe ich doch schon letzten Montag gemacht. Alles sauber.«

Ich fasste mir an die Stirn. »Also gut, Johanna. Jeden Montagmorgen, okay? Deshalb steht es auch unter Montag, weil das nämlich jeden Montag gemacht wird.«

Sie verzog den Mund und meinte: »Na gut. Ich mach's gleich.«

»Danke.« Ich drehte mich um und wollte in mein kleines Büro, als sie mir hinterherrief: »Karen hat angerufen.«

Karen war meine Aushilfe, die einsprang, wenn es nötig war. Ansonsten arbeitete sie im Vertrieb bei *Bionatura,* wo wir uns auch kennengelernt hatten. Karen war leicht unterkühlt, aber sie war zuverlässig und hatte viel Fachwissen. Manchmal kam es mir so vor, als wäre Valerie, meine Vollzeitkraft, deshalb ein bisschen eifersüchtig auf Karen. »Warum hat sie angerufen?«

»Sie lässt dir ausrichten, dass sie am Donnerstag eine halbe Stunde später kommt.«

»Das ist alles?«

Johanna nickte und verdrehte die Augen. »Das hab ich mir auch gedacht. Ich meine, was ist eine halbe Stunde im Verhältnis zum ganzen Leben?«

Ich legte die Stirn in Falten, beschloss, nichts darauf zu sagen und drehte mich wieder um.

Johanna fiel doch noch etwas ein: »Und AK ist natürlich schon da und ... Keine Ahnung, wahrscheinlich hat sie dir den Stuhl schon vorgewärmt oder macht Herzchenmuster in deinen Milchschaum zum Cappuccino.«

Mir war natürlich klar, dass sie über Valerie sprach. Johanna konnte sie nicht leiden, obwohl Valerie eine Perle war und immer freundlich und hilfsbereit. Auf Valerie konnte ich mich hundertprozentig verlassen, und ihr verdankte ich, dass ich meine Freizeit genießen konnte – wusste ich doch, dass mein Studio bei ihr in guten Händen war. Eines wollte ich aber unbedingt noch wissen: »Was soll denn AK bedeuten?«

Johanna schien auf diese Frage gewartet zu haben und lächelte zufrieden. »AK heißt Arschkriecherin.«

»Findest du das nicht kindisch?«

Sie zuckte die Schultern. »Vielleicht ist es kindisch von mir, aber deshalb ist es trotzdem wahr. Das eine schließt das andere nicht aus.«

Ich schüttelte den Kopf und machte mich auf den Weg zu unserem kleinen Büroraum. Hier fühlte ich mich zu Hause, trotz Johannas Macken und mitunter anstrengender Kundinnen. Ich hatte das Glück, einen Traum zu leben, und beruflich meine Erfüllung gefunden. Aber kurz nach meinem neununddreißigsten Geburtstag war ich ins Grübeln geraten. Wie oft hatte ich von dieser Midlife Crisis schon gehört, aber seit Marions Hochzeit verfolgte mich dieser seltsame Gedanke wieder, den ich vor ein paar Monaten hatte, als ich neununddreißig wurde: *Sollte das alles gewesen sein?*

Ich ging durch meinen wunderschönen Laden, und fühlte mich einfach nur allein. Während ich die Klinke der Bürotür drückte, spürte ich einen Kloß im Hals. Also wirklich!, mahnte ich mich. *Du bist die Chefin. Reiß dich zusammen!*

Valerie schnitt einen Frühstückstoast in zwei Dreiecke.

Meinen Lieblingsaufstrich, Lemon Curd, hatte sie mit einer Brombeere garniert. Woher hatte sie eine einzelne Brombeere? Und das auch noch um diese Jahreszeit?

Als Valerie mich sah, stand sie auf und lief mir entgegen. Sie gab mir zwei Luftküsschen und rief: »Wie schön dich zu sehen, Liebes.«

Vor etwa drei Monaten hatte sie plötzlich angefangen, mich Liebes zu nennen, wovon ich nicht sehr begeistert war. Abgesehen davon war das seit mindestens fünfzig Jahren out.

»Hallo, Valerie. Du musst das wirklich nicht tun. Ich kann mir meinen Toast auch selbst schmieren und bitte schreib mir keine Karten mehr, ja?« Diese Bitte unterstrich ich vorsichtshalber mit einem wohlwollenden Lächeln, um sie nicht zu kränken. Valerie legte mir neuerdings freitags immer ein Kärtchen auf den Schreibtisch. Darauf schrieb sie jede Woche einen anderen Spruch. Letztes Mal war es ein selbstverfasstes Gedicht:

> *Du machst deinem Namen Ehre,*
> *als Chefin bist du ein Engel.*
> *Die Arbeit ist niemals schwere,*
> *hier gibt es keine Mängel.*

Ich konnte ihre Sprüche nicht lesen, ohne mich fremdzuschämen. Es war auch verständlich, dass Johanna sie als anbiedernd empfand, aber Valerie war nun einmal so und wahrscheinlich mochte sie mich einfach wirklich.

»Heute ist viel zu tun, Liebes. Deshalb frühstücke erst einmal in Ruhe. Du siehst wie immer fantastisch aus. Aber erzähl doch mal, während wir Kaffee trinken, wie war es auf der Hochzeit deiner Cousine?«

Ich nahm einen großen Schluck aus meiner Kaffeetasse. »Es war ganz nett«, sagte ich knapp. Letzte Woche hatte ich Valerie von Marion und der Hochzeit erzählt, dabei hatte ich erwähnt, dass sie Gary aus Australien mitgebracht hatte. Erst jetzt fiel mir auf, dass es sich so anhörte, als wäre Gary ein Straßenköter.

Valerie warf ihr langes, blondes Haar nach hinten. Ich fand, sie sah ein bisschen wie Meg Ryan aus, nur kurviger. Valerie war immer wie aus dem Ei gepellt und wirkte keinen Tag älter als ich, obwohl sie achtundvierzig war.

»Sind sie denn ein hübsches Paar?«, wollte Valerie wissen.

Hübsch ist er, dachte ich, Marion weniger. »Sie sind ein interessantes Paar, ja«, zog ich mich aus der Affäre.

»Wo die Liebe hinfällt, gell? Lernt sie den ausgerechnet im Urlaub auf der anderen Seite der Erdkugel kennen. Verrückt.«

»Ja, verrückt«, murmelte ich nachdenklich vor mich hin.

Am frühen Nachmittag hatte ich eine halbe Stunde Luft bis zum nächsten Termin. Mir graute schon ein wenig davor, denn Frau Wüdebrecht kam regelmäßig zur Cellulitebehandlung und erzählte mir dann während der gesamten Behandlungsdauer die Einzelheiten ihrer gescheiterten Ehe. Letztes Mal durfte ich erfahren, dass der Eheberater ihrem Mann mangelnde Sozialkompetenz auf der Kommunikationsebene bescheinigt hatte. Ich hatte abwechselnd »Aha« und »Ja, wirklich?« gemurmelt, während ich ihre fülligen Oberschenkel knetete. In solchen Momenten nervte mich meine Arbeit. Aber das war nur ein Prozent, die restlichen neunundneunzig wollte ich mit niemandem tauschen.

In dieser freien halben Stunde Pause verkroch ich mich in mein Büro und wählte Zeldas Nummer. Ich wollte einfach nicht länger darüber nachdenken, ob es richtig oder falsch und ob es vernünftig oder idiotisch war. Ich tat es einfach.

Nach dem zweiten Klingeln wurde abgenommen. Eine männlich Stimme sagte missmutig: »Bei Meier-Odenthal.«

Ich war überrascht und deshalb dauerte es ein paar Sekunden, bis ich hervorbrachte: »Guten Tag. Clea Engel mein Name. Ich hätte gerne …« Ich zögerte. »… Frau Meier-Odenthal gesprochen.«

»Moment a moi. Zeeeldaaa!!!«

Offenbar hielt es der Kerl nicht für nötig, während seines Geplärres den Hörer wegzuhalten. Er schrie direkt in meinen Gehörgang und ein kurzer Schmerz durchzuckte mich.

»Jetzt schrei doch nicht so«, hörte ich im Hintergrund eine weibliche, rauchige Stimme. »Wer ist denn dran?«

»A Frau Klier-Rangl oder sowos.«

»Ach, jetzt gib schon her, du Holzkopf.«

»Jetzt sei hoid ned immer so gschert.«

Es war zu vernehmen, wie sie um den Hörer stritten, und ich war kurz davor, das Thema Zelda tief in meine Verdrängungskiste zu vergraben.

»Hallo?«, kam es am anderen Ende, als ich schon den Daumen auf der Taste hatte.

»Ja, hallo. Clea Engel hier«, sagte ich stockend. »Ich wollte Sie um einen Termin bitten.«

»Partnerfindung, Seidenmalerei oder Gitarrespielen?«

Die Frau hatte also mehrere Sachen im Repertoire. Ihre Talente schienen sehr breit gefächert zu sein.

»Partnerfindung«, sagte ich knapp.

»Können Sie heute noch vorbeikommen? Ich könnte die hundert Euro gut gebrauchen, hab gerade meine Stromrechnung bekommen.«

Wow, die spirituelle Frau Meier-Odenthal nahm kein Blatt vor den Mund. Frank und frei, das schien ihre Devise zu sein.

»Kein Wunder«, ihre Stimme wurde plötzlich lauter, »dass die so hoch ist, wenn bestimmte Leute die ganze Nacht das Licht anlassen und wegen dem Frühstücksgeschirr die Spülmaschine laufen lassen.«

Die männliche Stimme im Hintergrund konterte: »Du muasst doch grod redn, mit deiner scheiß Teekocherei aufn Elektroherd.«

»Also, können Sie es heute noch einrichten?« Offenbar gebührte mir wieder ihre Aufmerksamkeit.

»Das geht leider nicht. Ich bin heute bis mindestens zwanzig Uhr in der Arbeit.« Außerdem hatte ich mein Montagabend-Ritual mit Julia.

»Morgen? Was ist mit morgen? Oder haben Sie's nicht so eilig?«

Ich fand es irgendwie unpassend, wie sie das sagte, wollte aber nicht darauf eingehen. »Morgen könnte ich vielleicht vor der Arbeit zu Ihnen kommen. Geht es bei Ihnen gegen acht?«

»Acht?«, rief sie aufgebracht, so als hätte ich drei Uhr morgens vorgeschlagen. »Also, ich bin echt keine Frühaufsteherin, wissen Sie. Vor zehn stehe ich eigentlich nicht auf, und wenn Sie mir zweihundert Euro geben.«

»Ich gebe Ihnen hundertfünfzig.«

»Na gut.«

Ich war nicht der Mensch, der mit Geld um sich warf, aber wenn sie mir wirklich zu einem Mann fürs Leben verhalf, dann waren sogar hundertfünfzig ein Witz. Allerdings fragte ich mich, ob es nicht zeitsparender wäre, die hundertfünfzig Euro hier und jetzt zum Fenster hinauszuwerfen. Aber in meinem Hinterkopf sagte eine leise Stimme: Man kann nie wissen.

Julia und ich gingen Montagabend immer zu Chuck. So hieß der Besitzer des thailändischen Restaurants, in dem wir uns schon seit Jahren einmal in der Woche trafen und über alles sprachen, was uns in den Sinn kam. Zumindest hieß er so ähnlich, aber wir konnten uns seinen richtigen Namen nicht merken.

Julia war seit der Studienzeit so etwas wie meine beste Freundin. Sie war letztes Jahr vierzig geworden und steckte das sehr gut weg, wie ich fand. Sie genoss ihr Leben als Single in vollen Zügen. Manchmal fragte ich mich, wie sie es schaffte, sich nie zu verlieben. Julia war ein bisschen wie Samantha aus *Sex and the City*. Als ich ihr das einmal gesagt hatte, hatte sie sich für das Kompliment bedankt. Darauf hatte sie gemeint, ich würde total dieser Charlotte ähneln. Ich hatte nur ein paar Folgen gesehen, aber war Charlotte nicht die Biedere im Quartett? Ich fragte nicht nach, denn die Antwort wollte ich lieber gar nicht wissen.

Ich bewunderte Julias guten Geschmack. Sie war immer

stilvoll gekleidet, perfekt geschminkt und ihre kurzen blonden Haare fielen ihr fransig ins Gesicht. In ihrer Wohnung passte alles perfekt zusammen und jedes Detail unterstrich die Eleganz der gesamten Einrichtung.

Chuck begrüßte uns schon am Eingang. Er erwartete uns. Wenn es in dem kleinen Restaurant voll war, hielt er uns immer einen Tisch frei. »Wie geht's?«, fragte er lächelnd, wie jeden Montag.

»Gut, und selber?«, reagierte Julia, wie jeden Montag. Aber sie war immer schon mit ihrem Blick und ihren Gedanken woanders. Chuck schien das zu merken, denn er murmelte stets: »Gut, danke.«

Manchmal dachte ich, dass ich auch gerne antworten und mal etwas anderes sagen wollte, »Schönes Wetter draußen« zum Beispiel, aber Julia war immer schneller und übernahm automatisch das Ruder. Das hatte sich so eingespielt.

Chuck zeigte auf den Vierertisch am Fenster und meinte: »Ihr Lieblingstisch ist frei.«

Wir gingen durch das halbvolle Lokal und setzten uns. Julias Blick blieb plötzlich an der Tischdecke haften. »Oh, da ist ein Fleck. Ich sag Nadja, dass wir eine neue Tischdecke brauchen.«

Mir war nicht wohl bei dem Gedanken. »Na ja, wir *brauchen* sie nicht wirklich, oder?«

Julia sah mich mahnend an. »Sei nicht immer so gutmütig.«

»Das hat nichts mit gutmütig zu tun, aber der Fleck ist doch wirklich kaum zu sehen.«

»Ich finde, du solltest nicht immer jedem kleinen Konflikt aus dem Weg gehen.«

Auf eine lange Diskussion hatte ich keine Lust. »Lass uns doch einfach nur einen netten Abend haben«, sagte ich in der Hoffnung, dass sie meine Neutralität zu schätzen wüsste.

Julia hörte mir gar nicht zu. Sie winkte schon Nadja, der Bedienung, die eigentlich auch anders hieß. Nadja kam sogleich an unseren Tisch und lächelte freundlich.

»Können Sie bitte die Tischdecke wechseln, Nadja?«, kam Julia gleich zur Sache. »Das wäre wirklich sehr freundlich. Danke.«

Nadja nickte und es schien ihr sehr unangenehm zu sein, zumal Chuck von der Bar aus alles beobachtete.

Julia akzeptierte keine Fehler oder Schwächen, weder bei anderen noch bei sich selbst. Sie leitete die Marketingabteilung einer Pharmafirma und hatte eine steile Karriere gemacht.

Während wir, nun auf einer makellosen Tischdecke, unsere Suppen löffelten, fragte ich beiläufig: »Glaubst du an Vorsehungen, Wahrsagen und so etwas?«

Julia sah mich verwirrt an. »Wie kommst du denn darauf?«

»Äh, gestern war da so ein Bericht im Fernsehen und ich dachte, ich frag dich mal, wie du so dazu stehst«, log ich.

Julia rührte in ihrer Suppe. »Das ist doch alles totaler Blödsinn. Nur naive Idioten glauben an so etwas.«

»Ja, schon«, räusperte ich mich, »aber es soll wirklich Leute geben, die Talent dafür haben. Wusstest du, dass es Wahrsager gibt, die der Polizei geholfen haben, eine Geisel zu finden oder einen Mord aufzuklären?«

»Ich glaube, das ist Zufall.« Julia winkte abfällig ab und schob ihr Suppenschälchen von sich.

»Du glaubst, es ist Zufall, wenn ein Wahrsager sagt: Da liegt die Geisel in einer kleinen, dunkelgrünen Baracke, angebunden, neben einem großen See, südlich von München. Und im Nachhinein stellt sich heraus, es stimmt?«

»Zufall, alles Zufall.«

»Ah ja.«

»Jetzt aber zu mir. Du wirst nie erraten, wer mich am Samstagnachmittag angerufen hat.«

»Wer?«

»Rate.«

»Aber du hast doch gesagt, ich werde es nie erraten, also ergibt es doch keinen Sinn, wenn ich ...«

»Marcel Baumgarten.«

»Ach, wirklich?« Ich hörte den Namen zum ersten Mal.

»Er ist jetzt geschieden. Ist das nicht fantastisch?«

»Aber sicher. Ganz toll, so eine Scheidung.«

Julia verzog den Mund. »Ach, du wieder. So meine ich das nicht. Du weißt doch, wie es zwischen uns gefunkt hat, als er letztes Jahr in der Firma angefangen hat.«

Ich hatte nicht mehr die winzigste Erinnerung daran. Es lag vermutlich daran, dass Julia, nett ausgedrückt, ein aktives Liebesleben hatte.

»Was macht er noch mal beruflich?«

Julia blinzelte mich ungeduldig an. »Er ist im Vorstand.« Sie lehnte sich zurück und ließ mich dabei nicht aus den Augen. »Im Vorstand, Clea. Überleg doch mal! Weißt du, wie viel Macht er in so einem Unternehmen wie *Pharma for Care* hat? Ich glaube, er verdient mindestens eine Million im Jahr, nach Steuern natürlich.«

»Eine Million? Was macht er nur mit so viel Geld?«

»Wenn ich ihn zu meinem Partner gemacht habe, dann finden wir bestimmt Mittel und Wege, das Geld auszugeben.« Sie lachte und sah mich erwartungsvoll an. Ich lachte kurz mit. Trotzdem verstand ich es nicht so ganz.

»Partner? Wie meinst du das?«

»Na ja, du weißt schon. Eine feste Beziehung eben.« Sie wog den Kopf hin und her, wie man es tat, wenn man einen faulen Kompromiss einging.

Ich strahlte sie an. »Du hast dich also endlich verliebt, ja?«

Sie legte kurz die Stirn in Falten. »Verliebt, ja, genau.«

»Es ist doch nicht bloße Berechnung, Julia? Ich meine, nur weil er reich und mächtig ist?«

»Quatsch! Er ist mein Traummann.«

Sollte da nicht ein Leuchten in ihren Augen sein? Aber meine Freundin hatte ihre Gefühle immer gut unter Kontrolle. Ich nickte und lächelte sie an. »Er hat also am Samstag angerufen.«

»Ja, richtig. Er ruft mich also an und fragt mich irgend so einen Blödsinn aus der Arbeit, den er auch seine Sekretärin hätte fragen können. Mir ist natürlich sofort klar, dass das Ganze nur ein Vorwand ist.«

Nadja brachte unser Essen, aber Julia hatte mal wieder etwas daran auszusetzen. »Der Fisch schwimmt ja in Öl! O mein Gott!«

Nadja blickte Julia erschrocken an. Sie wirkte nicht überrascht, vielmehr ängstlich. »Was ist mit Fisch?«, fragte sie leise.

»Viel zu viel Fett. Nehmen Sie ihn zurück in die Küche und sorgen Sie dafür, dass er picobello abgetupft wird.«

»Oh!? Abgetuff, ja.« Nadja nahm Julias Teller und eilte

damit in die Küche. Sie tat mir irgendwie leid. Ich hätte die Serviette genommen und den blöden Fisch einfach selbst abgetupft. Aber Julia konnte man es schwer recht machen.

»Jedenfalls …«, fuhr Julia fort und starrte erschüttert auf meinen gut gefüllten Teller. Wahrscheinlich schätzte sie gerade die Kalorien. »Also Marcel hat geschickt den Übergang vom Business zum Privaten eingeschlagen und mich auf ein Event eingeladen. Ein sogenannter Künstler hat gerade eine Ausstellung.«

»Ein sogenannter Künstler?«

»Ja, ja«, winkte sie ab, »von jener Sorte, die Abstraktionen aus Klopapierrollen machen.«

»Ah, verstehe.«

»Also haben wir diese Zumutung von Ausstellung besucht, sind Essen gegangen und danach zu ihm auf ein Glas Wein.«

»Du hast mit ihm …?«

»Nein, nein, nein.« Julia schüttelte energisch den Kopf. »Ich zieh das bei ihm konsequent durch mit dieser Ich-bin-schwer-zu-haben-Masche. Männer fahren voll darauf ab.«

Ich sah sie skeptisch an. »Aber das heißt doch, du spielst ihm nur etwas vor. Du bist gar nicht du selbst.«

Dann sagte sie etwas Merkwürdiges: »Ach, ich selbst, was soll das schon heißen. Ich habe viel Arbeit in das Projekt Julia gesteckt, um aus ihr das zu machen, was sie heute ist.«

Nun wusste ich endgültig nicht mehr, was ich von dieser Geschichte halten sollte. Projekt Julia? Und warum sprach sie von sich in der dritten Person?

Nadja brachte den Fisch. Bestimmt hatte er ein bisschen Spucke oder Zigarettenasche drauf. Was wütende Köche oder Kellner halt so drauf taten. Julia sah auf den Teller und meinte: »Gut so.«

»Ja«, Nadja verbeugte sich, »picobello abgetuff.«

Julia fing an, den Fisch zu zerteilen, und ich sah ihr gedankenverloren dabei zu, während ich versuchte, das verstörende Bild wieder in Ordnung zu bringen.

4

Ich kreiste seit einer Viertelstunde um den Block. Blöderweise hatte ich vergessen, Frau Meier-Odenthal alias Zelda nach der genauen Adresse zu fragen. Zwischen Apotheke und Sexshop direkt am Ostbahnhof, hatte Marion gesagt. Ich war bereits an zwei Apotheken und einem Sexshop vorbeigefahren, aber sie standen nicht in unmittelbarer Nähe zueinander. Also stellte ich mich in eine Einfahrt und rief Zelda noch einmal an. Es klingelte endlos, aber niemand ging ran. Verdammt. Schlief sie noch? Zelda schien doch das Geld zu brauchen. Warum also meldete sie sich nicht? Es half alles nichts. Ich ließ das Fenster hinunter und hielt nach Fußgängern Ausschau. Die meisten waren zu weit entfernt, aber da kam gerade ein etwa sechzigjähriger Mann mit Aktentasche vorbei.

»Entschuldigung«, rief ich ihm zu.

»Ja?« Er ging auf mein Auto zu und beugte sich zu mir hinab, dann lächelte er freundlich.

»Ich suche ... Also, ich kenne die genaue Adresse nicht, aber der Eingang ist zwischen Apotheke und ... so einem Erotikladen oder so. Können Sie mir weiterhelfen?«

Sein Gesicht verdunkelte sich. Und mein Gesicht war bestimmt krebsrot vor Scham.

»Ja, wollen Sie nun zur Apotheke oder zum Sexshop? Da gibt's halt mehrere von beiden in der Gegend hier.«

Geduldig wiederholte ich: »Nein, ich suche weder eine Apotheke noch einen Sexshop. Ich suche ein Wohnhaus, das sich *zwischen* Apotheke und Sexshop befindet.«

»Aaaah, jetzt weiß ich's. Sie meinen bestimmt die Wörth-Apotheke und die Erotikspielwiese.«

Musste er das so laut sagen?

Zum Glück war gerade niemand in der Nähe, um mein Ziel vernehmen zu können. »Da parken Sie am besten gleich hier. Zur Erotikspielwiese gehen Sie einfach hier ums Eck und dann noch hundert Meter geradeaus.«

Ich blinzelte nervös. »Wie gesagt, suche ich das Wohnhaus, aber danke.«

Die Tür ging auf und vor mir stand ein ungepflegter Kerl in mittleren Jahren. Er hatte aschblondes und ziemlich fettiges schulterlanges Haar. Seine letzte Rasur musste eine Woche her sein und das Hemd, das er trug, hatte auch schon lange keine Waschmaschine mehr von innen gesehen.

»San Sie die Frau Engel?«

Ich nickte und versuchte zu lächeln. »Ich habe vorhin angerufen, aber niemand hat sich gemeldet.«

»In der Fria gehn mia ned ans Telefon.«

»Ach so.«

»Zeeeldaaa«, plärrte er in Richtung Wohnung. »Die Frau Engel is jetzt do.«

»Ach, Alois, schick sie halt rein«, kam es ungeduldig und gedämpft aus der Wohnung. Offenbar rief sie durch eine geschlossene Tür.

»Ja mei, dann kommen S' halt rein.« Alois ging unbeholfen zur Seite und winkte mich herein.

Als ich eintrat, schlug mir der Geruch von kalter Asche entgegen. Überhaupt wurde hier offenbar nur selten sauber gemacht. Die Teppiche waren nicht nur schon ziemlich zertreten, sondern auch lange nicht mehr gesaugt worden. Die Regale und Schränke waren schon in Gebrauch gewesen, als man von IKEA noch nichts gehört hatte. Wie Antiquität sahen sie aber auch nicht aus.

»Die Zelda is in ihrem Arbeitszimmer, grodaus an Gang runta. An der Tür steht's dran.«

»Danke.« Ich nickte und zwang mich zu einem Lächeln.

Anscheinend schien das Alois nicht oft zu passieren, denn er wurde ein wenig rot und lächelte keck zurück. Dabei entblößte er eine Reihe schiefer, gelber Zähne, in deren Zwischenräumen sich noch die Reste seines Frühstücks befanden.

Ich drehte mich um und ging auf die Tür zu. Daran war tatsächlich ein Schild befestigt, auf dem Zelda stand, geschrieben mit schwarzem Edding in einer Art krakeliger Kinderschrift. Jede Wette, das war Alois.

Ich klopfte.

»Ja, ja«, kam es ungeduldig von der anderen Seite der Tür. »Kommen Sie doch rein. Bin nicht umsonst um halb acht aufgestanden und hab mich für Sie schön gemacht.«

Nun war ich aber gespannt.

Als ich eintrat, sah ich Zelda vor dem Schreibtisch stehen. Sie zog gerade an einer Zigarette. Überhaupt war der Raum jetzt schon ziemlich verraucht. Zelda sah aus wie eine Diva, die in die Jahre gekommen war. Sie war klein und rundlich und trug eine Art flatterigen Zweiteiler in Lila. Um den Hals hatte sie eine Holzperlenkette mit einem

Sonnenblumen-Anhänger. Ihre Haare trug sie hochgesteckt und sie war extrem stark geschminkt. Lange, falsche Wimpern, lila Lidschatten und jede Menge Puder. Das Schlimmste an dieser ganzen Make-up-Sünde war jedoch der knallrote Lippenstift. Nicht genug damit, dass die Farbe so gar nicht zu den anderen Farben passte, sondern sie hatte ihren Mund auch noch in Herzform gemalt. Ich versuchte, nicht allzu schockiert auszusehen. Würde sie mir in der Trambahn gegenübersitzen, würde ich denken, sie sei verrückt. Wahrscheinlich war sie das auch.

Die vielen verschiedenen Eindrücke überwältigten mich. In der Mitte des großen Raumes, neben Zelda, stand ein großer, diesmal wirklich antiker Tisch aus Kirschbaum. Darauf lagen jede Menge Papiere und Kleinkram verstreut. In einer Ecke sah ich drei Gitarren. Zwei waren an die Wand gelehnt und eine lag auf einem Stuhl. In der anderen Ecke befanden sich Malutensilien und Dosen, darüber waren Tücher drapiert. Und als ob der Raum nicht schon voll genug war, standen irgendwo auch noch ein Staubsauger und ein Ficus benjamina, dessen Blätter bis zur Decke ragten.

»Guten Morgen, Madame Zelda«, sagte ich, wie Marion es mir nahegelegt hatte.

Sie machte eine ungeduldige Handbewegung und zeigte zum Stuhl, der ihr gegenüber vom Schreibtisch stand. »Nehmen Sie Platz, Goldie. Husch, husch, nicht so zaghaft.« Mit einer einzigen Bewegung fegte sie das Zeug vom Tisch auf den Boden und reichte mir ihre schmuckbehangene Hand.

»Ähm, ich heiße nicht Goldie, wissen Sie, sondern Clea.«

»Ich nenne Sie Goldie, wenn's recht ist.« Sie lächelte mich an und nickte, fast so, als würde sie keinen Widerspruch erwarten.

Ich wusste nicht, was ich erwidern sollte, und schüttelte deshalb einfach ihre Hand. Aus der nahen Entfernung fiel mir auf, dass Zelda wohl gerne ins Solarium ging, denn sie hatte eine Hautfarbe wie eine Inderin. Zu ihren hellblauen Augen sah das auf gewisse Weise fesselnd aus. Sie drückte die Zigarette in einem überquellenden Aschenbecher aus. Als sie sich setzte, stützte sie sich mit den Händen an der Lehne des Stuhls ab. Ihr Nagellack sprang mir ins Auge. Eine Hand hatte sie türkis lackiert, die andere schwarz. Diese Frau hatte einen gewaltigen Sprung in der Schüssel, so viel war klar. Und überhaupt: Warum hatte sie für ihren Sohn keine Freundin gefunden?

»Warum haben Sie eigentlich für Ihren Sohn keine Freundin gefunden?«, platzte es aus mir heraus.

»Alois? Der ist nicht mein Sohn.«

»Sondern?« Erst als ich es ausgesprochen hatte, schämte ich mich ein wenig für meine Indiskretion, aber es interessierte mich plötzlich ungemein. Nun konnte ich nicht mehr zurück, also ging ich aufs Ganze: »Ist er ihr Neffe? Ihr Untermieter?«

Zelda schwieg, drehte den Kopf zur Seite und sah mich belustigt an.

»Oder ist er ... Ihr Liebhaber?«

Zelda ließ sich nach hinten fallen und brach in schallendes Gelächter aus. »Ach, Goldie! Das ist ja köstlich.« Sie winkte ab. »Ich hatte unzählige Liebhaber, aber die waren selbstverständlich alle Künstler.«

»Künstler? Maler und Schriftsteller?«

Zelda machte eine ausladende Geste mit beiden Armen. »Maler, Schriftsteller und Musiker.«

»Ach?«

»Ja, ja« bestätigte sie, »aber bedauerlicherweise allesamt brotlose Künstler. Was erklärt, warum ich in dieser Bruchbude lebe. Mein jetziger Freund ist bildendender Künstler, der als Möbelpacker arbeitet. Aber er ist mein Augapfel und ich liebe ihn.«

»Und Alois? Was ist er denn nun?« Jetzt war ich wirklich neugierig.

»Der Alois ist der Sohn meiner Freundin. Sie ist vor über zehn Jahren gestorben und seitdem ist der Alois bei mir.«

»Ach so.«

»Na ja, er ist nicht gerade eine Leuchte. Aber da kann er ja nix dafür, der Alois.«

»Natürlich nicht!«, bestätigte ich sogleich. Armer Alois. Und ich hatte so fiese Gedanken über ihn gehabt, von wegen eklig und so. Na ja, eklig war er schon irgendwie, aber wenn er doch nichts dafür konnte.

»Aber jetzt zum Geschäftlichen«, sagte Zelda. »Sie brauchen einen Mann?«

Ich lachte auf. »*Brauchen* ist vielleicht etwas übertrieben, aber ich hätte gerne einen Partner, der zu mir passt, ja.«

Sie starrte konzentriert auf mein Gesicht. Ich sah sie an, lächelte und sah als Erste weg.

»Heieiei, Goldie.«

Heieiei? Was hieß heieiei? »Ja, Madame Zelda?«, presste ich unsicher hervor.

Sie trommelte mit den Fingern auf der Tischplatte. »Es ist so: Du brauchst entweder einen ganz Sensiblen, den du dominieren kannst ...« Sie senkte den Blick und ergriff mit beiden Händen meine Arme, um meine Hände zu suchen und festzuhalten. »In diesem Fall könnte ich dich nach Sibirien schicken. Da ist ein Arzt ...«

»Nee, lassen Sie mal«, unterbrach ich sie.

»Warte.« Sie blinzelte nervös und kräuselte den Mund. Offenbar konzentrierte sie sich auf etwas. »Es ist schwirig mit dir.«

»Schwirig?«, fragte ich etwas erschrocken. »Sie meinen, schwieriger als bei Ihren anderen ... äh ... Klienten?«

Sie sah mich an. »Du machst momentan eine Veränderung durch. Deine Prioritäten verschieben sich gerade etwas.«

Das beeindruckte mich ein bisschen, weil es stimmte. Aber vielleicht war es nur ein psychologischer Trick. Bestimmt kamen die meisten Leute in einer Lebensphase zu ihr, in der sich viel veränderte.

Zelda drückte wieder etwas fester zu und meine Finger schmerzten dabei. »Dadurch verschiebt sich auch das Zielobjekt.«

»Das Zielobjekt?«, wiederholte ich.

Sie nickte nachsichtig. »Der Mann halt. Wovon sollt ich denn sonst sprechen?«

»Ah, klar.«

»Deine Beziehungen waren bisher eine einzige Katastrophe, besonders die mit dem Künstler. Ein Musiker, nicht wahr? Wobei du mit dem am ehesten eine Chance gehabt hättest.«

Ich saß da und sah sie mit offenem Mund an. »Hat meine Cousine Marion von mir erzählt?«

Sie starrte mich an. »Bitte was? Du glaubst, mein Wissen kommt nicht von innen, sondern von Informanten?«

»Entschuldigung.«

»Zurück zum Wesentlichen. Also ...«

»Sagen Sie's einfach!« Langsam wurde ich ungeduldig. Sie warf mir einen kurzen, beruhigenden Blick zu, dann sah sie wieder auf meine Hände. Durch den Druck schmerzte es mittlerweile noch mehr, aber ich wollte tapfer sein und sagte nichts.

»Ich habe den idealen Mann für dich, Goldie. Er passt perfekt zu deinem jetzigen Charakter.«

»Wirklich?«

Sie nickte und lächelte mich aufmunternd an. »Er ist perfekt. Und weißt du, was das Beste ist?«

»Was denn?« Ich konnte die Antwort kaum erwarten. »Was ist das Beste?«

»Er ist hier!« Sie grinste zufrieden.

Hier? Oh Gott! Sie wollte mir doch hoffentlich nicht diesen Alois andrehen? »Hier? Wo denn?« In meiner Stimme lagen Anflüge von Panik und ich drehte mich hektisch nach allen Seiten um.

»In München.«

Erleichtert atmete ich aus. »Wirklich? Wo finde ich ihn? Er ist doch nicht verheiratet, oder? Wie heißt er?«

Zeldas Stimme wurde ein wenig ungeduldig, als sie sagte: »Jetzt pass mal auf, Goldie. Es ist ja nicht so, dass ich auf dem Einwohnermeldeamt bin und dir seine Daten ausdrucke. Ich kann dich nur zu ihm hinführen.«

»Ja, natürlich«, sagte ich verständnisvoll.

»Also …« Sie drückte weiter meine Hände und fuhr mit geschlossenen Augen fort: »Er arbeitet in einer Art Café.« Dann öffnete sie die Augen wieder und sah mich an.

»In einem Café?« Ich runzelte die Stirn. »Was soll das heißen?«

»Das heißt, dass er in einem Café arbeitet. Welchen Teil von Café hast du denn nicht verstanden, Goldie?«

»Mein Traummann ist ein – Kellner?«

»Sieht so aus, ja.«

Wir saßen uns schweigend gegenüber, die Hände ineinander verschlungen. Aus der Nachbarwohnung drang der Beat von Michael Jacksons *Billie Jean* durchs offene Fenster.

»Gehört ihm dieses Café? Studiert er noch? Oder – ist er einfach so Kellner?«

Zelda sah mich misstrauisch an. »Keine Ahnung. Ist das denn wichtig?« Sie gab mir in diesem Moment das Gefühl, völlig oberflächlich zu sein. War ich das? Aber seien wir doch ehrlich: Als Kellner hatte ich mir meinen Traummann nicht gerade vorgestellt.

»Wie sieht er denn aus?«, wollte ich wissen.

Zelda zuckte die Schultern. »Genau kann ich das nicht sagen, aber er ist ein heller Typ.«

»Was meinen Sie mit heller Typ?«

»Das heißt, dass wir Denzel Washington und Barack Obama schon mal ausschließen können.«

Ich sah sie verwirrt an.

»Na, blond halt«, sagte Zelda.

»Ach so.«

Sie tätschelte kurz meine Hand. »Hoffe, das ist dein Typ.«

»Also, die Haarfarbe ist mir ziemlich egal.«

»Gut.«

»Wo ist denn dieses Café?«

Sie ließ meine Hände los und lehnte sich in dem alten Holzstuhl zurück. »Es ist im Lehel, ein paar Minuten vom Isartor. Ich sehe es vor mir, aber der Name taucht nicht vor meinem inneren Auge auf. So detailliert geht es auch wieder nicht.« Sie zog die Schublade auf und kippte sich aus einem Porzellandöschen ein wenig Schnupftabak auf den Handrücken.

»In welche Richtung muss ich vom Isartor aus gehen?«

Zelda zog wie ein Ameisenbär den Schnupftabak ein. »Da gehst du Richtung Lehel. Wie gesagt.«

»Ach so. Also nach Norden, oder wie?«

Zelda nickte. »Wohin denn sonst. Und dann gehst du ein paar Minuten. Irgendwann muss es dann auftauchen.«

»Was heißt ein paar Minuten? Zwei oder zweiunddreißig Minuten?«

Zelda kräuselte die Lippen. »Keine Ahnung. Jedenfalls hat es eine dunkelrote Markise und es ist eine weiße Schrift an den Fenstern. Ach ja, und daneben muss irgendwas mit Blumen sein. Ich sehe ganz viele Blumen.«

Das konnte nur ein Blumenladen sein. »Nun gut, da drin arbeitet also der Mann, der perfekt zu mir passt?«

Zelda nickte nachsichtig, als wäre ich fünf Jahre alt und sie erklärte mir die Schule. »Ja, Goldie. Da drin arbeitet dein Traummann.«

»Und der ist Kellner?« Ich gab die Hoffnung nicht auf. Vielleicht war er der Eigentümer und besaß zwanzig von solchen Cafés.

»Sieht so aus«, sagte sie knapp.

Ich schwieg, dann kramte ich in meiner Tasche nach der Geldbörse.

»Ich weiß, dass du enttäuscht bist, Goldie. Aber wenn ich dir einen Rat geben darf?«

Ich hielt in meiner Bewegung inne und nickte.

»Was uns auf den ersten Blick als Fehlschlag oder Enttäuschung erscheint, entpuppt sich manchmal als Glücksfall.«

»Mh-hm.« Hatte sie noch so eine abgedroschene Phrase auf Lager? Ich zog drei Fünfziger aus meiner Geldbörse und legte sie auf den Tisch. Zelda zog wieder eine ihrer Schubladen auf und holte ein kleines Porzellanschwein hervor. Sie stellte es auf den Tisch. Ich starrte das grinsende Schwein etwas ratlos an.

»Das ist die Kaffeekasse«, klärte sie mich auf.

»Kaffeekasse, aha.« Ich zog noch einen Fünfeuroschein aus der Geldbörse, faltete ihn zusammen und quetschte ihn durch den winzigen Schlitz.

Zelda verzog den Mund und murmelte: »Na ja, es ist Monatsende. Da sind wir alle etwas knapp, gell?« Sie zündete sich eine Zigarette an.

Wir sahen uns eine Weile in die Augen, und dann sagte ich: »Wenn das wirklich mein perfekter Mann ist, in dem Café, dann …«

»Dann?«

»Dann komme ich wieder und stecke tausend Euro in diesen Schlitz. Das schwöre ich.«

»Noch so eine Maulheldin. Was glaubst du, was mir die Leute schon alles versprochen haben? Die haben ihre perfekten Partnerinnen und Partner gefunden und wenn ich die ganzen Häuser, Autos und das viele Geld hätte, das sie mir davor versprochen haben, dann wäre mein größtes Problem jetzt, auf welcher Privatinsel ich Urlaub machen soll.«

Ein Kellner. Damit hatte ich nun nicht gerechnet. Ich saß wieder im Auto und hörte Tracy Chapman. Und ich hatte wegen Marions Kioskbesitzer die Nase gerümpft. Gegen meinen Kellner war Gary ein Großunternehmer.

Aber ich war furchtbar neugierig. Ich wollte wissen, wie dieser Mr. Right war. Wie sah er aus? Was war er für ein Mensch? Wie sprach er und was ging in seinem Kopf vor? Ich musste da hin. Sofort. Auf der Stelle.

Es dauerte ein paar Minuten, bis ich mein Handy in der Tasche gefunden hatte.

»Ja, Chefin?«, meldete sich Johanna.

»Hallo. Was machst du gerade?« Ich versuchte, autoritär zu klingen, auch wenn ich mir das bei Johanna eigentlich sparen konnte. Komischerweise imponierte mir das auch irgendwie.

»Heute ist Dienstag«, sagte sie. »Also, was steht auf deiner blöden Liste? Du weißt es doch.«

»Behandlungsstühle desinfizieren und Schaufenster dekorieren.«

»Genau«, bestätigte Johanna.

»Du lügst mich an.«

»Bitte?«

»Das steht bei Donnerstag!«

»Ups. Da bin ich wohl in die falsche Zeile gerutscht. Ja, stimmt, Donnerstag. Heute ist Controlling angesagt. Ach, das Getippe am Computer ist zum Kotzen.«

»Ich hoffe, es ist keine Kundin im Laden.«

»Ich muss jetzt aufhören, da stehen zwei aufgebrezelte Tussis vor dem Tresen und wollen einen Termin.«

»Sehr witzig, Johanna, wirklich.«

»Warum rufst du an?«

»Ich habe noch etwas zu erledigen und komme etwas später.«

»Und wer soll die Schmitthuber machen?«

Sollte ich zu Johanna sagen, dass sie die Kundin anrufen und den Termin verschieben sollte? Das war natürlich nicht besonders professionell. Andererseits musste ich jetzt da hin, meinem Mr. Right begegnen.

»Ich überlege gerade«, sprach ich meine Gedanken laut aus, »ob du nicht bei der Schmitthuber anrufen und den Termin verschieben könntest.«

»Hmm. Tja, wenn du das für richtig hältst. Du hast hier das Sagen.«

»Wäre das so schlimm?«

»Ich sag's dir ganz ehrlich. Wenn ich so einen Anruf bekommen würde, ich würde nie wieder einen Fuß in diesen Laden setzen. Ich würde denken, die haben jemandem meinen Termin gegeben, der wichtiger ist als ich. Und AK kann ich sie auch nicht geben, weil sie ausgebucht ist.«

Es ärgerte mich ein bisschen, dass sie mich belehrte. Aber Johanna hatte recht, und sie tat mir einen Gefallen. So musste ich es sehen. »Ich bin in einer halben Stunde da.«

»*Ich* sollte diesen Laden führen und *du* solltest Staubwischen und Stühle desinfizieren. Das Leben ist ungerecht.« Johanna legte auf.

5

Entsetzt stand ich am nächsten Morgen vor dem Spiegel. Ich hatte mich entschieden, geduldig zu sein und meinen Auserwählten erst jetzt aufzusuchen. Nach der Arbeit dort aufzutauchen hatte ich nicht für vorteilhaft gehalten. Ein langer Arbeitstag förderte nicht gerade ein frisches Gesicht. Ich hatte jedoch nicht ahnen können, dass ich mich vor Aufregung darüber hin und her wälzen würde. Das Resultat war desaströs, was übrigens vorhin auch Linda mit den Worten »Oh, du siehst aber scheiße aus« zum Ausdruck gebracht hatte.

Aber jetzt konnte ich nicht mehr länger warten.

Ich legte mir eine gewaltige Schicht Make-up auf, danach kaschierte ich meine Augenringe mit einem hellen Concealer. Die Wimpern tuschte ich mir dreimal länger als sonst. Mein Spiegelbild stellte mich einigermaßen zufrieden. Julia sagte immer, ich sähe aus wie Kate Moss. Ich musste lächeln. Ich sah ihr wirklich ziemlich ähnlich, nur hatte ich mehr Sommersprossen, und ich hatte himmelblaue Augen, auf die ich recht stolz war. Mit meinem Aussehen war ich alles in allem immer zufrieden gewesen. Manche betrachteten meine dünne Figur als Segen, aber ich musste auch gegen jede Menge Klischees ankämpfen. Es nervte mich, dass dünne Frauen Schimpfwörter wie Hungerhaken zu dulden hatten. Ich mochte einfach keine deftigen Sachen, und ohne Süßigkeiten konnte ich auch ganz gut leben.

Das Telefon klingelte. Den Anrufer würde ich abfertigen müssen, weil ich losmusste, wenn ich meinem perfekten Mann nicht nur im Vorbeigehen begegnen wollte.

Ich nahm den Hörer von der Basis. Es war Gesa.

»Ich hab nicht viel Zeit«, sagte ich ihr gleich.

»Warum denn? Du musst doch noch gar nicht zur Arbeit.«

»Aber ich habe vorher noch etwas zu erledigen.«

»Um diese Zeit? Was denn?« Sie war manchmal furchtbar neugierig und indiskret. Na gut, ein klitzekleines bisschen hatte ich das von ihr. Wenn man ihr einen Wink gab, dass sie zu weit ging, ignorierte sie ihn in der Regel und bohrte einfach weiter.

»Ich muss ... Also, ich muss ...« Warum fiel mir nichts ein? Ich stotterte herum wie ein Schulkind, das beim Schwänzen erwischt wurde.

»Ich ahne es«, meinte sie, mehr zu sich selbst.

»Bitte was?« Sie konnte nicht über Zelda Bescheid wissen. Oder doch? Hatte Marion mit Gesa gesprochen und ihr irgendetwas erzählt?

»Tu doch nicht so.«

Wusste ich es doch! Ich würde nie wieder ein Wort mit Marion sprechen.

»Du hast einen Mann da, der bei dir übernachtet hat!«

»Was?«

»Ich merke doch an deiner Stimme, dass etwas vorgeht.«

»Selbst wenn es so wäre, Gesa, wollen wir doch mal festhalten, dass ich beinahe vierzig Jahre alt bin, ja?«

»Ist er verheiratet?«, bohrte sie weiter.

»Du hast wohl deinen Kaffee noch nicht gehabt, oder?«
»Sag bloß Ja oder Nein. Du musst nicht ins Detail gehen.«
»Ich erzähle es dir ein anderes Mal.« Nachdem ich den Satz ausgesprochen hatte, wurde mir klar, dass ich entweder lügen oder mit der Wahrheit herausrücken musste. Die Wahrheit allerdings würde Gesa niemals verstehen. Sie verabscheute Hollywoodfilme mit der Begründung, dass sie von dieser ewigen Liebessuche chronischen Brechreiz bekam.

»Ich habe keine Affäre, und schon gar nicht mit einem verheirateten Kerl. Was will ich denn mit so jemandem? Den könnte ich ja kaum behalten, oder?«

»Behalten?«, wiederholte sie abfällig. »Also, Clea, wenn du ein Kind willst, dann musst du dir deswegen doch keinen…«

»Ich muss los.«
»Wohi…«
Ich legte auf.

Im Lehel einen Parkplatz zu finden war beinahe so Erfolg versprechend wie eine Kontaktlinse in einer Lagerhalle zu suchen. Ich war schon beinahe einem Nervenzusammenbruch nahe, als ich doch endlich einen fand. Besser gesagt, einen halben Parkplatz, denn ich musste mich ein wenig quer reinstellen.

Die nächste Viertelstunde versuchte ich mich zurechtzufinden und folgte Zeldas Beschreibung. Es dauerte tatsächlich nicht lange, bis ich mein Ziel gefunden hatte. Eigentlich hatte ich erst den Blumenladen entdeckt und dann war mein Blick auf das Café gefallen.

Bean & Bake Coffee Shop stand es in großen, weißen Lettern im Schaufenster. Auf einmal war ich unglaublich aufgeregt. Mein Mund wurde ganz trocken und tausend Gedanken spukten mir durch den Kopf.

Stopp, sagte ich mir. Ich durfte mich jetzt nicht verrückt machen lassen. Ich würde jetzt ganz lässig da reingehen und ihn unter die Lupe nehmen. Und wenn Zelda wirklich recht hatte und mich dort Mr. Bombastic erwartete, dann würde mir schon etwas einfallen, wie ich ihn näher kennenlernen konnte. Die Dinge würden sich schon irgendwie entwickeln.

Als ich auf die Tür zuging, klopfte mein Herz wie verrückt. Durch die Scheibe sah ich eine Frau in weißer Schürze, die ihr langes schwarzes Haar zu einem Pferdeschwanz zusammengebunden hatte. Sie trug ein Tablett nach vorne zum Tresen. Offenbar gab es im hinteren Bereich noch weitere Sitzplätze.

Hinter dem Tresen stand ein Mann, etwa in meinem Alter. Ob er das war? Einen anderen Mann konnte ich nicht entdecken.

Er bückte sich gerade, um einen Korb mit Tassen aus der Spülmaschine zu holen und oben auf die Ablage zu stellen. Mir blieb nicht verborgen, wie sich dabei seine muskulösen Arme unter dem weißen Hemd anspannten. Er war schlank, aber kräftig gebaut und etwa eins achtzig groß. Dunkelbraune Haare und ein markantes Gesicht. Er hatte so einen leichten Macho-Touch, zwar durchaus auf attraktive Art, aber sein Blick war nicht so offen und freundlich, wie ich es bei Männern schätzte.

»Hallo«, sagte ich, als ich eintrat.

Die Frau lächelte mich an und erwiderte den Gruß, während sie die leeren Gläser, Tassen und Untertassen auf den

Tresen stellte. Der Mann rang sich zu einem Hallo durch, lächelte aber nicht. Das konnte doch unmöglich mein Mr. Right sein! Im nächsten Moment besann ich mich, dass mein Auserwählter blond sein sollte, und mir fiel ein Stein vom Herzen.

Wo war der Blonde? Ich blickte um die Ecke. Das Café war L-förmig angelegt. Im hinteren Bereich saß nur ein einzelner Gast mit einer Zeitung. Dort würde ich überhaupt nichts mitbekommen. Ich musste also in den vorderen Bereich.

Ich setzte mich an einen der hohen Tische an der Wand und wartete einfach, was passieren würde.

Hatten Coffeeshops nicht ein Selbstbedienungssystem? War die Frau nur da, um abzuräumen? Wie peinlich, ich wusste es einfach nicht. In München kannte man sich auch bald nicht mehr aus. Ständig schossen irgendwelche neuen Gastronomiezweige aus dem Boden. Ich suchte nach Hinweisen, ob irgendwo *Selbstbedienung* stand, fand aber nichts. Die Bedienung sagte in meine Richtung: »Hier vorne ist Selbstbedienung. Nur im hinteren Teil wird bedient. Sorry.«

»Ach so, okay. Danke.« Ich machte Anstalten aufzustehen, um mir meinen Kaffee selbst zu holen, aber da sagte der Mann hinter dem Tresen mit leicht genervter Stimme: »Bleiben Sie sitzen. Was möchten Sie?«.

»Äh …« Mir schossen mehrere Gedanken durch den Kopf: Latte macchiato war in letzter Zeit irgendwie in Verruf geraten, Espresso war zu schnell getrunken, die neumodischen Kaffees mit Geschmack waren nichts für mich und Filterkaffee war zu spießig.

Der Kellner sah mich ungeduldig an. Seinem Gesichtsausdruck zufolge war er kurz davor, mich zu fragen, ob ich Deutsch spreche.

»Ich hätte gerne einen Cappuccino.«

»Okay.« Er drehte sich um und werkelte an der Kaffeemaschine herum.

Gott sei Dank war er nicht blond. Nein, meinen Traummann stellte ich mir herzlich und witzig vor. Mit positiver Ausstrahlung und Humor. Es musste noch jemanden geben, der hier arbeitete. Natürlich war der ausgerechnet heute nicht da. Mr. Cool brachte mir den Cappuccino und stellte ihn vor mich hin. »Bitte sehr«, quetschte er hervor.

»Danke.« Während ich hin und wieder an der Tasse nippte, sah ich mich um. Wenn Zelda wirklich diese Gabe hatte und sie recht behielt, sollte hier also mein zukünftiger Freund arbeiten. Zwischen schmutzigen Gläsern und Essensresten auf den Tellern. Vielleicht war er gerade auf der Uni? Aber dann wäre er viel jünger als ich. Ein Spätstudierender? Es brachte nichts, mich verrückt zu machen. Erst einmal musste ich herausfinden, wann er arbeitete. Ich trank meinen Cappuccino aus und ging zum Tresen, um zu bezahlen.

»Floyd?«, rief die schwarzhaarige Bedienung aus dem hinteren Bereich in Mr. Cools Richtung, »Pepe will wissen, ob du die Crème fraîche bestellt hast.«

»Hab ich«, antwortete er.

Floyd? Was war denn das für ein Name? Waren seine Eltern Pink-Floyd-Fans?

»Was bekommen Sie für den Cappuccino?«

»Drei Euro fünfzig, bitte.«

Ich legte vier Euro auf den Tresen. »Stimmt so, danke.«

»Danke auch.« Er nahm die Münzen und verzog keine Miene. Wow, der schien zum Lachen in den Keller zu gehen.

»Die Toiletten sind hinten?«, fragte ich.

Er nickte. »Ja, einfach rechts herum und geradeaus.« Er hob die Hand und zeigte in die entsprechende Richtung.

Offenbar hielt er mich nicht für fähig, den Weg ohne seine Hilfe zu finden. »Danke.« Es klang ein wenig schnoddrig, wie ich das sagte, aber es war mir egal.

Als ich später aus der Damentoilette kam, sah ich die Kellnerin, wie sie mit einem feuchten Lappen über die Tische wischte. Johanna würde es hier keinen Tag aushalten. Ihr war das wenige Staubwischen und Desinfizieren der Stühle schon zu viel.

Auf dem Weg zurück fiel mein Blick nach links. Ich erspähte eine winzige Küche, in der ein junger Mann stand und mit dem Schneebesen in einer großen Schüssel rührte. Vor dem Kücheneingang hing ein DIN-A4-Blatt an der Wand, auf dem in Fettdruck das Wort *Dienstplan* stand.

Ich warf einen kurzen Blick zur Kellnerin. Sie hatte gerade angefangen, einen Tisch abzuräumen und war erst einmal eine Weile beschäftigt. Also nahm ich all meinen Mut zusammen, huschte Richtung Kücheneingang und stellte mich vor den Dienstplan. In der linken Spalte standen die Namen. Floyd, Yara, Bea, Elias. Die zwei Frauen fielen weg, dem reizenden Floyd war ich schon begegnet, also blieb nur einer: Elias. Das musste er sein! Was für ein schöner Name. Ich schmunzelte zufrieden vor mich hin. Mit meinem Blick folgte ich der Zeile, in der sein Name stand. Er arbeitete anscheinend immer nur nachmittags und abends.

»Kann ich Ihnen helfen?«

Ich drehte mich um und blickte Mr. Cool ins Gesicht. Das Problem war nun, wie ich mir diesen Elias krallen sollte, ohne dass Floyd ihm darüber berichtete, was für ein Freak ich war. Jemand, der sich die Arbeitszeiten der Mitarbeiter einprägte – so eine Verrückte! Ich gab mir alle Mühe, ganz entspannt zu wirken.

»Ach, entschuldigen Sie bitte, aber – ich wollte nur kurz einen Blick auf Ihren Dienstplan werfen, weil ...« Gerade wollte ich die Lügengeschichte meiner imaginären Freundin auftischen, die verschollen war und nun angeblich in einem Coffeeshop arbeitete. Etwas Besseres fiel mir auf die Schnelle nicht ein.

Aber dann überraschte mich Floyd mit der Frage: »Suchen Sie einen Job?«

»Einen Job?« Ich sah ihn groß an.

Er wandte nicht den Blick von meinem Gesicht, als er meinte: »Warum sehen Sie sich sonst unseren Dienstplan an?«

War ich plötzlich froh, dass ich nicht die Geschichte mit der verschollenen Freundin gebracht hatte.

»Na ja, Sie haben recht. Ich wollte nicht direkt fragen, wissen Sie. Ich habe mich mittlerweile in unzähligen Läden beworben, aber zurzeit wird einfach niemand gesucht und ich bringe irgendwie nicht mehr den Mut auf zu fragen.« Keine schlechte Performance, die ich hier ablieferte. Ich war fast ein bisschen stolz auf mich. Gott sei Dank, ich hatte meinen Kopf noch aus der Schlinge ziehen können.

»Wir suchen tatsächlich momentan jemanden, für Freitag- und Samstagabend.«

Mein Mund öffnete sich vor Staunen ganz von selbst. »Ach?« Ich versuchte Freude zu zeigen, fühlte aber gleichzeitig Angst in mir hochkriechen. »Aaah, das ist ja schön, so so«, brabbelte ich vor mich hin.

»Sie haben Erfahrung im Service?«

Ich nickte mechanisch. Irgendwie schüchterte dieser Mann mich ein.

»Aber wie ich schon sagte, nur Freitag- und Samstagabend. Als Aushilfe, Festanstellung ist nicht drin.«

»Ach ja, äh, gut«, stammelte ich.

»Setzen Sie sich bitte da hinten ins Eck. Ich hole nur den Personalbogen.«

Floyd ließ mich verwirrt zurück. Hatte er das wirklich als ein Ja verstanden? Ich konnte ja nicht wirklich … oder doch? Eigentlich hatte ich eher einen Stammgaststatus angepeilt. Als Stammgast müsste ich allerdings schon jeden Tag zwei Stunden in diesem Coffeeshop verbringen, damit ich langsam an meinen perfekten Mann herankam und ihn aus der Reserve lockte. Vielleicht wäre das Ganze eher kontraproduktiv und er würde mich für eine Stalkerin halten, wenn ich hier fünfmal pro Woche einen Cappuccino nach dem anderen schlürfte. Beim Arbeiten würde ich ihn viel schneller kennenlernen. Und was hatte dieser Floyd gesagt? Freitag- und Samstagabend? Das würde ich hinkriegen. Und länger als zwei oder drei Wochenenden würde das schon nicht dauern, dann könnte ich dieses Theater wieder beenden. Sobald ich Elias erobert hatte, würde ich hier abhauen und nur noch eine Staubwolke hinterlassen.

»Sie stehen ja immer noch hier.« Es muss wohl eine Weile vergangen sein, aber in meiner Aufregung hatte ich davon nichts mitbekommen. Mir war klar, dass er mich für ziemlich seltsam halten musste.

Wir setzten uns. Die Situation fühlte sich sehr surreal an, aber ich beschloss, das jetzt einfach durchzuziehen. Floyd zückte den Kugelschreiber und fragte: »Name?«

»Clea Engel.«

»Schreibt man Clea mit c?«, fragte er.

»Ja«, sagte ich nur.

Er sah mich an. »Ist das die Abkürzung von Cleopatra, oder so was?«

Von ... bitte was? Hatte er gerade Cleopatra gesagt? Auf den Schwachsinn war ja noch niemand gekommen. »Clea ist die Abkürzung von Clementia«, sagte ich pikiert.

»Oh«, meinte er, als hätte ich gerade gesagt, ich hätte nur noch ein Jahr zu leben. Ich wollte kein Mitleid von jemandem, der Floyd hieß. Ich liebte meinen Namen! »Was machen Sie sonst?«

Ich sah ihn an und lächelte nervös. Sonst? Meinte er hauptberuflich? Ich musste einen Grund finden, warum ich hier anheuerte.

»Ich bin Kosmetikerin«, sagte ich, um einigermaßen bei der Wahrheit zu bleiben.

»Okay.« Er füllte den Personalbogen aus, als könne ich das nicht alleine. »Und wie sind Sie auf uns gekommen?«

Mit dieser Frage hatte ich nun überhaupt nicht gerechnet. Ich konnte kaum von Zelda erzählen. »Eine Freundin hat Sie mir empfohlen. Sie kommt hier manchmal zum Kaffeetrinken vorbei.«

»Alles klar.« Er drehte das Blatt und schob es zu mir hin. Mit der anderen Hand reichte er mir den Kugelschreiber. »Wenn Sie mir noch Adresse und Telefonnummer aufschreiben. Das reicht fürs Erste.«

Ich schrieb. Die schwarzhaarige Bedienung ging an unserem Tisch vorbei und ich hob den Kopf. Sie lächelte mich an. Ich fand sie sofort sympathisch. Als ich fertig geschrieben hatte, fragte ich noch: »Wie sind noch mal meine Arbeitszeiten?«

»Freitags von achtzehn Uhr bis Mitternacht und samstags von sechzehn bis zwanzig Uhr. Freitags ist hier viel los, das ist der einzige Tag, an dem wir so lange geöffnet haben. Samstags ist es ziemlich ruhig. Sie kommen auf genau vierhundert Euro im Monat, weil zehn Euro pro Stunde bezahlt werden. Mit Trinkgeld haben Sie bestimmt achthundert Euro im Monat. Das ist nicht schlecht für ein paar Stunden am Wochenende, oder?«

»Ja, das ist super«, versuchte ich Begeisterung vorzutäuschen.

»Ach, und noch was«, meinte mein zukünftiger Chef, »schwarze Hose und weißes Hemd, bitte. Schwarze Jeans gehen auch.«

»In Ordnung.«

Floyd stand auf, und ich tat es ihm nach. Er reichte mir die Hand und wirkte nun doch ein Fünkchen freundlicher, als er meinte: »Tja, dann. Gratuliere. Nun haben Sie endlich einen Job.«

Vor einer halben Stunde hatte ich noch gedacht: *Die Dinge würden sich schon irgendwie entwickeln.* Sie hatten sich entwickelt. Ich war jetzt Kellnerin.

6

»Ich werde die nächsten Wochen freitags früher gehen.«
Valerie, Johanna und Karen sahen mich neugierig an. Wie es aussah, warteten sie auf weitere Erklärungen. Zum Glück schlossen wir samstags schon am Nachmittag, sodass ich diesen Tag unerwähnt lassen konnte.

»Und wann musst du dann immer gehen, Liebes?« Valerie faltete die Hände ineinander und lächelte mich an.

»So gegen halb sechs.«

Valerie war sichtlich überrascht. »Oh, so früh schon.«

»Also, ich bin froh, wenn ich deine Termine übernehmen kann«, sagte Karen.

»Ach wirklich?« Ich war zwar erleichtert, aber auch verblüfft, denn Karen sprang als Aushilfe nur hin und wieder ein. Bei *Bionatura* war sie in der Vertriebsabteilung in Teilzeit beschäftigt.

Karen nickte. »Ich mache das gern. Ich kann freitags ab vierzehn Uhr.«

Johanna saß hinter dem Ladentisch und drehte sich auf ihrem Stuhl hin und her. »Hast du Ärger zu Hause?«, fragte sie unvermittelt, »und bist froh, wenn du von dort weg bist?«

Wir sahen Karen an und ich wartete jeden Augenblick darauf, dass sie Johanna erbost zur Rede stellte. Stattdessen sagte sie gepresst: »Um ehrlich zu sein, ja.«

»Oh nein.« Valerie legte ihr für einen Augenblick mitfühlend ihre Hand auf den Arm. »Alles in Ordnung mit dir?«

»Tss«, zischte Johanna auf der anderen Seite des Raumes, »Wie kann denn alles in Ordnung sein? Sie hat doch gerade das Gegenteil erklärt.«

Valerie ignorierte Johanna. Sie wusste natürlich, dass Johanna sie nicht mochte, und weil es ihr an Schlagfertigkeit fehlte, strafte sie sie lieber mit Ignoranz.

»Aber eine richtige Lösung ist das nicht, oder?«, fragte Johanna an Karen gewandt.

Karen schüttelte den Kopf. »Er hat mich mit der Putzfrau betrogen.«

»So ein Mistkerl«, spie Johanna aus. »Seit Schwarzenegger scheint das salonfähig geworden zu sein.«

Valerie schüttelte den Kopf. »Das war bei denen nicht die Putzfrau, sondern das Kindermä…«

»Worum es geht«, unterbrach Karen, »ist, dass ich freitags gerne zusätzlich einspringe.« Sie musterte ihre Fingernägel, um uns nicht anzusehen. »Jetzt warte ich, dass er auf Knien angekrochen kommt.«

»Und wenn nicht?«, fragte ich.

»Dann ziehe ich mit den Kindern aus.«

»Welche Kinder?«, fragte Johanna lachend. Karens Söhne waren neunzehn und einundzwanzig.

»Jedenfalls ziehe ich dann aus. Pah!« Das letzte Wort sagte sie mit Genugtuung und Leidenschaft, was bei der reservierten Karen schon ziemlich viel war. Ich fragte mich nur, ob sie ihrem Mann damit nicht bloß einen Gefallen tat.

»Und warum musst du freitags früher gehen?«, riss mich Johanna aus meinen Gedanken.

Natürlich hatte ich mir vorher eine Erklärung zurechtgelegt. »Ich mache einen Italienischkurs. Und der fängt am Freitag, also übermorgen, an.«

Valerie strahlte. »*Ah, anch'io posso parlare l'italiano!*«

»Bitte was?« Ich sah sie fassungslos an. Sie sprach Italienisch? Warum wusste ich nichts davon?

»Ich war als Austauschschülerin in Rom.«

»Sagte ich Italienisch?«, versuchte ich meine Haut zu retten. »Wie komme ich denn auf Italienisch? Ich meine natürlich Spanisch.«

»Oh, Spanisch kann ich auch ein bisschen.«

Mist.

»Warst du dort auch Austauschschülerin?«

»Nein, aber ich bin doch viel auf Mallorca. Das weißt du doch.«

Ich Idiotin. »Ach so, ja.« Nun konnte ich wohl kaum sagen, dass ich mich wieder versprochen und eigentlich Französisch gemeint hatte. Wahrscheinlich würde mir Valerie dann erzählen, dass sie halbe Französin war. Ich würde schon damit klar kommen. Ein paar Brocken konnte ich schließlich. Ich war mal eine Woche in Spanien. *Cómo estás?* hieß »Wie geht's?«, und mit *buenos días* und *gracias* konnte ich auch glänzen. Mehr würde Valerie hoffentlich nicht beherrschen.

Johanna sah mich mit einem frechen Grinsen an. Ich fragte mich, was gerade in ihrem Kopf vorging.

Als ich nach Hause kam, lag Linda auf der Couch im Wohnzimmer und starrte an die Decke. Sie war mal wieder völlig fertig, von ihrem Sechsstundenjob im Sitzen.

»Hallo Linda.« Ich hängte Jacke und Tasche auf und ging ins Wohnzimmer.

»Ich bin total geplättet.«

»Ach was?«

»Was für ein Tag.«

Frag mich mal!

»Hast du zufällig etwas zu Essen gemacht, Linda?« Es war naiv diese Frage zu stellen, aber ich war von Natur aus optimistisch.

»Bist du verrückt?«, rief sie entsetzt und hob den Kopf, um mich anzusehen. »Ich bin fix und fertig und nebenbei: Ich bin deine Schwester und nicht deine Ehefrau.«

»Entschuldige bitte, Linda. Ich konnte natürlich nicht wissen, dass sie dich beim Radiosender täglich Holz hacken und Bäume fällen lassen. Soll ich dir vielleicht etwas zu essen machen, ja?«

»Och, das wär lieb, Clea. Kannst du mir vielleicht ein Schnitzel machen? Darauf hätte ich jetzt richtig Lust.«

»Darf ich offen sein, Linda?«, schrie ich, damit sie mich bis ins Wohnzimmer hörte. Müde fischte ich eine Tiefkühlpizza aus dem Gefrierfach.

»Klar.«

»Du kannst mich mal. Mach dir dein Schnitzel doch selbst.«

»Machst du Pizza?«

»Ja«, antwortete ich unfreundlich.

»Kannst du bitte auch für mich eine Pizza in den Ofen schieben?«

»Ich hab ja sonst nichts zu tun.«

»Machst du's?«

»Jaaa.«

»Danke, Clea. Du bist einfach ein Sahnebonbon.« Darauf musste ich unfreiwillig lachen.

»Papa hat angerufen.« Linda stand plötzlich in der Tür.

Ich machte mich daran, die Spülmaschine auszuräumen, und verzichtete darauf, sie zu fragen, warum sie das in den letzten Stunden nicht erledigt hatte. »Was hat er gesagt?«

»Rate mal, was es bei ihm Neues gibt.« Linda machte die Kühlschranktür auf und nahm den teuren Bio-Traubensaft heraus, den ich nur für Saftschorle verwendete. Sie goss die Hälfte des Inhalts in ein großes Glas.

»Ich nehme an, er heiratet mal wieder.«

Linda sah mich verblüfft an. »Woher weißt du das? Hat Gesa es dir erzählt?«

»Gesa? Quatsch. Die beiden haben doch gar keinen Kontakt.«

»Woher weißt du es dann?«

»Ach, Linda«, sagte ich, »das passiert doch alle zwei Jahre.«

Sie verzog den Mund. »Also, da übertreibst du aber.«

»Das ist jetzt seine achte oder neunte Hochzeit.«

Linda sah mich an, dann stellte sie die Flasche zurück in den Kühlschrank. »Ehrlich gesagt, glaube ich, es ist sogar seine zehnte. Bei der letzten hat er nämlich im Scherz gesagt, dass er sich gerade noch so im einstelligen Bereich bewegt.« Sie trank den Saft in einem Zug aus, während ich nun das schmutzige Geschirr in die Maschine räumte.

»Wir müssen der Wahrheit ins Gesicht sehen, Linda.«

Sie war so anständig und stellte ihr Glas gleich in die Maschine. »Der Wahrheit? Du meinst, er heiratet gern? Oder glaubst du, er ist ein Heiratsschwindler oder so was?«

Ich hielt in meiner Bewegung inne und sah sie an. »Unser Vater hat sich emotional seit fünfzig Jahren nicht weiterentwickelt.«

»Er hat uns diesmal auf die Hochzeit eingeladen.«

»Das macht ihn auch nicht normaler.«

»Nein, das wollte ich damit auch nicht sagen. Und außerdem: Was heißt schon normal? Normal heißt doch nur der Norm entsprechend, also das, was die Mehrzahl der Menschheit macht. Wenn etwas normal ist, heißt es nur, dass es der Mehrheit entspricht. Gesund ist es deshalb noch lange nicht. Früher hat die Mehrheit der Menschen ihre Kinder geschlagen und da haben auch alle geglaubt ...«

»Ich hab die Quintessenz erfasst, Linda.« Das Philosophiestudium hatte bei ihr seine Spuren hinterlassen.

»Gut.« Sie nickte.

»Ich werde jedenfalls nicht hingehen.«

»Und warum nicht?«

»Ich mache mich doch nicht lächerlich und gehe auf die zehnte Hochzeit meines siebzigjährigen Vaters.«

Linda setzte sich auf einen der beiden Stühle und sah mir beim Wischen zu. »Warum würdest du dich denn damit lächerlich machen? Du meinst, vor den anderen?«

»Ich bin müde, Linda. Ich will einfach nicht hingehen.«

»Och, hingehen werde ich vielleicht. Ich hab nur keine Kohle für ein Geschenk. Kannst du mir was leihen?«

»Nein. Du musst endlich lernen, mit deinem Geld zu haushalten.«

»Heute ist nicht so dein Tag, oder?«

Ich beschloss, nichts darauf zu sagen, dann ging sie aus der Küche und schaltete den Fernseher ein. Nach ein paar

Minuten kam sie wieder und fragte: »Ist die Pizza immer noch nicht fertig?«

Als wir später am Küchentisch saßen und aßen, klingelte das Telefon. »Gehst du hin?«, fragte ich.

Linda machte ein missmutiges Gesicht, dann erhob sie sich gnädigerweise. Sie kam mit dem Telefonhörer in der Hand wieder. »Für dich. Es ist Julia.«

»Sag ihr, ich rufe sie später zurück.«

»Auf keinen Fall. Die krieg ich doch dann nicht von der Backe. Sie wird so lange auf mir rumhacken, bis du zu sprechen bist.«

»Ach, gib schon her«, sagte ich und riss ihr den Hörer aus der Hand. Wie es aussah, waren wir nicht besser als Zelda und Alois. »Julia?«

»Hallo, Clea.«

»Du, ich kann nicht so lange, weil heute ein anstrengender Tag war und ich ...«

»Es dauert nicht lange. Stell dir vor, Marcel hat mich heute geküsst.«

Marcel? Der Name sagte mir irgendwas. Dann fiel es mir wieder ein: Marcel Baumgarten, der Typ im Vorstand, auf den Julia ein Auge geworfen hatte. »Wirklich? Na, das entwickelt sich doch gut, oder?«

»Wir waren die Letzten heute Abend, dann sind wir zusammen in den Aufzug gestiegen und dort hat er mich geküsst.«

»Im Aufzug? Romantisch ist das nicht gerade.«

»Ach, irgendwie muss man ja anfangen.«

»Wenn du meinst.«

Dann erzählte Julia mir eine halbe Stunde lang, wie ihre

Pläne aussahen, Marcel zu ihrem Partner zu machen. Genau so sagte sie es. Julia würde nie zu Zelda gehen, da war ich mir sicher. Nicht auszudenken, wenn Zelda ihr einen Kellner als perfekten Partner empfehlen würde. Julia würde bestimmt nicht im *Bean & Bake Coffee Shop* kellnern, um ihre große Liebe zu finden. Im Augenblick war ich mir nicht im Klaren darüber, wer von uns beiden normaler war. Vielleicht sollte ich Linda fragen. Aber vielleicht wollte ich ihre Antwort lieber gar nicht hören.

Ich sagte Julia, dass ich ihr weiterhin die Daumen drücken würde, dann legte ich auf und fragte mich, wie viele Wochenenden es dauern würde, bis dieser Elias sich in mich verliebte.

»Clea?« Linda stand wieder in der Tür.

»Ja?«, antwortete ich gedankenversunken.

»Kannst du mir hundert Euro leihen? Bis übermorgen. Spätestens überübermorgen.«

»Linda, du machst mich fertig.«

»Du kriegst es bestimmt wieder.«

»Linda, du solltest lernen, dich nach der Decke zu strecken. Vielleicht solltest du mal Buch führen oder so.«

Meine Schwester sah mich an, als wäre dies das Aberwitzigste, das sie je gehört hatte. »Ich soll so ein beknacktes Haushaltbuch führen?«

Sie sah so ehrlich entsetzt aus, dass ich schmunzeln musste. »Es muss ja nicht gleich ein Haushaltsbuch sein, aber wenn du jeden Monat eine feste Summe sparst, dann gibt dir das ein gutes Gefühl. Sag jetzt nicht, das ist nicht möglich.«

Sie verzog den Mund. »Na ja, ich weiß nicht. Aber du kaufst dir doch auch so tolle Sachen.«

»Linda, du glaubst doch nicht, dass ich schon immer in der Maximilianstraße eingekauft habe, oder? Als Studentin habe ich meine Klamotten in Secondhandläden gekauft.«

Sie hob die Handflächen nach oben. »Also, gibst du mir jetzt das Geld? Ich verspreche auch, dass ich ab nächsten Monat anfange zu sparen. Und ich werde einen Finanzbeamten heiraten.«

»Das ist das letzte Mal, Linda. Ganz ehrlich. Frag doch das nächste Mal deine Mutter oder deinen Vater.«

»Er ist doch auch *dein* Vater.«

»Ja, leider.«

Linda grinste mich an und schüttelte den Kopf.

7

Die nächsten zwei Tage wollten nicht vergehen. Das fand ich fast schon unheimlich, weil ich mich sonst oft darüber wunderte, wie schnell eine Woche verflog.

Am Freitagnachmittag war ich nun vollends zum Nervenbündel geworden. Zum Glück war Valerie meiner Bitte nachgekommen und mich erwartete kein Wochenendspruch auf meinem Schreibtisch. Ich versuchte, mir meine Aufregung nicht anmerken zu lassen. Valerie, Karen und die Kundinnen konnte ich täuschen. Johanna aber nicht.

Als ich um kurz vor halb sechs meine Jacke anzog, durchbohrte sie mich mit ihrem Blick, während sie auf ihrem Bleistift herumkaute. »Spanisch, hm?«

»Was?«

»Dann können wir uns also in ein paar Wochen auf Spanisch unterhalten.«

Ich erschrak. »Du sprichst Spanisch?« Warum sprach hier jeder Spanisch und ich wusste nichts davon?

»Nein, ich spreche kein Spanisch. Ich wollte nur deine Reaktion testen. Die war übrigens recht aufschlussreich.«

Ich tat gleichgültig.

»Ich fand es auch interessant, dass du anfangs Italienisch mit Spanisch verwechselt hast.«

»Ja, ja. Was du nicht alles interessant findest.«

»Nun sag schon. Mit wem triffst du dich? Er ist wohl verheiratet, dass du ihn verheimlichst?«

»Jetzt fängst du auch noch an. So ein Unsinn.«

Im nächsten Moment ging die Tür auf und mir fiel ein Stein vom Herzen. Gott sei Dank, damit war das Gespräch beendet. »Hallo, Frau März«, begrüßte ich die Kundin.

»Hallo, Sie beiden Hübschen.« Frau März war damals meine allererste Kundin gewesen. Dafür hatte ich sie kostenlos behandelt und sie hatte diese Geste als so nett empfunden, dass sie seitdem regelmäßig zu mir kam. »Übrigens«, sie wandte sich an Johanna, »vielen lieben Dank für Ihre Zahnarzt-Empfehlung. Dieser Mann ist ein Genie.«

»Ich weiß«, bestätigte Johanna. »Sie sind bei ihm wirklich in den besten Händen. Er zieht Sie nicht über den Tisch. Dafür garantiere ich.«

»Danke noch mal, meine Liebe.« Sie nahm einen Zehneuroschein aus der Manteltasche, den sie anscheinend schon vorbereitet hatte, und steckte ihn in die kleine Schatztruhe, auf der Johannas Name stand.

»Danke, Frau März. Und was lassen Sie sich einen guten Gynäkologen kosten?«

Frau März lachte. Ich musste auch schmunzeln. So war Johanna. Die Kundinnen liebten sie. Als sie im Frühjahr zwei Wochen in Urlaub war, waren die Kundinnen ganz enttäuscht. Die vielen Grüße an sie konnte ich mir kaum merken.

»Frau März«, sagte ich, »Sie sind heute bei Karen.«

»Alles klar, danke.« Frau März zog sich den Mantel aus und Johanna drückte auf den lautlosen Knopf, der im Büroraum ein Lämpchen betätigte. Das war das Signal, die

Kundin abzuholen. Im nächsten Moment erschien Karen und führte Frau März nach hinten.

»Also, dann, Johanna, halt die Stellung.«

»Das sagt mein Mann auch manchmal, wenn er heiß ist.«

Ich schüttelte grinsend den Kopf über sie. Als ich hinausging, rief sie mir hinterher: »Hasta la vista, Baby.«

Diesmal fuhr ich mit der U-Bahn, um mir den Parkplatz-Stress zu ersparen. Um zehn vor sechs war ich bereits da. Ich setzte mich auf eine Bank, betrachtete die Lichter des *Bean & Bake* und sprach ein Stoßgebet:

Lieber Gott, bitte lass diesen Elias die Liebe meines Lebens sein und mach, dass er sich sofort in mich verliebt!

Sieben Minuten vor sechs. Fünf Minuten vorher da sein war perfekt. Später wäre unhöflich und früher sah nach Verzweiflung aus. Ich ging auf das Café zu und erinnerte mich daran, dass ich nichts zu verlieren hatte. Im schlimmsten Fall war Zelda halt eine Betrügerin – und vor Überraschung darüber würde ich kaum aus allen Wolken fallen.

Ich machte die Tür auf. Hinter dem Tresen stand Floyd. Auch die schwarzhaarige Bedienung war wieder da und räumte gerade zusammen mit einer anderen Frau die Tische ab.

Aber wo war mein Elias?

»Hallo.« Ich blickte sie alle freundlich an.

Floyd erwiderte meinen Gruß, dann rief er den beiden Frauen zu: »Yara, Bea? Das ist Clea. Sie fängt heute als Aushilfe an.« Zu mir sagte er: »Ist es in Ordnung für dich, wenn wir uns duzen? Das ist hier bei uns so.«

»Na klar, du, kein Problem«, sagte ich, wie eine zwanzigjährige Pädagogikstudentin aus den Siebzigerjahren.

Die beiden Frauen stellten die Tabletts ab und begrüßten mich. »Ich bin Yara.« Die Dunkelhaarige hatte einen kräftigen Händedruck. Sie lächelte freundlich. Woher ihr Name wohl kam?

Auch Bea hieß mich willkommen. Sie war etwa Mitte zwanzig und sah eher unscheinbar, aber freundlich aus. Sie hatte wasserstoffblonde Strähnen zu blondem Grundhaar und ein rundes Gesicht. Sie war bei Weitem nicht so attraktiv wie Yara. Ob Elias vielleicht ein Auge auf Yara geworfen hatte?

Hör auf, Clea! Das hier ist die Erwachsenenwelt und nicht die achte Klasse!

»Deine Sachen kannst du hier unter der Theke verstauen«, meinte Floyd. »Eine Schürze hab ich auch schon für dich vorbereitet.« Er reichte mir einen ausgewaschenen Baumwollfetzen.

»Danke«, sagte ich.

»Wo ist eigentlich Elias?«, fragte Floyd.

»Telefoniert«, erklärte Bea, »seine Schwester hat heute Geburtstag. Er kommt gleich.«

Ich bückte mich und stellte meine Tasche unter der Theke neben einem Motorradhelm ab. Ob der zu einem Gast gehörte? Ich hörte Floyd sagen: »Hey, Elias.«

Mein Herz klopfte.

»Komm her, stell dich mal unserer neuen Aushilfe vor.«

Und nun, ganz plötzlich, überfiel mich nackte Panik. Was, wenn er potthässlich war? Vielleicht war er ja ein anständiger Kerl, aber mit einer fetten Warze auf der Nase und einem

Buckel? Vielleicht war er wie Alois, Zeldas Ziehsohn. Der hatte vielleicht auch einen guten Charakter, aber haben wollte ich den nicht.

Langsam erhob ich mich. Ich hielt es vor Spannung kaum noch aus und hatte gleichzeitig Angst vor dem, was mich erwartete.

Dann sah ich geradewegs in sein Gesicht. Ich war dermaßen überwältigt, dass ich an mich halten musste, ihm nicht geradewegs in die Arme zu laufen. Er war groß, schlank und hatte blonde Haare, die er an der Seite extrem kurz trug, dafür vorne länger.

Er lächelte mich an. »Hallo, ich bin Elias.« Dann streckte er mir die Hand entgegen. Wie sympathisch er wirkte!

Ich reichte ihm die Hand und tat ein bisschen gleichgültig, aber nicht zu viel, um ihn nicht zu vergraulen. Seine Hand war warm und fühlte sich gut an. Übertreib es nicht, mahnte ich mich, es war doch nur ein Händedruck.

»Wo warst du denn bisher im Service?«, riss mich Floyd aus meinen Gedanken.

»Äh, hier und da«, sagte ich, »aber das ist schon länger her.«

»Okay, und wo?«

»Wo? Ja, also, das war in Italien im Urlaub und im Biergarten von Verwandten.« Ich hatte mich zwar auf die Frage vorbereitet, aber als ich es aussprach, hörte es sich total bekloppt an.

»Pizzeria und Biergarten, ah ja.« Floyd hob etwas pikiert die Augenbrauen. »Das kommt dem hier ja sehr nahe.«

Alle Augen ruhten auf mir.

»Ja, ich weiß.«

»Na ja«, meinte Floyd gnädig, »versuchen wir es einfach mit dir.« Bea und Elias machten sich wieder an die Arbeit. »Yara wird dir heute ein bisschen zur Seite stehen«, erklärte Floyd und las nebenbei einen Bon aus der Maschine, der bei ihm von einem der Kellner eingegangen war.

Mist, warum musste mich ausgerechnet Yara einarbeiten und nicht Elias? Floyd bereitete mit routinierten Handbewegungen Untertassen vor sich aus, legte papierne Untersetzer aus, warf Zuckertüten und Kaffeelöffel darauf und stellte zu guter Letzt auf jede dieser Untertassen noch einen kleinen Keks. Ich hätte für die sechs Untertassen mit dem ganzen Gezeter darauf bestimmt geschlagene fünf Minuten gebraucht, Floyd brauchte dafür etwa zwanzig Sekunden. Der Kaffee lief genau in dem Moment durch, in dem er damit fertig wurde. Ich schaute fasziniert zu, wie er drei der henkellosen Tassen nahm und auf die Untertassen platzierte. »Deine Station sind die sechs Tische hinten links.«

Ich erstarrte. Sechs Tische? Warum schmiss ich denn nicht gleich allein den ganzen Laden?

»Wir haben deine Station mit Reservierungsschildern frei gehalten, damit du nicht gleich mit Tischübernahmen anfängst, sondern von Grund auf startest. Wenn du Hilfe mit der Kasse oder sonst irgendetwas brauchst, dann frag einfach.«

Ich nickte und war plötzlich nicht mehr nur wegen Elias nervös, sondern auch wegen dieses Jobs. Es gab eine Kasse? Das war mir als Gast nie wirklich aufgefallen. Ging man nicht einfach zur Theke und sagte: »Ich bekomme zwei Cappuccino für Tisch zwei?« Anscheinend nicht.

»Hier ist dein Kassenschlüssel.« Kassenschlüssel, aha. Wofür war der und wie benutzte man so etwas? Floyd reichte mir etwas, das aussah wie ein kleiner, dürrer Kugelschreiber. Ich steckte ihn in die Hosentasche. »Du bist Bediener fünf.«

»Äh, alles klar.« Ein Dreck war mir klar. Bediener fünf, was hieß das und wieso brauchte ich diese Information?

»Wo hast du deinen Geldbeutel?«

Den bekam man nicht vom Betrieb gestellt? »Es tut mir leid«, sagte ich einfach.

»Du hast keinen Geldbeutel mit Wechselgeld dabei?« Es hörte sich ziemlich neutral an, als hätte er bereits alle Hoffnung bei mir aufgegeben.

»In der Aufregung habe ich das vergessen.«

»Hast du denn nicht den Geldbeutel, mit dem du in Italien und im Biergarten gearbeitet hast?«

»Na ja, also in Italien … der hat dem Giovanni gehört, also dem Besitzer der … Pizzeria«, stammelte ich, »und nach dem Biergartenjob habe ich den Geldbeutel verschenkt, an eine Kollegin, weil … ihrer schon so zerschlissen war.«

»Faszinierende Geschichte«, meinte Floyd seufzend.

Plötzlich stand Elias hinter mir. »Hier, nimm meinen. Ich hab noch einen alten Geldbeutel im Spind, den kann ich nehmen.«

»Oh, danke.« Ich war hingerissen und strahlte ihn an.

Er reichte mir den Geldbeutel. Er fühlte sich schwer an. »Wie viel ist denn jetzt da drin?«, fragte ich.

»Weiß ich nicht genau.« Elias zuckte die Schultern und lächelte. Wow, was für ein Vertrauen dieser Mensch hatte. Ich könnte ja schließlich auch nach dem Prinzip verfahren

Take the money and run. »Vielen Dank«, sagte ich noch einmal. Elias drehte sich um und ging nach hinten.

Floyds Blick wanderte über meinen Körper und ich fühlte mich unwohl dabei. »Einen Gürtel und einen Halfter hast du auch nicht dabei?«

»Halfter?«, murmelte ich verwirrt vor mich hin.

»Wo gedenkst du denn Block, Stift und Geldbeutel hineinzutun? Ins Dekolleté?«

»Es tut mir leid, wirklich.«

Er machte ein genervtes Gesicht. »Kannst du dir wenigstens die Schürze umbinden? Oder brauchst du Hilfe?«

Er würde Elias gegenüber bestimmt kein positives Wort über mich verlieren. So viel war klar. Nachdem ich mir die Schürze umgebunden hatte, stand ich nutzlos herum. Ich hatte keinen Schimmer, was man so machte, wenn man noch keine Gäste hatte.

Floyd räumte die Gläser und Tassen in den Korb der Spülmaschine. »Yara!«, schrie er. »Kümmere dich gefälligst um die Neue!«

Yara winkte mich nach hinten und ich gehorchte.

Dort stand Elias an der Kasse, wandte kurz den Kopf in meine Richtung und lächelte. Gerade als ich zurücklächeln wollte, hatte er sich auch schon abgewandt. Verdammt.

Yara und Bea standen herum und quatschten. Es ging um irgendeinen Typen, der Meissner hieß.

Als ich »Kann ich irgendwas helfen?« in den Raum warf, zeigten sie wortlos auf die noch nicht abgeräumten Tische und das schmutzige Geschirr darauf. Und jetzt? Nahm ich einfach ein paar Gläser und ging damit zur Theke? Ich nahm zwei Gläser und ging damit zur Theke.

Floyd polierte gerade ein Glas und hielt in seiner Bewegung inne, als hätte er gerade etwas völlig Unglaubliches gesehen. Wahrscheinlich stimmte das sogar. Ich stellte die beiden Gläser auf den Tresen.

»Was soll das werden?«

»Was meinst du?«

Er sah mich ein paar Sekunden prüfend an, dann hob er ein Tablett vom Stapel und stellte es vor mich hin, sodass es ein wenig knallte.

»Ah ja, genau, ich habe mich schon gefragt, wo die Tabletts sind«, machte ich auf blöd.

»Da, wo sie in den meisten Lokalen sind. Auf dem Tresen.«

Ich tat einfach so, als hätte ich ihn nicht mehr gehört und verschwand damit zu den schmutzigen Tischen.

Elias und Yara warfen mir hin und wieder einen freundlichen Blick zu und lächelten mich an. Bea schien einfach nur ihren Job zu machen und ihre Ruhe haben zu wollen. Das war mir auch recht. Mich interessierte hier sowieso keiner, außer Elias. Ich beobachtete ihn und es war nicht einfach, das unauffällig zu tun. Wie souverän und selbstbewusst er wirkte. Er bewegte sich geschmeidig durch den Raum, wie ein Staatsoberhaupt auf dem langen Weg zum Mikrofon. Wenn er mit jemandem sprach, wirkte er offen und freundlich.

Als ich den letzten der unaufgeräumten Tische in Ordnung brachte und die Gläser auf das Tablett ordnete, stand er plötzlich neben mir und half mir. »Es ist leichter, wenn du alles aufs Tablett tust, also auch die Servietten und die Zuckerbeutel und all das.« Er lächelte mich an und seine Augen leuchteten. Ich spürte eine Art winzigen Stromschlag durch meinen Körper zucken. »Danke«, sagte ich, hob das Tablett hoch und nutzte meine Gelegenheit. »Wie lange arbeitest du schon hier?«

»Vier Wochen.«

»Ah ja.« Ich hatte einen Blackout. Mir fiel nichts mehr ein, und wir standen uns lächelnd, wie zwei Idioten, gegenüber. Ich hatte doch so viele Fragen! Wo waren die denn jetzt?

Aber zum Glück sprang Elias ein. »Du bist Kosmetikerin?«

»Ja, genau. Ich …«

»Clea?!« Das war die Stimme meines neuen Chefs. Verdammt! Es hatte so gut angefangen. Aber ich versuchte, mir Elias gegenüber nichts anmerken zu lassen, und ging um die Ecke zum Tresen.

»Ja, bitte?«

»Die Zuckertüten kannst du gerne hier in den Behälter werfen und nicht einfach am Tresen stehen lassen.«

»Das wusste ich nicht. Sorry.« Schuldbewusst warf ich die Zuckertüten in den Chrombehälter.

»Kein Problem«, sagte Floyd, »nur fürs nächste Mal, okay?«

»Klar.«

Als ich später mit der vorerst letzten Ladung schmutzigem Geschirr zum Tresen kam und vom Tablett auf den Tresen abstellte, standen Elias und Yara neben Floyd und lachten gerade über irgendetwas. Meine Nervosität steigerte sich augenblicklich.

»Und was hat er drauf gesagt?«, fragte Elias an Floyd gewandt. Es ging also nicht um mich. Ich war sehr erleichtert.

»Ach«, meinte Floyd, »du kennst doch den Meixner. Für eine schlagfertige Antwort braucht er zehn Minuten.«

Elias und Yara lachten.

»Danke fürs Abräumen«, sagte Yara und nickte mir lächelnd zu. Ich lächelte zurück, sagte aber nichts. Besonders fair schien mir das nicht zu sein, dass sie hier mit den anderen herumalberte, während ich ihren Dreck wegputzte.

»Ja, vielen Dank, Clea«, sagte nun auch Elias und berührte für einen kurzen Augenblick meinen Arm. Das fand ich bezaubernd, denn von allen Tischen, die ich abgeräumt hatte, war nur einer von Elias gewesen.

Elias' Berührung machte mich nervös, aber ich ließ mir nichts anmerken und murmelte nur: »Schon okay.«

Ein schrilles Geräusch durchdrang plötzlich den Raum. »Was ist das?«, fragte ich in die kleine Runde.

Sie sahen mich an.

»Ist das eine Klingel?«

Floyd senkte den Kopf und sah mich von unten an. »Das ist die Küchenklingel?« Er formulierte es absichtlich wie eine Frage.

»Ja, klar, die Küchenklingel.«

»Komm, ich stelle dich bei der Gelegenheit gleich Pepe vor«, meinte Yara leichthin. Pepe? Wahrscheinlich jemand aus Südeuropa oder sogar Südamerika. Als wir in die kleine Küche kamen, saß ein etwa dreißigjähriger Mann rittlings auf einem Stuhl und blätterte in einem Magazin mit nackten Frauen.

»Hey Pepe, das ist Clea, unsere neue Aushilfe.«

Er hob den Kopf, sah mich an und sagte: »Zu alt für mich.« Dann wandte er sich wieder seinem Magazin zu.

Ich war sprachlos. Yara verdrehte die Augen und winkte ab. »Jetzt sei höflich, Pepe, und steh auf, wenn eine Dame vor dir steht.« Vielleicht sollte ich ihn mal Alois vorstellen. Die beiden würden bestimmt die besten Freunde werden.

Widerwillig erhob er sich, ging auf mich zu und gab mir die Hand. Auf einmal lächelte er mich nett an, und ich konnte gar nicht anders, als ihm die Hand zu schütteln. »Ich bin Pepe. Und ich arbeite hier. Und ich hasse diesen Job. Und ich träume davon, im Lotto zu gewinnen. Und glaub mir, Püppchen, ich hoffe für dich, dass du noch andere Träume hast.«

Wieder hatte ich keine Ahnung, was ich darauf sagen sollte. Zum Glück klinkte Yara sich ein: »Ach, lass den Spinner. Manchmal ist er ganz umgänglich, aber heute ist kein solcher Tag.«

»Hör auf, mich zu *anal*ysieren!« Die erste Hälfte des Wortes hatte er lauter gesprochen. »Trag lieber das Scheißsandwich weg.«

»Ich muss jetzt erst mal das Essen wegbringen, dann bin ich wieder bei dir«, sagte Yara.

»Ja, natürlich.«

Yara verschwand und ich fühlte mich auf einmal so alleine. Elias war nirgends zu sehen. Wo zum Teufel steckte er?

Ich drehte mich um und suchte die Speisekarten. Sie lagen auf einem kleinen Stapel neben der Kasse, vor der ich jetzt schon eine Heidenangst hatte. In meinem Studio hatte ich zwar auch eine Kasse, aber da gab es nur vier Sparten und man tippte darauf und gab anschließend den Betrag ein.

Ich überflog das Angebot und stellte fest, dass der Schwerpunkt hier eher auf Getränken lag. Heißgetränke, Milchshakes, Smoothies, alkoholfreie Cocktails und so weiter. Aus der Küche kamen Sandwiches, Suppen, Salate und Kuchen, die man hier aber nicht Kuchen nannte, sondern Tarte, Cake oder Pie.

Yara kam zurück. »Warum heißt der Kerl in der Küche eigentlich Pepe?«, fragte ich sie. »Ist das sein richtiger Name?«

Yara winkte ab und lachte. »Ach, der eifert seinem großen Vorbild Eminem nach.«

Ich verstand nicht. Elias ging gerade an mir vorbei und mein Herz klopfte. Er fragte: »Na, alles klar?« im Vorbeigehen und berührte kurz meine Schulter mit der Hand. Das war schon mal ein gutes Zeichen, dass er mich innerhalb kurzer Zeit zweimal dezent berührte. Bevor ich antworten konnte, war er schon um die Ecke verschwunden, auf den Weg zur Küche. »Eminem?«, wiederholte ich zerstreut.

»Ja, ja. Der hat es auch von ganz unten geschafft und er hat seine Initialen doch zu seinem Künstlernamen gemacht.«

»Ach?«

»Er heißt doch Marshall Mathers, also MM und schnell gesprochen klingt M and M wie Eminem. Pepe heißt richtig Pius Pichlmeier.«

»Sachen gibt's. Und Pepe macht auch Rap, oder wie?« Natürlich leuchtete mir ein, dass er eine Rap-Karriere unter Pius Pichlmeier getrost vergessen konnte.

Yara lachte leise. »Nein. Pepe träumt nur. Hör zu, Clea. Pepe ist ziemlich versaut, aber er meint das nicht beleidigend und so. Wir lassen ihn einfach quatschen.«

Ich versuchte zu lächeln. »Gut zu wissen.«

Elias stand plötzlich wieder neben uns und ich sah ihn an, wobei ich mein Bestes tat, in attraktiver Pose mein verführerischstes Gesicht zu machen.

»Hast du nicht gesehen, dass du Gäste hast?«, fragte er.
»Gäste? Nein. Oh ...«
»Die sitzen da schon eine ganze Weile.« Es klang ein bisschen vorwurfsvoll, fand ich. Er hatte es in freundlichem Ton gesagt, aber komischerweise verletzte es mich beinahe.
»Entschuldigung«, sagte ich leise.
»Na, macht ja nichts, aber jetzt geh mal lieber hin. Die gucken schon etwas ungeduldig.«
Ich warf ihm einen kurzen Blick zu, um in seinem Gesicht zu lesen, aber er wirkte freundlich. Mechanisch setzte ich mich in Bewegung, dann rief Elias mir nach: »Nimm die Speisekarten mit, Clea.«
Ach ja, die Speisekarten. Er drückte sie mir in die Hand und als ich kurz darauf an den Tisch der beiden Herren kam, wusste ich nicht, was ich sagen sollte. Die beiden waren Anfang dreißig, trugen dunkle Anzüge und hatten Aktenkoffer neben sich. Sie unterschieden sich nur in ihrer Haarfarbe.
»Hallo«, sagte ich. Das schien mir am Neutralsten.
»Hallo«, erwiderte der Dunkle. Der Blonde sagte gar nichts, sah mich nur befremdlich an.
Ich reichte ihnen die Speisekarte. »Was möchten Sie trinken?«, fragte ich.
»Ich nehme einen Latte Caramel«, sagte der Blonde und sah mich dabei nicht an, sondern holte lieber sein Handy aus der Jackentasche.
Der Dunkle lächelte und schenkte mir seine volle Aufmerksamkeit. »Mir bringen Sie bitte einen Strawberry-Banana-Shake, mit Eis.«
Kaffeemäßig war ich wohl auf dem Stand der Nachkriegsära. Ich trank einfachen Filterkaffee oder ab und zu

Cappuccino. »Äh, gut.« Ich ging zur Kasse und war fest entschlossen, diese Bestellung selbstständig vorzunehmen. Also holte ich meinen Schlüssel aus der Hosentasche und suchte den dazu passenden Pol. Ich schaute überall, aber fand nichts. Hier musste es doch irgendein Einsteckloch geben, eine Art Hohlraum, wo man diesen verfluchten Schlüssel stecken konnte!

»Alles klar?« Zu allem Überfluss stand Floyd hinter mir.

»Nun ja, also, ich frage mich gerade ...« Ich lachte auf, um meine Nervosität zu verbergen. »Also, ich frage mich, wohin mit dem Schlüssel. Haha.«

Floyd taxierte mich und hob in Zeitlupentempo seine Hand, dann tippte er mit dem Zeigefinger auf den unteren Rand der Kasse.

Verwundert fiel mir auf, dass in der Mitte eine kleine Wölbung war, und als ich mit dem Zeigefinger suchend herumtastete, fand ich die Öffnung.

»Ah, ja, danke.« Ich hoffte, er würde sich jetzt umdrehen und gehen, aber er blieb stehen. Das Herz klopfte mir bis zum Hals. Ich steckte den Schlüssel hinein. Der Monitor reagierte. Vor mir tauchten Tausende von Tasten auf.

»Tischnummer«, sagte Floyd.

»Welcher Tisch ist das denn?« Ich versuchte unbeschwert und einnehmend zu wirken, erreichte dadurch aber nur, dass meine Stimme übertrieben hoch und schrill klang.

»Hier ist der Tischplan.« Er zeigte über die Kasse, wo ein DIN-A4-Blatt mit der entsprechenden Zeichnung prangte.

»Tisch neun?«

»Korrekt«, kam es trocken von meinem neuen Chef.

»Gut.« Ich versuchte, mich zu konzentrieren und gab

einfach die Ziffer neun ein. Die Kasse bat um »Tischnummer eingeben« und ich war langsam am Verzweifeln. Floyd schob mich etwas zur Seite und tippte die Ziffer neun und dann auf »Tisch«. Die Kasse war zufrieden und auf dem oberen Display erschien »Tisch eröffnet«.

»So, was haben die beiden bestellt?«, wollte er wissen.

Ich sah ihn erschrocken an. »Ja, also, der Blonde hat ein Caramel-Getränk bestellt.«

»Latte Caramel oder Cappuccino Caramel?«

»Latte, ja, ja, Latte!« Ich hörte mich beinahe glücklich an.

Floyd ging auf eine Taste, auf der Heißgetränke stand, daraufhin öffneten sich weitere Felder und er drückte auf Latte Caramel. »Und der andere?«

»Ich habe befürchtet, dass du das fragst.«

»Was?«

Wie es aussah, konnte ich bei Floyd meine Unzulänglichkeit nicht mit Ironie ausgleichen.

»Irgendetwas mit Strawberry und Banane.«

Floyd gab meine Bestellung ein. »Sonst noch etwas?«

»Der Bananentyp will Eis dazu.«

»In diesem Fall weiß ich es jetzt, aber wenn ich hinter dem Tresen stehe und viel zu tun ist, dann musst du es manuell eingeben. Hier ist eine Taste für alle Zusatzinfos.« Er zeigte darauf. »Alles klar?«

Ich nickte, weil ich vor Erschütterung nicht sprechen konnte. Ich war beinahe vierzig Jahre alt und schaffte es nicht, zwei Leuten zwei Getränke zu bringen.

Die nächsten Stunden arbeitete ich wie in Trance. Die Kasse hatte ich nach der fünften Bestellung einigermaßen im Griff. Während des restlichen Abends hatte ich kaum

Zeit, mich mit Elias zu befassen. Hin und wieder gab er mir einen Tipp oder beantwortete eine meiner Fragen. Er war nett und wahnsinnig geduldig.

Als er meine gefühlt hundertste Frage beantwortete, sagte ich: »Ich danke dir, Elias. Du bist wirklich eine große Hilfe.«

Er lächelt und zog einen imaginären Hut vom Kopf: »Es ist mir eine Ehre, einer hübschen Frau zu helfen.«

Ich schluckte vor Aufregung, während ich ihn weiterhin angrinste. Diese Kombination muss ziemlich dämlich ausgesehen haben.

Später zwinkerte er mir im Vorbeigehen zu, was dazu führte, dass meine Hände zu zittern anfingen und ich beinahe ein Latte-macchiato-Glas fallen ließ. Ich kam mir vor wie eine Sechzehnjährige, aber sein Charme zog mich völlig in seinen Bann.

Das schrille Läuten der Küchenklingel war zu vernehmen. Nur widerwillig bewegte ich mich Richtung Küche. Jedes Mal, wenn ich dort etwas holte, machte Pepe eine anzügliche Bemerkung. Das letzte Mal hatte er zu dem Cheese Cake zwei Erdbeeren zur Deko platziert, in deren Mitte eine Baby-Banane in die Höhe ragte. Dieser Mann war eindeutig zurückgeblieben.

Diesmal beglückte er mich mit einer seiner fragwürdigen Informationen. Ich streckte den Arm nach der Crème brûlée aus, während Pepe über den Küchenpass wischte und einfach loslegte: »Hab letzte Woche so 'nen abgefahrenen Anmachspruch gehört.«

»Aha.« Ich stand da mit meiner Süßspeise und wusste nicht recht, was ich darauf sagen sollte.

»Willste mal hören?«

»Aber ja, unbedingt.« Eher würde er mich kaum gehen lassen.

Pepe hörte auf zu wischen und grinste mich an. »Also, ich sage zu einer Sahneschnitte, dass ich eine Uhr hab, die alles weiß, und dann sage ich, dass die Uhr weiß, dass sie keine Unterwäsche anhat. Darauf sagt sie wahrscheinlich, dass das nicht stimmt, und ich antworte, dass die Uhr eine Stunde vorgeht. Spitze, oder?«

»Ähm, ja, ganz tolle Anmache.« Glaubte er wirklich, dass ihm nach diesem Spruch die Frauen zu Füßen liegen würden? »Ich glaube, ich bring das dann mal raus.« Ungelenk zeigte ich mit dem Finger auf die Crème brûlée und machte, dass ich aus der Küche kam. Der Kerl hatte sie nicht alle, aber ihn zu meiden war so gut wie unmöglich.

Als die letzten Gäste um fünf Minuten vor zwölf gegangen waren, ging es ans Aufstuhlen. Leider stellte ich mich auch hierbei ungeschickt an. Mein erster Stuhl rutschte mir aus der Hand und knallte auf den Boden. Floyd war offensichtlich schon so resistent gegen meine Patzer, dass er gar nicht mehr den Kopf hob, als es scheppterte.

»Komm, ich helfe dir«, sagte Elias und nahm mir den Stuhl ab. Aber ich wollte nicht vollends als inkompetent dastehen.

»Dankeschön, Elias, aber ich mach das schon.« Ich wollte den Stuhl wieder an mich nehmen.

Elias ließ nicht los. »Es macht mir doch nichts aus, Clea. Ich mache das gerne für dich.«

Ich zog an den Stuhlbeinen. »Nein, wirklich, Elias, das ist nett, aber ich würde meine Station gerne selbst aufstuhlen.«

Elias zog den Stuhl wieder zu sich. »Aber wenn ich es doch sage, Clea, das ist wirklich kein …«

»Hey!«, kam es laut von Floyd, der ums Eck gekommen war und mitten im Raum stand. »Habt ihr's bald? Ich würde gerne heute noch nach Hause gehen.«

Elias und ich standen uns gegenüber und hielten immer noch die Stuhlbeine umklammert. Die Situation war einfach nur blöd. Ich wollte weder nachgeben noch den Eindruck vermitteln, dass ich nicht einmal zum Aufstuhlen taugte.

Vielleicht hatte Elias genau das in diesem Moment begriffen, denn er ließ los und sagte aufrichtig: »Entschuldige.«

Bea, von der ich heute Abend kaum etwas gesehen hatte, weil sie bei jeder sich bietenden Gelegenheit beim Rauchen und Telefonieren war, verabschiedete sich und verschwand sogleich in der Tür.

Ich füllte meinen Abrechnungszettel aus. Name, Datum und Betrag kapierte ich natürlich, aber was war mit Bediener gemeint? »Was ist mit Bediener gemeint?«, fragte ich Floyd.

»Ich hab dir doch gesagt, dass du Bediener fünf bist. Das ist gleichzeitig die Schlüsselnummer.«

Ich nickte nur, weil mir langsam die Entschuldigungen ausgingen. Dann schrieb ich die Ziffer fünf dazu, schob ihm meinen Abrechnungszettel hin und gab Elias seinen Geldbeutel zurück.

»Danke noch mal.«

»Gern geschehen.« Er öffnete den Geldbeutel und fischte zwei Fünfziger heraus. »Das Trinkgeld können wir ja nur schätzen.«

Ich sah auf die Scheine und schüttelte den Kopf. »Ich

hatte nie im Leben heute hundert Euro Trinkgeld. Vielleicht sechzig oder siebzig, mehr nicht.«

»Jetzt nimm schon.«

Zaghaft nahm ich die beiden Scheine an mich. Ich fühlte mich mies dabei, aber ich wollte Elias nicht brüskieren, indem ich seine Gutmütigkeit mit Füßen trat.

Yara und Elias gaben Floyd ihre Abrechnungen und das Geld, machten Scherze und gaben Kommentare über Stammgäste ab. Ich stand verloren daneben.

Elias war sehr nett, aber die Liebe auf den ersten Blick schien es bei ihm nicht zu sein. Er behandelte mich nicht besser und nicht schlechter als Yara oder Bea. Wie ich bemerkt hatte, berührte er auch Yara gelegentlich leicht am Arm oder an der Schulter. Ich durfte mir also gar nichts darauf einbilden. Das schien einfach seine Art zu sein.

Yara und Elias zogen ihre Jacken an und verabschiedeten sich. Elias schenkte mir ein wunderbares Lächeln und sagte: »Also dann, bis morgen, Clea.« Ich spürte einen Kick, als er das sagte. Wie viele morgen würde es noch geben, bis er mir gehörte? Die beiden verschwanden durch die Tür.

»Warum hast du mir nicht die Wahrheit gesagt?« Floyd nahm sich einen der hohen Stühle und setzte sich. »Hast du allen Ernstes geglaubt, ich würde nicht merken, dass du noch keine Stunde deines Lebens im Service warst?«

Ich schloss für ein paar Sekunden die Augen. »Ehrlich gesagt, habe ich das unterschätzt. Ich meine, ich dachte, so schwer kann das doch nicht sein und ich krieg das hin.«

»Du bist Kosmetikerin, hast du gesagt?«

Ich nickte.

»Wie kommt es, dass du jetzt plötzlich kellnern willst?«

»Ich habe Schulden, weißt du.« Mir kam das recht vernünftig vor, diese Aktion mit Schulden zu begründen.

»Hör zu, Clea.« Er rieb sich müde die Augen. »Ich habe schon so viele Leute eingearbeitet, dass ich keinen Bock mehr darauf habe, verstehst du? Ich habe dafür einfach nicht mehr die Geduld.«

Aber wenn ich diesen Job nicht bekam, dann würde ich die große Liebe meines Lebens nicht mehr erleben! Und Elias schien mir nicht weniger als perfekt. Ich versuchte, angemessen auf Floyds Bedenken zu reagieren und ihn nicht mit einem Gefühlsausbruch zu erschrecken. »Floyd, du warst doch auch mal Anfänger! Wie hätte es dir gefallen, wenn man dir am Anfang keine Chance gegeben hätte?« Ich musste in diesem Augenblick an Johanna denken. Sie hatte ihre Stärken und Schwächen, und irgendwann hatte ich beschlossen, mich auf ihre Stärken zu fokussieren statt auf ihre Schwächen.

Floyd dachte eine Weile nach, dann meinte er: »Na gut. Wie es aussieht, ist es dir sehr wichtig, diesen Job zu behalten. Wenn du schon so darum kämpfst, dann will ich deinem Glück nicht im Wege stehen.«

»Danke.«

»Aber eines sage ich dir. Wenn du morgen wieder so unvorbereitet erscheinst und deine Sachen nicht dabeihast, dann kannst du gleich wieder gehen.«

»Natürlich.«

»Wir sehen uns morgen.« Er stand auf.

Ich zog meine Tasche unter dem Tresen hervor und sagte: »Gute Nacht.«

»Gute Nacht.« Floyd schaltete die Lichter aus und sah mich nicht mehr an.

Ich musste hier raus und mit jemandem reden. Und auf dieser Welt gab es nur eine Person, mit der ich über den heutigen Abend sprechen konnte.

8

»Es tut mir leid, dass ich Sie am Wochenende so spät noch anrufe. Sie halten mich bestimmt für sehr unhöflich.« Ehrlich gesagt hatte ich noch nie in meinem Leben jemanden nach Mitternacht angerufen. Nicht einmal nach neun. Doch an diesem Abend war mir alles egal.

Ich saß auf der Parkbank vor dem Coffeeshop, mein Handy am Ohr. »Wer ist denn da?« Zelda klang alles andere als erfreut. Hatte ich mich nicht vorgestellt? In der Aufregung musste ich es schlicht vergessen haben.

»Hier ist Clea Engel.«

»Ach, du bist's, Goldie.«

»Ich möchte mich noch mal dafür entschuldigen, dass ich einfach so ...«

»Nun komm doch einfach zur Sache, Goldie. Sonst dauert es noch länger, hm?«

Die nächsten zehn Minuten klärte ich Zelda darüber auf, wie es dazu gekommen war, dass ich nun im *Bean & Bake* arbeitete und wie der Abend verlaufen war. Sie hörte sich alles an, dann sagte sie: »Hm, so so.«

»Zelda, dieser Mann ist wirklich attraktiv und nett und sympathisch, aber er macht nicht den Eindruck, dass er sich auf den ersten Blick in mich verliebt hat.«

»Und du hast erwartet, dass er dir in die Arme läuft und ›Endlich!‹ schreit.«

»So meinte ich das auch nicht. Aber ich hatte gehofft, dass er sich stärker für mich interessiert.«
»Aha.«
»Sind Sie denn wirklich ganz sicher, dass er mein perfekter Partner ist?«
»Ja«, sagte sie knapp.
»Sie meinen, der ganze Aufwand lohnt sich?«
»Hm.«
»Hören Sie, Zelda, ich will Ihnen wirklich nicht zu nahe treten, aber könnten Sie vielleicht etwas ausführlicher antworten?«
»Ich will dir auch nicht zu nahe treten, Goldie, aber das kann ich bestimmt. Für hundert Euro pro Stunde. Versteh mich nicht falsch, aber hier ist nicht die Telefonseelsorge, sondern Zelda, die dich für *hundert Euro pro Stunde* berät. Und weißt du auch warum? Weil Zelda Essen braucht und Kleidung und ein Dach über dem Kopf.«
Ich seufzte müde.
»Verstehst du das, Goldie? Oder bin ich zu subtil für dich?«
»Nein, ich habe den dezenten Wink verstanden.«
»Gut.«
Ich musste verrückt sein, ihr noch mehr Geld in den Rachen zu werfen, aber jetzt war ich schon so weit gegangen, nun konnte ich das auch durchziehen. Ich wollte mir nicht vorwerfen, wegen hundert läppischer Euro meinen perfekten Partner sausen gelassen zu haben. Nicht zu vergessen, dass ich sie wahrscheinlich mit diesem Anruf aus dem Bett geholt hatte. »Morgen früh?«
»Morgen früh für hundertfünfzig.«

Ich überlegte kurz. Meine Knochen taten weh und ich konnte kaum noch einen klaren Gedanken fassen. Morgen würde ebenfalls ein langer Tag werden und es war vielleicht nicht schlecht, vor einer Krisenbesprechung mit Zelda erst noch eine zweite Schicht im Coffeeshop zu machen.

»Wie sieht es mit Sonntagnachmittag aus?«

»Sonntag ist Ruhetag«, belehrte sie mich, als würde sie eine Reinigung betreiben.

»Ich weiß, ja. Bitte.«

»Hundertfünfzig, plus Mehrwertsteuer.«

»Was denn für eine Mehrwertsteuer? Sie stellen mir eine Rechnung aus?«

»Ach, du weißt schon. Ich meine Trinkgeld.«

»Wir sehen uns am Sonntag gegen vier. Ist das in Ordnung?«

»Wir sehen uns nicht *gegen* vier, Goldie, sondern Punkt vier. Keine Minute früher und keine Minute später, sonst mache ich die Tür nicht auf.«

Ich schätzte, dass sie für hundertfünfzig Euro auch noch um fünf Uhr aufmachen würde, sagte aber lieber nichts. »Danke für den Termin. Und entschuldigen Sie noch mal den späten Anruf. Bis dann.«

»Mach's gut, Goldie.«

Linda war nicht zu Hause. Sie hatte einen Zettel auf den Küchentisch gelegt.

Bin unterwegs. Komme vielleicht erst am Samstag wieder.

Linda war dermaßen bequem, dass sogar ihre Nachrichten nur auf das Nötigste beschränkt waren.

Ich war so müde, dass ich es nicht einmal mehr schaffte, meinen Mantel auszuziehen, und streckte mich längs auf der Couch aus. Gedankenverloren starrte ich an die Decke und fragte mich, ob ich einfach nur grenzenlos naiv war. Selbst wenn Marion und all die anderen ihre große Liebe gefunden hatten, war es vielleicht nur reiner Zufall, dass Zelda sie um die halbe Welt geschickt hatte. Aber wenn auch nur die geringste Chance bestand, dass Zelda recht hatte, wäre es Schwachsinn, jetzt das Handtuch zu werfen, wo mir mein perfekter Partner praktisch auf dem Silbertablett serviert wurde. Man konnte schließlich nicht alles durch die Ratio erklären, oder? Manche Dinge waren nun einmal mystisch. Es gab nicht für alles eine logische Erklärung.

Am nächsten Morgen klingelte um neun Uhr das Telefon. Missmutig kam ich aus dem Bad, um abzunehmen.

»Ich habe schon viermal angerufen«, blaffte Gesa mich an. »Weißt du eigentlich, welche Sorgen ich mir gemacht habe? Dein Handy war ausgeschaltet.«

»Der Akku war leer«, log ich.

»Wo warst du?«

»Wie wär's mit einem Gruß?«

»Schönen guten Morgen, Gnädigste. Ich habe gestern Abend viermal angerufen. Nicht zu erwähnen, meine Anrufe auf deinem Handy.«

»Das sagtest du bereits.«

»Irgendetwas stimmt doch nicht, Clea. Ich habe so ein

komisches Gefühl, dass du etwas verheimlichst. Du kannst es mir doch sagen.«

»Ach, Gesa, hör schon auf.«

»Eine Mutter spürt so etwas.«

Ich seufzte.

»Gibt es da jemanden?«

»Vielleicht, vielleicht aber auch nicht.«

»Warum willst du mit mir nicht darüber reden?«

»Es ist nichts.«

»Wenn da wirklich ein verheirateter Kerl ist, dann verstehe ich die Welt nicht mehr, Clea. Ich hab dir doch immer und immer wieder gesagt, dass du deinen Stolz haben sollst. Wie kann man sich denn mit der Rolle der Geliebten zufriedengeben? Da kannst du dir doch gleich eine Fußmatte umhängen.«

»Ich mache einen Spanischkurs.« Es war bestimmt das Beste, wenn ich jedem die gleiche Lügengeschichte erzählte.

»Einen Spanischkurs?« Gesa klang skeptisch, aber wenn ich es recht bedachte, klang sie beinahe immer skeptisch.

»Ja«, sagte ich knapp.

»Warum?«

»Was heißt warum? Warum denn nicht?«

»Machst du demnächst Urlaub in Spanien?«

»Ich hab einfach Lust, Spanisch zu lernen.«

»So, so. Na ja, eine Sprache zu lernen ist immer gut. Jedenfalls nützlicher als am Wochenende in die Glotze zu gucken. Aber dieser Spanischkurs geht doch nicht bis Mitternacht?«

»Ich war mit den anderen danach noch etwas trinken.«

»Mh-hm.« Gesa machte eine Pause. »Naja, es ist ja auch

Zeit, dass du dir einen netten Freundeskreis suchst. Du hast eine einzige Freundin und die hat auch nur montags Zeit, wie es aussieht.«

Gesa hatte ihre Bewunderung für Julia nie ausgesprochen, aber ich wusste, dass Julias toughe Art ihr imponierte. Insgeheim wünschte sie sich wahrscheinlich, dass ich nur halb so viel Selbstsicherheit wie meine Freundin hätte. »Das stimmt doch gar nicht«, protestierte ich schwach. »Manchmal auch samstags.« Allerdings nicht oft, weil Julia samstags meistens etwas mit Kollegen unternahm, um ihre guten Beziehungen innerhalb der Firma zu pflegen. Sie verband das Angenehme mit dem Nützlichen, wie sie sagte.

»Kommst du morgen zum Essen? Ich hätte mal wieder Lust zu Kochen.«

»Was gibt es denn?«

»Das ist doch egal. Es geht doch um den Besuch.«

»Gesa, hör endlich auf, mir ständig die Welt zu erklären. Ich weiß, dass es nicht primär ums Essen geht, aber man wird ja wohl noch fragen dürfen.« Ich fragte auch deshalb, weil Gesa nicht wirklich eine begnadete Köchin war. Als Kind hatte ich nicht selten verbrannten Reis und zerkochte Nudeln essen müssen. Wenn ich mich partout nicht dazu durchringen wollte, hatte sie stets beteuert, dass es ihr aber vorzüglich schmeckte.

»Na gut«, meinte sie nachgiebig. »Ich mache vielleicht etwas Indonesisches.«

»Also ich hätte mal wieder Lust auf Wiener Schnitzel.«

»Na gut. Aber denk bloß nicht, ich mach zehn Beilagen dazu. Schließlich bin ich nicht auf dieser Welt, um Hausmütterchen zu spielen.«

»Ach sooo? Ich hätte schwören können, dass das deine Bestimmung ist. Und jetzt habe ich dir zum Geburtstag schon ein Zehnerpack Hauskittel gekauft.«

»Lieber würde ich mich mit Leberwurst bestreichen und in einen Tigerkäfig stürzen, als so etwas anzuziehen.«

»Sind hübsch. Geblümt, mit Spitze am Kragen.«

»Wir sehen uns morgen um dreizehn Uhr.« Sie legte einfach auf.

Kurz darauf saß ich am Frühstückstisch und kaute gedankenverloren an meinem Toast. Das Radio spielte *Wheel in The Sky* von Journey. Mittlerweile hörte ich nur noch RockMetalRadio, den Sender, bei dem Linda arbeitete. Eigentlich müsste sie bald zu hören sein, denn samstagmorgens arbeitete sie fast immer. Offenbar war sie von ihrer nächtlichen Tour direkt zur Arbeit gefahren. Manchmal fehlte mir Linda, wenn sie nicht da war. Es war lebhafter und fröhlicher mit ihr, auch wenn sie mir manchmal auf die Nerven ging.

Bevor Linda hier eingezogen war, hatte ich die Radiosender gewechselt wie andere Leute Socken. Meistens hatten mich sehr schnell die Pseudoinformationen genervt, das Gejammer übers Wetter oder die tausendste Wiederholung von *Hotel California*. Jedenfalls war RockMetalRadio anfangs etwas gewöhnungsbedürftig für mich, aber seit ich mich darauf einließ, hatte ich eine neue Musikrichtung entdeckt, die ich gar nicht mal schlecht fand. Ich wusste vorher gar nicht, dass Aerosmith oder Whitesnake so gute Songs hatten. Ehrlich gesagt dachte ich, dass die einfach nur so auf ihren Gitarren rumhacken und der Drummer eher zur Zierde da war. Linda hielt *Master of Puppets* von Metallica und *Heaven and Hell* von Black Sabbath für die besten Alben aller Zeiten. Meine Vorschläge – *No Guru No Method No Teacher* von Van Morrison oder auch *Thriller* von Michael Jackson – ließ sie nicht gelten. Sie war der festen Überzeugung, dass sie von uns beiden schließlich die Musikexpertin war.

»Das war *Wheel in The Sky* von Journey und nun, meine lieben Rocker …«, hörte ich Lindas Stimme, »… gehen wir ein bisschen weg vom Schmusekurs, damit ihr energiegeladen ins Wochenende startet. Hier. Für euch. Die Einzigartigen. Größten. Na, wer wohl? Metallica – mit *Until it sleeps.*«

Nach etwa einer halben Minute vibrierte meine Küche, aber Linda schien recht zu haben. Ich spürte tatsächlich so etwas wie mehr Energie. Die konnte ich heute auch brauchen, sinnierte ich. Es würde ein langer Tag werden. Nach der Arbeit würde ich nach Hause gehen, duschen und dann wieder ins *Bean & Bake*. Unterwegs musste ich diesen Kellnergeldbeutel kaufen und vorher erst einmal googeln, wo man so etwas in München bekam.

Ich trank meinen Kaffee und dachte darüber nach, was ich tun konnte, um mich für Elias interessant zu machen. Er war wirklich ein attraktiver und sympathischer Mann. Selbst wenn er sein Leben lang Kellner gewesen wäre, hätte es nichts an der Tatsache geändert, dass er ein klasse Typ war.

Sollte ich mich aufstylen? Den Gedanken verwarf ich rasch wieder, das würde nur lächerlich wirken. Im schlimmsten Fall fiel Pepe vielleicht über mich her.

Wenn es so zuging wie gestern, dann würde wieder die Zeit gegen mich arbeiten. Zwischen Bedienen, Abräumen und Tische säubern blieb kaum Gelegenheit, um Konversation zu machen. Sollte ich Elias vielleicht auf einen Drink nach der Arbeit einladen? Ich schüttelte den Kopf über meine Gedanken. Unter welchem Vorwand sollte ich ihn dazu überreden? Um sich besser kennenzulernen? Das schrie erstens nach purer Verzweiflung und zweitens würde er sich fragen, warum ich nicht auch Yara einlud. Ich musste herausfinden, wofür er eine Leidenschaft hatte, was ihn beschäftigte. Darauf konnte ich vielleicht aufbauen. Die Kollegen nach ihm auszufragen war zu auffällig. Mir blieb eigentlich nur die Möglichkeit, genau hinzuhören, wenn er etwas sagte, und mich dann direkt einzuklinken. Ich musste etwas sagen, das ihn neugierig machte. Ich lächelte zufrieden. Genau so musste es ablaufen!

»Wie war dein Spanischkurs?«

Würde das jetzt ständig so weitergehen? Valerie stand mitten im Laden und strahlte mich an. Ich brachte es nicht übers Herz, ihr zu sagen, sie solle mich mit dem Spanischkurs in Ruhe lassen. Als ich mir den Mantel ausgezogen hatte, ging sie auf mich zu und sagte feierlich. »Herzlichen Glückwunsch zu deiner ersten Lektion.« Ich lächelte betreten.

»Seit wann gratuliert man denn zu so etwas?«, kommentierte Johanna, die an diesem Samstag wegen der vielen Termine zusätzlich arbeitete. »Da müsste die Volkshochschule ein ständiges Rio de Janeiro im Karneval sein.«

Valerie beachtete Johanna gar nicht. »Nun, erzähl mal. Was hast du gelernt?« Sie nickte mir aufmunternd zu.

»*Buenos días, señor.*«

Valerie lächelte zufrieden, dann machte sie einen Gesichtsausdruck, der mich zum Weitermachen ermuntern sollte. Ich weiß nicht, welcher Teufel mich ritt, aber ich schwafelte einfach drauflos. »*Herando desperalato hus bioss de la barranja fiorr cupalamenta tresapanto hos moros de la parrante mucho mucho firranto.*«

Valerie starrte mich sprachlos an. Johannas Blick war eher argwöhnisch, mit einem leichten Grinsen um die Mundwinkel.

»Und was heißt das?«, wollte Valerie wissen.

»Was das heißt?«

Valerie nickte.

»Also, das heißt«, ich gestikulierte wild mit den Händen, »meine neue Arbeit ist sehr anstrengend und die Bezahlung ist nicht besonders gut, aber die Kollegen dort sind sehr, sehr nett.«

Valerie klimperte verwirrt mit den Augen. »Komische Texte habt ihr da.«

»Mir ist eher die Lerngeschwindigkeit aufgefallen«, bemerkte Johanna, »also für eine erste Spanischstunde ist das bemerkenswert. Was macht ihr denn nächste Woche? Übersetzt ihr *Don Quijote*?«

»Mal sehen«, sagte ich bloß.

Im nächsten Moment kam die erste Kundin zur Tür herein, und damit war das Thema zum Glück beendet.

Das Erste, was ich sah, war Floyds ernstes Gesicht. Er durchbohrte mich mit seinem Blick. »Das ist dein zweiter Arbeitstag und du bist zwanzig Minuten zu spät?!« Sein Tonfall ließ keinen Zweifel daran, dass er so viel Dreistigkeit nicht fassen konnte. Er hatte ja recht, aber es war alles so dumm gelaufen. Erst konnte ich den blöden Laden nicht finden, wo sie Kellnerzubehör verkauften, dann nahm der greise Ladenbesitzer keine Kreditkarten und ich musste zur Bank. Natürlich fuhr mir dann auch noch die U-Bahn vor der Nase weg und ich musste zehn Minuten warten. Das alles hatte sich minutenmäßig unerwartet summiert. »Bei den paar Leuten hier kommen gleich zwei zu spät. Unglaublich.«

»Oh, ich bin nicht die Einzige?« Ich war erleichtert.

Yara polierte ein Glas, dann stellte sie es auf das Regal an der Wand. »Pepe ist auch zu spät gekommen.«

»Du hättest wenigstens kurz anrufen können«, warf Floyd mir vor. »Bea musste wegen dir länger bleiben. Sie hat heute normalerweise um sechzehn Uhr Feierabend.«

Die Hälfte der Zeit ist sie sowieso beim Rauchen, dachte ich, aber gut. Ich verstand, dass Floyd sauer war.

Ich blickte mich um und wollte mich auf die Suche nach Elias machen, den ich noch gar nicht entdeckt hatte, aber Floyd war offenbar noch nicht fertig mit mir.

»Hast du heute einen Geldbeutel?« Er stützte sich mit der Hand am Tresen ab.

»Ja. Deswegen bin ich auch zu spät dran, weil nämlich in dem Laden …«

»Gut. Binde dir die Schürze um und geh in die Küche zum Besteck polieren.« Hatte dieser Mann jemals von dem Wort *Bitte* gehört? Es reichte schon, dass er mich zu dem Verrückten in die Küche schickte, aber diese ruppige Art war wirklich unmöglich. Niemals würde ich so mit meinen Leuten reden. Ich konnte nur hoffen, dass ich ihn nicht mehr allzu oft zu Gesicht bekommen würde. Wenn das mit

Elias und mir sich nicht in den nächsten zwei Wochen erledigte, dann *adios amigos*. Ich musste grinsen. Mein fiktiver Spanischkurs hatte anscheinend Gestalt angenommen.

Ich strafte Floyd mit einem leicht überheblichen Blick, was ihn völlig kalt ließ, und stellte meine Tasche unter den Tresen. Während ich meine Schürze umband, erschien Bea und nahm ihre Jacke vom Haken. »Tut mir leid, dass du wegen mir dableiben musstest. Ich wurde aufgehalten.«

Sie winkte ab. »Ist nicht so schlimm, sind ja nur zwanzig Minuten.« Sie rief einen Gruß in die Runde und verschwand.

Als ich kurz darauf die Schwingtür zur Küche aufmachte, erwarteten mich zwei Überraschungen. Die erste war der halbnackte Pepe, der nur eine Unterhose trug und sich gerade Socken anzog. Die zweite Überraschung: Elias! Er stand am Küchenpass und polierte das Besteck. »Hallo«, sagte er und lächelte mir zu. »Wenn du hilfst, geht es schneller. Sonst stehe ich in einer Stunde noch hier.«

»Klar.« Ich nahm mir ein Geschirrtuch von der Ablage.

»Hallo, Püppchen«, rief Pepe mir zu.

»Hallo«, presste ich hervor und stierte auf den Eimer voll Besteck wie eine verschämte Missionarin. Er hatte immer noch nicht mehr an als Unterhose und Socken.

»Ich geh mal um die Ecke«, sagte Pepe, »so viel geballte Schönheit kann ich dir ja nicht ungefiltert zumuten, Sahneschnittchen.«

»Danke für deine Rücksichtnahme.« Ich nahm ein paar Gabeln aus dem Eimer und polierte.

Elias schüttelte den Kopf über Pepe und warf mit geschickten Handbewegungen das Besteck in die jeweiligen Ablagen.

»Bist du heute ein bisschen spät dran?«, fragte Elias.

Ich erzählte ihm meine Geschichte und war schon mittendrin, als ich mich fragte, ob das so klug war. Vielleicht hielt er mich jetzt für ein Plappermaul. Man kennt doch die Leute, die mit irgendwelchen pointenlosen Auslassungen ihr Umfeld in den Tiefschlaf versetzen, sich selbst aber für spannend halten. Aber zumindest wusste Elias so, dass ich keine stumme und introvertierte Person war, die niemanden an sich ranließ und in ihrer eigenen Welt lebte.

»Ist ja nicht so schlimm«, tröstete mich Elias. »Floyd ist heute nur etwas schlecht gelaunt.«

»War er denn gestern gut gelaunt?«, rutschte es mir heraus. Eigentlich gehörte es sich nicht, hinter seinem Rücken über den Chef zu lästern.

Pepe lachte. Er war mittlerweile komplett angezogen und knöpfte sich gerade den letzten Knopf seines Hemdes zu. »Wisst ihr, was ich glaube?«

Keiner antwortete.

»Ich glaube«, fuhr Pepe unbeeindruckt fort, »dass er schon lange keine mehr flachgelegt hat. Ja, ich glaube, deswegen ist er immer so mies gelaunt.«

»Das wird's sein«, murmelte Elias ironisch.

Ich hatte inzwischen einen Plan, wie ich Elias in ein persönliches Gespräch verwickeln könnte. Aber zuerst musste ich einen Umweg über Pepe machen. »Wer arbeitet eigentlich sonst noch in der Küche? Ich meine, wenn du nicht da bist?«

Pepe räumte die Teller aus der Spülmaschine und sortierte sie nach Größe. »Eberhard. So ein seniler Kerl, der seine Rente aufbessert. Wenn du die Ehre hast, mit dem mal zusammenzuarbeiten, dann viel Spaß. Er vergisst alles und wenn du ihn daran erinnerst, fängt er an sich zu rechtfertigen und kommt dabei so vom Thema ab, dass er beim vergessenen Salat anfängt und bei deutschen Einwanderern aufhört.«

»Ach, Quatsch«, sagte Elias, »so schlimm ist es auch wieder nicht.«

»Ich schwör's, genau das ist mir mit ihm passiert. Er hat den Waldorf Astoria vergessen, und dann hat er gequatscht und gequatscht und mir erzählt, wie der Salat in New York im Waldorf Hotel erfunden wurde und wie das Waldorf zum Waldorf Astoria wurde und dass das deutsche Auswanderer …«

»Okay, Eberhard. Tritt auf die Bremse, ja?« Elias sah ihn tadelnd an. Ich musste lachen. Eigentlich wollte ich von Pepe nur wissen, wer sonst noch in der Küche arbeitete, und dann zu Elias springen und fragen, was *er* denn sonst noch machte, außer im *Bean & Bake* zu arbeiten. War es plump, wenn ich ihn das jetzt fragte? Ich machte es einfach.

»Und was machst du sonst so, Elias? Hast du noch einen anderen Job?«

»Ich bin Softwareentwickler und Künstler«, antwortete er und warf einen Kaffeelöffel ins Fach.

»Softwareentwickler und Künstler?« Das klang seltsam, aber nicht uninteressant.

»Genau.«

Ging es nicht ein klitzekleines bisschen detaillierter? »Wenn du Softwareentwickler bist, was machst du dann hier?«

Er griff in den Eimer und holte mehrere Suppenlöffel

heraus. »Ich fange am fünfzehnten nächsten Monat bei einer neuen Firma an. Vor ein paar Wochen bin ich nach München gezogen, um mein Appartement einzurichten und in Ruhe alles vorzubereiten. Mein alter Arbeitgeber in Hannover hat Stellen abgebaut, deswegen musste ich mich bundesweit umsehen. Und bis es mit dem neuen Job losgeht, kellnere ich halt ein bisschen, um nicht meine gesamten Ersparnisse aufzubrauchen.« Das ließ mich nicht unbeeindruckt.

»Du bist aus Hannover?«

Er nickte.

»Deswegen das schöne Hochdeutsch«, bemerkte ich.

Er lachte. »Ja, es ist schon manchmal eine Herausforderung, die Münchner zu verstehen.«

»Und deine Kunst machst du als Hobby?«

»Mehr oder weniger. Davon leben kann man natürlich nicht.«

»Welche Art von Künstler bist du?« Mir fiel gerade auf, dass ich seit Minuten an ein und derselben Gabel herumpolierte. Schnell warf ich sie in die Ablage und griff nach weiterem Besteck.

»Ich bin Maler.«

»Aha. Das ist ja interessant.« Ich war schon einmal mit einem Künstler zusammen gewesen. Bastian hatte davon geträumt, eines Tages den Durchbruch zu schaffen. Ob es Elias ebenso ging? Offenbar schien es meine Bestimmung zu sein, eine Künstlerfrau zu sein. »Was ist dir wichtiger? Dein Hauptberuf oder deine Malerei?«

»Beides.«

Nun ja, sollte er sich eines Tages für die Kunst entscheiden, würde ich nicht mehr den gleichen Fehler wie bei Bastian machen und ihm das ausreden wollen. Aus Fehlern sollte man klug werden.

»Ich hatte auch schon ein paar Ausstellungen.« Elias schaute mich an, und ich sah den Stolz in seinen Augen.

»Und welche Art von Malerei ist das?«

»Was meinst du?«

»Ich kenne mich da nicht so aus, aber gibt es da nicht verschiedene Gattungen?«

»Ich habe meinen eigenen Stil. Hauptsächlich male ich Menschen mit ausdrucksstarken Gesichtern.«

»Seit wann machst du das denn?«

Elias zuckte die Schultern. »Seit ich denken kann. Aber richtig ernsthaft seit ein paar Jahren.«

Der Blick in den Eimer verriet mir, dass wir uns dem Ende des Besteckpolierens näherten. Ich musste schnell noch herausfinden, ob er Single war. Ich würde ihn einfach fragen, ob seine Frau oder Freundin auch mit nach München gezogen war. Zelda würde mir doch wohl keinen vergebenen Mann empfehlen? »Und …«, setzte ich an, aber Pepe kam mir zuvor: »Wisst ihr, was ich malen würde, wenn ich Maler wär? Aktbilder.«

»Welch' große Überraschung«, murmelte Elias.

»Und deine Frau oder Freundin«, versuchte ich es noch einmal, mit panischem Blick auf die letzten zwei Kuchengabeln, »die ist mit nach München gekommen?«

»Frau?« Elias sah mich an. »Ich bin nicht verheiratet. Und eine Freundin habe ich auch nicht.«

»Na ja, vielleicht ist das auch besser. So eine Trennung ist immer eine schlimme Sache. Und wenn sie mit nach

München gekommen wäre, dann würde sie dir das im Streit vielleicht irgendwann aufs Butterbrot schmieren.« Was redete ich denn da für einen unsäglichen Blödsinn? »Haha«, schob ich hinterher, aber mein aufgesetztes Lachen klang so schrill, dass es die Sache nicht besser machte.

Elias polierte die letzte Kuchengabel. »Ach, weißt du, ich habe zwei längere Beziehungen hinter mir und eigentlich hätte ich schon gerne jemanden, aber andererseits sind Frauen unglaublich kompliziert! Sie erzählen dir, dass sie Offenheit und Wahrheit wollen, damit hatte ich noch nie ein Problem. Ich habe also über meine Gefühle und Gedanken gesprochen, aber das führte nur zu Streit. Im Grunde wollen die Frauen doch lieber den Lonesome Rider, der alles für sich behält.« Was hatte er denn bisher für Frauen kennengelernt?

»Was? Das ist doch quatsch. Also, ich jedenfalls will keinen Lucky Luke.«

»Wen?«, wollte Pepe wissen, aber ich beachtete ihn gar nicht. Ich brauchte meine ganze Konzentration, um Elias davon überzeugen, dass ich die war, die optimal zu ihm passte.

»Ich will unbedingt einen Mann, der ehrlich über alles spricht.« Genaugenommen hatte ich mein Leben lang nach so jemandem gesucht, und jetzt war er zum Greifen nah. Zelda hatte sich also nicht getäuscht!

»Willst du nicht. Das sagen sie doch alle.« Elias schien felsenfest von seiner Meinung überzeugt.

»Doch, will ich.«

»Nein.«

»Ich werde doch wohl besser wissen, was ich will.«

»Du bist eine Frau. Du weißt *nie,* was du willst.« Pepe fühlte sich augenscheinlich berufen, seine Meinung zum Besten zu geben.

Ich betrachtete Elias' Gesicht. Er war attraktiv und hatte warme, schöne Augen. Seine freundliche Art hatte mich von der ersten Sekunde für ihn eingenommen. Und obwohl seine Erfahrungen Spuren bei ihm hinterlassen hatten, war er offen für eine neue Beziehung! Alles war perfekt. *Hier bin ich! Sieh doch einfach nur geradeaus!*

Ich wollte gerade unser Gespräch fortsetzen, da legte Elias das Geschirrtuch auf den Küchenpass unter die Wärmebrücke und schob den leeren Eimer zu Pepe. »Ich schau mal, ob draußen was los ist«, sagte er und ging an mir vorbei.

9

Meine Leichtsinnsfehler kamen von der mangelnden Konzentration. Ich konnte nur an eines denken: Warum hatte Elias nicht gefragt, ob ich einen Freund oder Mann hatte? Dabei waren wir doch direkt beim Thema! Lag es vielleicht daran, dass wir nicht alleine waren? Wegen meiner Grübelei verwechselte ich Espresso macchiato mit Latte macchiato und vertippte mich an der Kasse, weshalb Floyd innerhalb einer Stunde dreimal eine Bestellung stornieren musste. »Pass gefälligst auf, auf welche Tasten du deine Knubbelfinger haust«, sagte er beim dritten Mal genervt. Zum Glück hatte ich schmale Hände mit langen, schlanken Fingern und nahm es deshalb nicht persönlich. Er war wirklich unmöglich. Obendrein schien er zu allen anderen nett und nur zu mir so patzig zu sein.

Wie sollte ich nur Elias ins Netz bekommen, wenn es ihn nicht einmal interessierte, ob ich noch zu haben war? Was, wenn ich meinen perfekten Partner gefunden hatte, ich ihm aber völlig egal war? Aber vielleicht steigerte ich mich da zu sehr hinein, denn schließlich war es unser allererstes Gespräch gewesen. Während ich so zum Fenster hinausstarrte, fragte ich mich, ob ich für den Rest meines Lebens alleine bleiben würde.

Heute war es ruhig und kein Vergleich zum gestrigen Trubel. Wie es aussah, brachen die meisten Leute ins Wochenende oder Nachtleben auf, während ich hier mit meiner Schürze stand und darüber nachdachte, wie ich Elias davon überzeugen konnte, dass ich die Liebe seines Lebens war. Hatte Zelda nicht auch einen Russen empfohlen? In Sibirien, soweit ich mich erinnerte. Vielleicht sollte ich da hinfahren, an seine Tür klopfen und sagen: »Hallo, ich komme aus Deutschland und ich will dich heiraten.« Über so viel Unsinn musste ich grinsen. In diesem Moment merkte ich, dass jemand neben mir stand. Ich zuckte zusammen und blickte in Floyds bohrende Augen.

»Hör mal, Clea. Wenn du mit Aus-dem-Fenster-Glotzen und Vor-dich-hin-Grinsen fertig bist, dann kannst du ja die drei Tische abräumen, die zu deiner Station gehören. Die letzten Gäste sind nämlich seit zehn Minuten weg.«

»Oh, tut mir leid, wirklich. Ich mach das sofort.«

Da klingelte das Telefon, und Floyd ging wieder hinter die Theke. Als ich kurz darauf die schmutzigen Gläser zur Theke brachte, hörte ich, wie er über mich sprach. »Schon klar, Axel. Nein, wir haben jetzt eine neue Aushilfe. Ja.«

Das machte mich neugierig. »Ist dieser Axel der Besitzer?«, fragte ich Yara, die gerade zum Tresen kam.

»Ja, Axel Meixner. Aber er kommt nur hin und wieder mal für eine Viertelstunde vorbei.«

»Ich dachte, der Laden gehört Floyd.«

Sie lachte. »Nein, Floyd ist nur der Geschäftsführer.«

»Und wie ist dieser Axel so?«

Yara zuckte die Schultern. »Er ist ein Arschloch.«

»Psst!« Ich machte eine Kopfbewegung Richtung Floyd, der immer noch mit dem Chef telefonierte. »Nicht so laut, sonst kann er dich hören.«

»Und wenn schon. Er sagt das doch selbst.«

Ich verzog das Gesicht. »Er sagt über sich selbst, dass er ein Arschloch ist?«, flüsterte ich. Das konnte ich nicht so leicht glauben.

»Na ja, nicht so direkt. Er hat gesagt, dass er weiß, dass wir sagen, er ist 'n Arschloch.«

»Das ist nicht dasselbe, und das weißt du.«

Sie winkte ab. »Ich mache mir die Welt, wie sie mir gefällt.«

»Und was ist so schlimm an ihm?«

»Er hat schon Leute gefeuert, einfach so, weil er sie nicht sympathisch findet. Er ist selbstverliebt und interessiert sich nur für Umsatz, Umsatz, Umsatz. Ach, und er erwartet von jedem, dass er ihn anschleimt. Irgendwie turnt ihn das an.«

»Macht ihr das denn?«

»Wenn er reinkommt, lächeln wir unser falsches Lachen, was soll's. Und wir fragen ihn, wie es ihm geht. Der Einzige, der ihn nicht anschleimt, ist Floyd.«

»Warum?«

»Das hat er gar nicht nötig, weil er so jemanden wie Floyd nicht ein zweites Mal kriegt. Er weiß genau, was er an ihm hat.«

»Verstehe.«

»Bis dann«, hörte ich Floyd sagen, dann legte er auf.

»Was heißt das, bis dann?«, wollte Yara wissen.

»Er kommt gleich vorbei und will die neue Aushilfe sehen.«

Meine Kehle wurde ganz trocken und ich schluckte. »Mich?«, quetschte ich hervor. Das war wie damals, als ich bei meinem ersten Bewerbungsgespräch meinem potenziellen Chef gegenübersaß. Er fragte mich, welche Schlagworte mir zu meiner Position spontan einfielen. Vor Aufregung hatte ich »Veruntreuung« statt »Verantwortung« gesagt. Er hatte es zum Glück mit Humor genommen, allerdings war mein Versprecher die ersten zwei Wochen in dem Job der Running Gag in der Firma.

»Bin ich froh, dass ich nicht in deiner Haut stecke«, gab Yara mir noch mit auf den Weg, bevor sie nach hinten ging.

»Hör gut zu«, sagte Floyd mit ernstem Ton, als ginge es um die Geheimhaltung einer CIA-Akte. Er kam näher, zwischen ihm und mir die Theke, beugte sich nach vorne und sagte: »Wenn du das verkackst, dann lass ich dich bis morgen früh mit der Zahnbürste den Grill in der Küche putzen und wenn du damit fertig bist, dann räumst du den Keller auf und sortierst die Sachen alphabetisch.«

Ich starrte ihn an.

»Das war natürlich ein Scherz«, sagte er.

Ich atmete erleichtert auf.

»Du sortierst sie chronologisch.«

Ich war kurz davor, ihm eine zu knallen, so wütend war ich. Dieser Fiesling. »Ich habe das Gefühl, du verarscht mich.«

Er sah mich weiter an, sagte aber nichts.

»Warum tust du das?«

Eine Weile schwieg er weiter vor sich hin, dann sagte er: »Na gut, sorry. Du wirst natürlich gar nichts davon machen, aber ich bin derjenige, der dich eingestellt hat, und du wirst verdammt noch mal dein Bestes geben, solange er da ist. Okay?«

»Selbstverständlich werde ich das.«

»Alles klar.«

Als ich die schmutzigen Teller in die Küche brachte, stand ein Truthahn-Sandwich am Küchenpass. »An welchen Tisch gehört das? Es liegt kein Bon darauf.«

»Ist für dich«, meinte Pepe, ohne aufzusehen. Er blätterte in einer Boulevard-Zeitschrift.

»Wow, das ist aber nett von dir.«

»Gern geschehen.«

Nachdem ich den ersten Bissen genommen hatte, sagte ich anerkennend und mit vollem Mund: »Unglaublich. Das ist das absolut leckerste Sandwich, das ich je in meinem Leben gegessen habe.« Es war kein falsches Kompliment, sondern die reine Wahrheit.

»Ich weiß«, bekam ich zur Antwort.

»Okay, Bescheidenheit ist nicht deine Stärke, wie ich feststellen kann.«

»Nein.« Ich aß und ließ es mir schmecken. Pepe blätterte weiter sein Magazin durch, dann fragte er: »Willst du wissen, was meine Stärke ist?«

Bitte nicht. Jetzt kam garantiert eine Bemerkung über seine Manneskraft oder Ausdauer. Aber er hatte mir dieses leckere Sandwich gemacht und das war eine nette Geste, also tat ich ihm den Gefallen. »Was denn?«

»Reinlichkeit und Pünktlichkeit.«

Das hatte ich nicht erwartet. »Aha. Reinlichkeit vielleicht, wenn ich mich hier so umsehe, dann könnte das stimmen. Pünktlichkeit, ich weiß nicht recht. Bist du heute nicht zu spät gekommen?«

»Sagt die Frau, die nach mir zur Arbeit kam.«

Ich schob ihm den Teller hin. »Dankeschön. Es war köstlich.«

»Willst du dich erkenntlich zeigen?« Er grinste mich an.

Das hätte ich mir denken können. Natürlich war es ein Ding der Unmöglichkeit, meinen Besuch in der Küche ohne ein Pepe-Sahnehäubchen abzuschließen. »Du hast einen knackigen Arsch. Den könntest du mir dalassen und ich kann ihn die nächste Stunde bewundern.«

»Du weißt, dass das physikalisch unmöglich ist.«

»Uuuuh«, tat er beeindruckt, »da hat jemand Physik studiert.«

Ich drehte mich um und machte, dass ich rauskam. Als ich die Schwingtür aufmachte, sah ich immer noch nach hinten und sagte eine Spur zu laut: »Mein Arsch gehört mir!«

In dem Moment, als ich es ausgesprochen hatte und meinen Kopf wieder Richtung Ausgang wendete, streckte mir ein etwa sechzigjähriger Herr im Anzug seine Hand entgegen: »Axel Meixner mein Name. Sie müssen die neue Aushilfe sein.«

Am liebsten wäre ich unsichtbar geworden. Was für ein schrecklicher erster Eindruck! Aber nun konnte ich es nicht mehr rückgängig machen, deshalb stellte ich mich ganz souverän vor und lächelte ihn an. Am besten, ich sprach ihn direkt darauf an. »Wissen Sie, Herr Meissner ...«

»Meixner«, verbesserte er mich.

»Herr Meixner, also, der Koch hat einen Scherz gemacht und ich habe einfach nur diesen Scherz erwidert. Nicht, dass Sie einen falschen ...«

Er sah mich zerstreut an. Wie es aussah, war er es nicht gewohnt, dass seine Angestellten sich mit ihm unterhielten. Seine Augen fixierten mein Gesicht und ich spürte, wie auf einmal mein Mundwinkel zuckte. Wir standen uns gegenüber, und ich hatte keinen blassen Schimmer mehr, wie ich noch ein positives Licht auf mich werfen konnte. »Also, wie gesagt, nicht dass Sie einen falschen Eindruck von mir bekommen. Normalerweise verwende ich solche Kraftausdrücke nämlich nicht und mir ist es selbst ein Rätsel ...«

Im Hintergrund sah ich Elias, wie er mir mit ernstem Gesicht hektisch zuwinkte. Das trübte meine Freude darüber, ihn in meiner Nähe zu wissen. Als sich unsere Blicke trafen, machte er eine Handbewegung zum Hals, um mir zu vermitteln, dass ich sofort aufhören sollte. Meixner stand noch immer da und versuchte zu begreifen, was das alles sollte.

Elias kam zu uns und sagte in süßem Ton an unseren Chef gewandt: »Setzen Sie sich doch, Axel. Möchten Sie einen Latte macchiato oder eine Holunderschorle?«

Endlich ging Meixner zu einem Tisch und setzte sich auf die Bank. »LM«, sagte er.

»Aber wir haben hier doch keinen Zigarettenautomaten«, sagte ich zu Elias.

Elias zog die Augenbrauen zusammen, dann entspannte sich sein Gesicht. »Latte macchiato, Clea.«

»Oh, ach so.«

Elias näherte sich mir und flüsterte mir ins Ohr: »Antworte einfach nur auf seine Fragen. Fang niemals ein Gespräch mit ihm an.« Der Gedanke, dass seine Lippen nur ein paar Zentimeter von meinem Gesicht entfernt waren, verursachte ein Kribbeln in meinem Bauch.

Ich wollte ihm auch etwas ins Ohr flüstern. Irgendetwas, um ihm näher zu kommen. Also sagte ich das Erste, was mir einfiel: »Was sollen denn diese Starallüren? Was glaubt er, wer er ist? Ein Mann, der die Welt regiert?« Etwas Romantisches oder Liebenswertes war mir leider nicht so schnell eingefallen. Elias zuckte nur mit den Schultern.

Meixner tippte auf seinem Handy herum.

»Und wer bedient ihn?«, fragte ich.

»Natürlich du. Er sitzt in deiner Station.«

Na ja, ich würde ihm seinen blöden LM bringen und dann hin und her laufen und etwas herumwischen, solange er da war.

Elias ging weg, und ich stand plötzlich alleine da. Meixner blickte auf und sah mich direkt an.

»Äh, ich bringe Ihnen gleich Ihren Latte macchiato.« Als ich mich gerade in Bewegung setzen wollte, fragte er: »Wie gefällt es Ihnen bei uns?«

»Gut. Danke. Sehr gut, ja.«

»Sie sind Aushilfe, ja?«

Ich nickte. »Ich arbeite freitags und samstags für ein paar Stunden.«

»Und was machen Sie sonst so?«

»Ich bin Kosmetikerin.«

»Ah«, meinte er und nickte, dann schien er über etwas nachzudenken. »Muss frustrierend sein.«

»Bitte was?«

»Na, den ganzen Tag den Leuten die Pickel ausdrücken und so.«

Ich starrte ihn an. »Pickel aus... Also, das ist nur ein kleiner Teil, wissen Sie. Es ist ein luxuriöser und besonderer Salon, verstehen Sie? Wo es verschiedene Verwöhnprogramme gibt und besondere Behandlung.«

Seine Augen wurden größer, dann bildeten sich zwei

tiefe Falten zwischen seinen Augen. Sein Blick glitt an mir hinab und dann wieder hinauf. »Ach so ist das.«

Mir wurde mulmig zumute. Ich hatte den Verdacht, dass er da etwas ganz und gar missverstanden hatte. Das musste ich unbedingt und dringend aufklären. »Also«, gestikulierte ich, »es gibt da zum Beispiel die Ayurveda-Behandlung mit Ganzkörperpeeling und Massage. Dann haben wir noch …« Elias tauchte wieder auf, ging an mir vorbei und sagte leise: »Quatsch nicht so viel. Bring ihm seinen Kaffee!«

»Das ist alles sehr interessant«, sagte Meixner, »aber jetzt hätte ich gerne meinen LM.«

Mir war schlecht. Ich hatte alles nur schlimmer gemacht!

An der Theke sagte ich zu Floyd: »Er will einen LM.«

»Heute keine Holunderschorle?«, wunderte er sich. »Samstags trinkt er eigentlich nie LM, immer nur montags und freitags.«

Was für ein Freak! Er trank bestimmte Getränke an bestimmten Tagen? Und für so jemanden arbeitete ich? Nicht zu fassen.

»Ich glaube, er hält mich für eine Prostituierte.« Kraftlos und ausgelaugt starrte ich Floyd an.

»Was?«

»Er hat mich gefragt, was ich beruflich mache, und dann hab ich vom Kosmetiksalon erzählt und von unseren besonderen Behandlungen und Verwöhnprogrammen, und offenbar hat er das missverstanden. Wahrscheinlich denkt er jetzt, dass ich in so einem verruchten Massagesalon arbeite.«

Floyd seufzte. Er machte die Milch für den Schaum heiß. »Warum redest du überhaupt mit ihm?«

»Das hat sich so ergeben. Er hat gemeint, dass ich den ganzen Tag Pickel ausdrücke, und ich wollte das nur richtigstellen.«

Mit einem langstieligen Löffel tat er den Milchschaum ins Glas. »Ist doch scheißegal, was er denkt. Warum hast du das richtigstellen müssen? Und wenn dir schon wichtig ist, was er denkt, dann wäre es mir an deiner Stelle lieber, er hält mich für eine Pickelausdrückerin als für eine Prostituierte.«

Floyd goss den Espresso ins Glas und stellte es vor mich hin. Den Strohhalm für den Latte macchiato legte er obendrauf, eingebettet in eine Wolke aus Milchschaum. Als ich das Glas nehmen wollte, sagte Yara, die gerade aufgetaucht war: »Schleim ihn an!«

»Was?«

»Schleim ihn an, dann hast du deine Ruhe vor ihm.«

»Wie soll ich das denn machen?« Noch nie in meinem Leben hatte ich jemandem geschmeichelt oder mich angebiedert. Ich wusste gar nicht, wie man so etwas machte. Mir waren ja schon Valeries Schmeicheleien unangenehm.

»Lächle! Und frag ihn, ob er bequem sitzt.«

»So ein Blödsinn. Es gibt doch keine Möglichkeit, die Bank bequemer zu machen, also ist die Frage doch müßig.«

»Mach einfach, vertrau mir.«

Ich nahm den Latte macchiato, dann zog ich die Lippen auseinander und machte mich auf den Weg zum idiotischsten Chef im Universum. Als ich an den Tisch kam, blickte er auf und ich zeigte ihm meine Zähne. Ich beugte mich nach vorne, um seinen LM am Tisch abzustellen. »Sitzen Sie bequ…« Das hohe Glas fing bedenklich an zu zittern. Ich wollte es gerade mit meinen Daumen abstützen, da sagte Meixner: »Ich helfe Ihnen« und hob das Glas lässig mit einer Hand in die Höhe. Ich wunderte mich noch über seine Resistenz gegenüber dieser unerträglichen Hitze, aber mein Erstaunen hielt nur eine halbe Sekunde an, dann geschah die Katastrophe: Meixner plärrte plötzlich »Heeeiiiß!!!« und ließ das Glas los, dessen gesamter Inhalt sich in seinen Schoß ergoss. Er schoss empor, wie von der Tarantel gestochen. »Aaaah! Heiß!« Er rannte um den Tisch und wischte an seinem Schoß herum. Yara, Elias und Floyd eilten herbei und betrachteten schockiert das Schauspiel. »Heeeiß! Ist das heiß!«, schrie Meixner immer wieder.

Alle Blicke richteten sich auf mich, und ich schaffte es gerade noch zu rufen: »Das war ich nicht! Das war er selbst!«

Floyd rannte in die Küche, kam aber gleich wieder, diesmal mit Pepe im Schlepptau. Die beiden trugen kleine, weiße Eimer und schütteten das Wasser einfach auf Meixners Schoß.

In der nächsten Sekunde war es ganz still. Die beiden Gäste, die noch im Café waren, saßen mit offenem Mund auf den Stühlen. Meixner stand da und konnte sich nicht rühren. Wasser tropfte von seiner Hose.

»Puh«, machte Pepe. »Sie hat dem Chef die Eier verbrannt.«

»Herr Meixner«, begann ich, »mir ist klar, dass das kein guter Zeitpunkt ist, aber ich will unbedingt eines klarstellen: Ich bin keine Prostituierte! Ich bin Kosmetikerin. Verstehen Sie?«

Ich sah, wie Floyd den Kopf senkte und sich die Hand vor die Augen hielt.

10

Floyd machte meine Abrechnung zuletzt. Wahrscheinlich geschah dies in voller Absicht, um mir meine Kündigung mitzuteilen. Das Desaster war anderthalb Stunden her, und er hatte noch kein Wort mit mir gesprochen. Ich hatte Yara erzählt, wie das Malheur passiert war, und sie wollte Floyd alles erklären. »Ich will nichts mehr davon hören«, hatte er nur darauf gesagt. Elias war für mich nun wahrscheinlich in den Bereich des völlig Unmöglichen abgedriftet. Warum sollte er sich für eine inkompetente, vertrottelte Kellnerin interessieren, die nicht einmal fähig war, dem Chef einen Kaffee zu bringen?

Elias und Yara zogen ihre Jacken an. Auf Wiedersehen, mein vermeintlicher Prinz, dachte ich. Diesmal war es bestimmt für immer. Gestern bestand noch Hoffnung, aber nach den letzten Stunden war es unmöglich, hier noch weiter zu arbeiten. Ich wollte mir sein Gesicht einprägen. Vielleicht würde ich ihm irgendwann noch mal über den Weg laufen und dann konnte ich mich ohrfeigen, dass ich mich damals so bescheuert angestellt hatte. Yara und mein Prinz sagten Tschüss und gingen durch die Tür.

Das war's.

Floyd nahm wortlos meinen Abrechnungsbeleg und das Geld entgegen und zählte alles nach. »Okay, passt«, sagte er nur.

Ich entledigte mich meiner Schürze, nahm meine Tasche und stellte sie auf den Tresen. »Es tut mir leid, Floyd. Es tut mir wirklich leid. Mehr kann ich dazu nicht sagen.«

Er seufzte und steckte meinen Betrag und den Beleg zu den anderen in eine große Geldtasche.

»Ich weiß, dass du mich hier nicht mehr sehen willst und glaub mir, ich kann es verstehen. Es war nicht meine Absicht, dich in Schwierigkeiten zu bringen.« Leicht nervös zupfte ich an dem Riemen meiner Handtasche herum. »Trotzdem danke für die Chance, die du mir gegeben hast.«

Endlich sah er mich an. »Alles Gute für dich.« Dann lächelte er ein klein wenig. »Das wünsche ich dir wirklich. Du kannst es brauchen.«

Ich hatte ihn auch nett angelächelt, bis zu seinem letzten Satz. »Wie bitte?«

Floyd lehnte sich gegen die Spülmaschine und verschränkte die Arme vor der Brust. »Es geht mich ja nichts an, aber mir scheint, du hast Probleme, die du in den Griff bekommen musst. Das meine ich nicht abfällig, ganz im Gegenteil.«

»Äh, was?«

»Du bist eine nette und hübsche Frau.«

Das schmeichelte mir, denn dieser Mann machte bestimmt nicht oft Komplimente, aber wenn er damit bloß von seiner seltsamen Bemerkung ablenken wollte, würde ihm das nicht gelingen. »Aber?«, hakte ich nach.

»Wenn ich mir so deine Tasche ansehe, also mal ganz ehrlich, Clea ...«

Ich kapierte überhaupt nichts mehr. »Meine Tasche?«

»Da steht *Jimmy Choo*. Ist das nicht eine sauteure Marke?

Wie willst du jemals deine Schulden in den Griff bekommen, wenn du Tausende von Euro für solche Sachen ausgibst?«

Endlich verstand ich, wovon er redete. Aber natürlich! Meine angeblichen Schulden.

»Also, erstens: Du musst nicht übertreiben. Es sind nicht Tausende von Euro, sondern tausend Euro.« Das stimmte schon mal, aber leider musste ich jetzt wieder einmal weg von der Wahrheit. »Zweitens habe ich diese Tasche bei eBay gekauft für zweihundert Euro. Das war ein Geschenk zu Weihnachten von meiner Mutter, meinem Vater, meiner Schwester und meiner Freundin zusammen.«

»Die lassen jeder nur fünfzig Euro für dich springen? Da ist ja meine Oma mit ihrer bescheidenen Rente noch großzügiger.« Floyds Züge schienen sich zu entspannen.

»Und außerdem haben sie mir auch noch diesen schönen Gürtel von Gucci dazu gekauft.« Ich zeigte auf meine Gürtelschnalle.

»Dasselbe Weihnachten?«

»Dasselbe Weihnachten.«

»Okay.« Er grinste und sah mich an.

»Jedenfalls habe ich meine Finanzen hervorragend im Griff. Du musst dir also keine Sorgen machen.«

»Ich mache mir keine Sorgen. Ich wollte dich nur auf etwas stoßen, weiter nichts.«

»Danke.«

»Gern geschehen.«

Eine Weile standen wir so da. Komischerweise hatte ich die verrückte Hoffnung, dass er jetzt noch etwas sagen würde, aber er tat es nicht.

Ich zog mir meine Jacke an und dann hängte ich mir die Tasche über die Schulter. Gerade, als ich sagen wollte, dass sie meinen Lohn behalten könnten, besann ich mich anders. Das Geld bedeutete mir nicht viel, ich wollte ja nur Elias näher kennenlernen. Aber ich würde damit nur Floyds Annahme nähren, dass ich mit Geld um mich warf. »Wann soll ich meinen Lohn holen?«

Floyd betrachtete mich nachdenklich.

»Hör mir jetzt gut zu, Clea. Ich sage das nur einmal und danach nie wieder.«

»Ja?«

»Du musst nicht gehen.«

Überrascht sah ich ihn an.

»Du hast dich heute aufgeführt wie Jerry Lewis in seiner besten Zeit, aber vielleicht war das einfach nicht dein Tag.«

»Du willst mir noch eine Chance geben?«

Er nickte.

»Warum?« Ich musste diese Frage einfach stellen.

Floyd verlagerte sein Gewicht und neigte leicht den Kopf. »Weil deine Verabschiedung sehr anständig war.«

»Ach?«

»Wenn die Leute durch diese Tür gehen, dann sind sie entweder wütend und uneinsichtig oder sie haben einen imaginären Heiligenschein über dem Kopf und sind die ewigen Opfer, die wieder einmal an einen schrecklichen Chef geraten sind.«

»Ich weiß.«

Er sah mich fragend an.

»Ich meine, ja, das glaube ich gern.«

»Dann sehen wir uns am Freitag?«

Ich nickte. »Unbedingt.«

Floyd wollte sich gerade umdrehen und die Geldtasche in den Safe legen, aber mir brannte noch etwas auf der Zunge.

»Kann ich dich noch etwas fragen?«

»Ja?«

»Ist unser Chef nicht irgendwie ... Wie soll ich mich ausdrücken ...?« Ich suchte nach dem passenden Ausdruck, aber Floyd kam mir zuvor.

»Ich sag's mal mit meinen eigenen Worten. Axel und Pepe haben ungefähr den gleichen IQ, aber auf unterschiedliche Art.«

Ich musste grinsen. »Und wie hat er es geschafft, erfolgreich zu sein?«

»Axel hat gar nichts geschafft. Sein Vater hat alles aufgebaut und er hat das einfach nur geerbt.«

»Du hast dich doch noch mit ihm unterhalten.« Floyd hatte Meixner zum Auto begleitet, damit er nach Hause fahren konnte, um seine Kleidung zu wechseln. Durchs Fenster hatte ich beobachtet, wie Meixner hinter dem Steuer saß und Floyd sich zu ihm hinunterbeugte, um sich Meixners Geschimpfe anzuhören. Allerdings konnte ich sehen, dass auch Floyd hin und wieder etwas sagte. Darauf hatte Meixner entweder den Kopf geschüttelt oder Floyd verwundert angesehen. Am Ende hatte Meixner den Kopf geschüttelt und war weggefahren. »Was hat er gesagt? Er wollte, dass du mich feuerst, oder?«

»Jedenfalls konnte ich ihn davon überzeugen, dass du ganz und gar und wirklich nur Kosmetikerin bist.«

»Na, Gott sei Dank.«

»Jetzt glaubt er halt, dass du einfach nur gestört bist.«
»Damit kann ich leben.«
Floyd lachte. Es war das erste Mal, dass ich ihn lachen sah.
»Wollte er, dass du mich feuerst?«
»Ja, aber was Personal angeht, lasse ich mir von ihm nicht reinreden. Das habe ich von Anfang an deutlich gemacht. In allen anderen Dingen ist er der Chef, ganz klar. Aber Personal ist mein Problem, weil ich mit den Leuten die ganze Zeit verbringe und er nur ein paar Minuten im Monat.«

»Mit dem Personal bist du manchmal aber ganz schön streng«, rutschte es mir heraus.

Für den Bruchteil einer Sekunde schien er überrascht, dann meinte er: »Streng? Ich glaube eher, ich bin der gutmütigste Idiot, den es gibt. Was glaubst du eigentlich, wie oft ich Pepes Arsch schon gerettet habe, als er verpennt hat? Und dass Eberhard senil ist, davon hat Meixner keine Ahnung, aber er tut mir leid, deswegen arbeitet er immer noch hier.«

Plötzlich hatte ich ein schlechtes Gewissen, weil ich Floyd so einseitig betrachtet hatte. »Hast du denn irgendwann auch mal frei?«

»Ja. Sonntags, da ist es hier sehr ruhig und dann vertritt mich Yara.«

»Willst du das dein ganzes Leben so machen? Ich meine, hast du auch andere Pläne?«

»Ja, hab ich«, sagte er knapp. Offenbar wollte er nicht mehr dazu sagen.

»Na dann.« Ich ging zur Tür. »Bis Freitag.«

Er nickte mir zu. »Komm gut nach Hause.«

Als ich nach draußen trat, dachte ich, dass er anscheinend

doch kein so übler Kerl war. Vielleicht konnte er bei Elias sogar ein gutes Wort für mich einlegen?

Ich ging von einem Raum zum anderen, weil ich es nicht glauben konnte. Linda hatte aufgeräumt. Nicht nur das. Sie hatte sogar die Spülmaschine ausgeräumt und staubgesaugt. Auf dem Küchentisch lag ein Zettel.

Da staunst du jetzt, was? Ich hoffe, du bist mit meiner Arbeit zufrieden. Eines habe ich allerdings festgestellt: Staubwischen ist scheiße, und Badputzen ist gar nicht so schlimm. Aber hier, wie überhaupt, kommt es anders als man glaubt. Deine Linda

PS Der letzte Satz ist von Wilhelm Busch.

Ich ließ mich aufs Sofa fallen und grübelte. Die Frage, ob ich noch den Hauch einer Chance bei Elias hatte, ging mir nicht aus dem Kopf. Es war gerade mal eine Stunde her, dass ich beinahe meinen Job verloren hätte. *Meinen Job?* Das war nicht mein Job, nur ein notwendiges Übel. Im nächsten Moment tat mir der Gedanke leid. Es gehörte einiges dazu, diese Arbeit zu machen. Das wusste ich jetzt.

Mein Handy klingelte. Eine unbekannte Nummer. Wer rief samstags um halb zehn Uhr abends an? Verwundert nahm ich ab.

»Engel.«

»Hallo, Clea. Hier ist Elias.«

Mir fiel beinahe das Handy aus der Hand. An der Wand hatte ich einen großen Spiegel hängen, um den Raum größer wirken zu lassen. Nun blickte mir mein verdattertes

Gesicht entgegen. Ich sah aus, wie die Leute im Fernsehen, die in einer Wo-bist-du-Show ihrem lang verschollenen Vater wiederbegegneten. »Elias?«, hauchte ich. »Woher hast du denn meine Nummer?«

»Die Nummern der Mitarbeiter stehen doch neben dem Dienstplan.«

»Ach so, ja.« Ich hatte keine Ahnung. Mein Herz klopfte in rasender Geschwindigkeit. Was würde er sagen? Wollte er mit mir ausgehen? Würde er endlich versuchen herauszufinden, ob ich einen Freund hatte? Würde er mir sagen, dass er durch mich die Liebe auf den ersten Blick erlebt hatte?

»Ich wollte dich nur fragen, ob alles in Ordnung ist.«
Wie meinte er das? »Ja«, sagte ich bloß.
»Na ja, Floyd war ziemlich sauer und es ist dumm gelaufen heute, aber das kann jedem passieren. Also, hast du den Job noch?«

Ich verstand. Elias hatte Angst gehabt, mich nicht mehr wiederzusehen, und deshalb hatte er gleich angerufen.

»Ja, ich hab den Job noch.«
»Na, dann ist doch alles wunderbar.«
»Das ist ja nett von dir, dass du anrufst. Nur um mich aufzumuntern und zu fragen, ob ich meinen Job behalten hab.« Ich wollte sichergehen, dass sein Anruf nicht vielleicht doch noch einen anderen Grund hatte

»Genau.«
»Wirklich sehr nett von dir.« War das wirklich alles? Hatte er keine Fragen mehr an mich? Ich versuchte, meine Enttäuschung zu verbergen.

»Kein Problem.«

»Und? Was machst du so, äh, nächste Woche, äh, und überhaupt?«

»Oh, ich muss noch die Wohnung streichen, bevor ich in der neuen Firma anfange, denn später werde ich für so etwas nicht viel Zeit haben.«

»Ja, klar.« Entweder hatte er meinen Wink mit dem Zaunpfahl ignoriert oder nicht erkannt.

»Mach's gut, ja? Wir sehen uns am Freitag. Bis dann.«

»Bis dann.« Ich warf das Handy auf die Couch. Ja, Elias war genau so, wie ich mir einen Mann wünschte. Nett und freundlich und lieb und rücksichtsvoll. Bis auf die winzige Kleinigkeit, dass ich ihn nicht sonderlich interessierte.

11

»Wiener Schnitzel ist vom Kalb und nicht vom Schwein«, maulte ich.

Gesa saß mir gegenüber und schnitt ihr Fleisch. »Ich esse keine Kinder. Das heißt kein Kalb, Lamm, Spanferkel und so weiter. Wenn man schon Fleisch isst, dann sollte man die Tiere wenigstens erwachsen werden lassen.«

Es fiel mir nichts ein, was ich darauf erwidern konnte.

»Ich muss dir etwas sagen«, fing Gesa auf einmal an und sah mich dabei ein wenig schuldbewusst an.

»Du willst auch nicht zu der Hochzeit gehen?«

»Welcher Hochzeit?«

»Er hat dich auch diesmal nicht eingeladen?«

»Wer?«

»Mein Vater.«

Sie schloss dramatisch die Augen. »Heiratet der Vollidiot schon wieder? Wie viele Frauen will er denn noch wegrennen sehen?«

»Ich dachte, dass er dich diesmal vielleicht auch einlädt, wegen dem zeitlichen Abstand und so.«

»Nein.« Sie stocherte in ihren Bratkartoffeln herum. »Ich würde auch nicht hingehen. Gehst du hin?«

»Nein. Er ist mir einfach egal, verstehst du?«

»Klar versteh ich das.« Sie aß weiter, dann fiel mir ein, dass sie etwas anderes hatte sagen wollen.

»Und? Was wolltest du mir sagen?«, erinnerte ich sie.

»Ach das.« Ich merkte, dass sie betont gleichgültig tat.

»Auch du, Brutus?«, zog ich sie auf.

»Was?«

»Heiraten.«

»Sehr witzig. Lieber mache ich Harakiri.«

»Du wirst neuerdings ja auch immer blutrünstiger.«

»Willst du nun hören, was ich zu sagen habe oder nicht?«

»Klar.«

»Ich bin heute vom Einkaufen ... Also, ich bin zu schnell gefahren.«

Ich hob die Hände, um Unverständnis zu demonstrieren. »Das ist doch nichts Neues. Oder hast du eine Oma mit Gehwagen überfahren?«

»Schlimmer.«

»Schlimmer?« Nun bekam ich es mit der Angst. »Was ist passiert?«

»Ich bin meinen Lappen los.«

Ich starrte sie an. »Und das soll schlimmer sein?«

»Also für mich schon.« Sie zuckte die Schultern.

Ich blinzelte irritiert. »Ein Führerscheinentzug ist für dich schlimmer, als eine alte Oma zu überfahren?«

»Clea«, rief sie aufgebracht, »diese verdammte Oma mit Gehwagen gibt es doch gar nicht!«

»Das weiß ich auch. Aber wenn es so wäre, dann wäre der Führerscheinentzug doch nicht schlimmer.«

»Wenn du dich hören könntest! Du redest genau wie die Gestapo, die mich aufgehalten hat.«

»Gestapo?«

»Oh, entschuldige bitte«, tat sie affektiert. »Die Polizei.«

»Ich verstehe dich einfach nicht, Gesa. Warum fährst du auch immer zu schnell?«

»Du hast ja recht. Aber ich habe es immer eilig, weißt du.« Sie schob sich ein Stück Fleisch in den Mund. »Ich bin eine vielbeschäftigte Frau.«

»Du wirst jetzt noch vielbeschäftigter sein, wenn du mit den Öffentlichen rumgurken musst. Das wird dich erst recht Zeit kosten.«

»Ja, ja.«

»Für wie lange bist du ihn denn los?«, fragte ich etwas behutsamer.

»Drei Monate.«

»Ab und zu kann ich dich schon wo hinfahren. Du musst es aber nicht ausreizen.«

»Das ist lieb, Schätzchen. Und jetzt iss, damit du groß und stark wirst.«

Ich lächelte, und wir aßen schweigend weiter. Als wir fertig waren und Gesa uns Apfelschorle nachschenkte, fragte sie: »Was hältst du davon, wenn wir zusammen mal für ein paar Tage nach Barcelona fliegen? Da wollte ich schon immer mal hin. Ich lade dich ein. Außerdem machst du doch jetzt diesen Spanischkurs.«

Die Idee gefiel mir. »Das hört sich klasse an.« Im nächsten Augenblick kam mir der Gedanke, dass ich vielleicht vorschnell reagiert hatte. Mit Gesa tagelang am Stück die Zeit zu verbringen würde ein nervenaufreibendes Unterfangen werden. Sie konnte einfach furchtbar anstrengend sein.

»Ach ja, der Spanischkurs. Aber wird in Barcelona nicht eher Katalanisch gesprochen? Na, jedenfalls, ich werde mal darüber nachdenken, ja?« Ich musste ein leicht säuerliches Gesicht gemacht haben, denn Gesa sah mich forschend an.

»Was ist denn mit dem Spanischkurs?«, bohrte sie nach. »Wieso sagst du ›Ach ja, der Spanischkurs?‹«

Da hatte ich mich, in einem Anflug von Schwäche, etwas gehen lassen. Deshalb fügte ich schnell hinzu: »Ach nichts. Der Lehrer ist etwas langweilig, und die anderen Teilnehmer sind nicht so mein Fall. Das ist alles. *Nada amigos* in dem Kurs sozusagen.«

»Ach so.«

»Aber, äh, weißt du was? Ich muss dir was total Verrücktes erzählen. Also, da ist diese Kundin, Frau ... Teufel. Die hat mir erzählt, dass sie bei einer Seherin war.«

»Hä?« Gesa machte eine fragende Grimasse.

»Das ist eine Frau, die jedem den passenden Partner nennt. Sie kann genau sagen, welcher Mann auf dieser Welt perfekt zu dir passt.«

»Na klar«, spottete Gesa. »Schätze, bei mir wäre in ihrer Kugel alles leer.«

»Sie hat keine Kugel, sondern sieht dir in die Augen und befühlt deine Hände.«

»Ach? Aber wieso erzählst du mir das?«

»Ich fand die Geschichte ziemlich interessant. Frau Teufels perfekter Partner ist nämlich hier in München.«

Gesa sagte nichts und sah mich nur skeptisch an.

»Sie war also bei dieser Seherin und die hat gesagt, es gibt zwei Männer auf der Welt, die für sie infrage kommen. Der eine ist in Sibirien und der andere in München. Das ist ein wahnsinniger Zufall. Meistens leben die Partner richtig weit weg.«

Gesa neigte leicht den Kopf und sah mich forschend an. »Gut, sie hat sich also den Typen in München ausgesucht. Na und?«

»Zelda sagte, dass ...«

»Zelda?«

»So heißt sie, ja.«

Gesa hatte einen zynischen Zug um den Mund.

»Zelda sagte, er arbeitet in einem Café als Kellner.« Nachdem ich Gesas fragendes Gesicht sah, sagte ich noch mal mit Nachdruck: »Er ist Kellner.«

»Und was macht diese Frau Teufel beruflich?«

»Die ist Unternehmerin, und ihrem Unternehmen geht es sehr gut.«

»Die hat doch 'n Knall.«

»Warum?«

»Also wirklich! Auf die Weise einen Mann finden zu wollen! Und was macht sie denn jetzt? Lockt sie ihn mit fettem Trinkgeld zum Traualtar, oder was?«

»Sie arbeitet jetzt dort als Kellnerin, um ihn näher kennenzulernen.«

Gesas Augen wurden größer, dann lachte sie. »Wow, die ist echt durchgedreht.«

Eigentlich hätte ich es wissen müssen, dass sie es nicht verstehen würde, aber die Hoffnung stirbt nun mal zuletzt. »Sie ist nicht durchgedreht, nur ein bisschen allein.«

»Das Ganze ist doch absurd.«

»Vielleicht ist es absurd, und vielleicht ist es sogar verrückt, aber was ist denn dabei? Sie tut damit doch niemandem weh.«

Gesa schüttelte den Kopf.

»Also genau genommen ist er nur vorübergehend Kellner, eigentlich ist er Softwareentwickler und fängt in ein paar Wochen einen neuen Job an.«

»Na ja, das ist ja schon mal ein Lichtblick für Frau Teufel.« Sie grinste. »Wenn das mal nicht mit dem Teufel zugeht.« Nun lachte sie schallend über ihren Witz.

»Ich jedenfalls habe sie nicht ausgelacht. Ich finde es toll, was sie macht.«

»Absolut toll, ja«, meinte Gesa zynisch. »Wenn du willst, kann ich dir ein paar Bücher für sie mitgeben.«

»Was für Bücher denn?«

»Hervorragende Lektüre, in der steht, wie eine Frau auch ohne Mann glücklich werden kann, besser gesagt, ohne Mann besser dran ist.«

Ich verdrehte demonstrativ die Augen. »Vielleicht will sie aber nicht lesen, wie sie zu leben hat, nur um auf Biegen und Brechen als emanzipiert zu gelten. Sie will so leben, wie sie es für richtig hält. Sie ist stolz darauf zu wissen, was sie will.«

»Und deswegen bindet sie sich eine Schürze um, um Leute zu bedienen.«

Das reichte! Ich knallte die Serviette auf den Tisch und stand auf. »Du hast überhaupt nichts verstanden!«

Gesa hob abwehrend die Hände. »Flipp doch nicht gleich aus! Wieso bedeutet dir diese Kundin denn so viel?«

»Nein, ich beruhige mich nicht! Und ja, sie bedeutet mir etwas, weil sie nämlich ein guter Mensch ist, zumindest versucht sie, einer zu sein.«

»Na gut. Von mir aus schrubbt sie auch noch das Klo, wenn sie so zu einem Ring am Finger kommt. Mir egal.«

»Weißt du, dass du nicht viel besser bist, als diese Kerle, die den Frauen ständig diktieren wollen, wie sie zu leben haben? Jeder muss doch für sich selbst entscheiden, was das Beste für ihn ist. Was gibt es Emanzipierteres als eine Frau, die ihren Weg geht und sich nicht darum schert, ob andere das gut finden oder nicht?«

Gesa blickte zu mir auf. Ich erwartete, dass sie sich verteidigen würde, aber sie sagte nur ganz ruhig: »Können wir jetzt bitte aufhören, von dieser Dumpfbacke Frau Teufel zu sprechen?«

Langsam setzte ich mich wieder. Ich hatte so gehofft, dass sie es verstehen würde. Dann hätte ich ihr gesagt, dass es sich dabei um mich handelt. Das war nun ja ausgeschlossen.

»So, wann fliegen wir nach Barcelona?« Gesa lehnte sich entspannt in ihrem Stuhl zurück, und ich war einfach nur enttäuscht.

Als ich bei Zelda ankam, war ich immer noch ein wenig durcheinander. Wieder öffnete mir Alois die Tür. Diesmal war er frisch rasiert und trug ein Star-Wars-T-Shirt. Ob er sich für mich so hübsch gemacht hatte? Jedenfalls schien ich ihm zu gefallen, denn er wurde ein wenig rot, als er mich sah, und sagte: »Grüß Sie Gott, Frau Engel. Des is aber schee, dass Sie wieder do san.«

Ich entschloss mich zu einem neutralen Nicken. »Hallo.«

Alois machte die Tür etwas weiter auf und ließ mich hinein. »Ham S' Ihren Mann gfundn?«

»Nun ja, ich würde dann gerne mit Zelda sprechen, bitte.«

»Ja, freilich. Immer an Gang runter, geh.«

»Danke.« Ich machte, dass ich weiterkam. Armer Alois, er konnte ja nichts dafür, aber ich wollte nicht unbedingt mit ihm alleine sein.

Zelda saß hinter ihrem Schreibtisch und schrieb etwas. Sie trug heute eine goldfarbene Bluse mit einem Rosendruck. Die Rosenblüten darauf waren so groß wie Wassermelonen. Ihre Lippen waren wieder knallrot in Herzform gemalt und ihr Lidschatten war goldfarben. Ein ganz schöner Aufwand. Und das obwohl sie sonntags angeblich nicht arbeitete und außer mir wohl niemanden sonst empfangen würde. »Hallo, Madame Zelda.«

Sie wandte den Kopf, und erst jetzt sah ich die zwei Essstäbchen vom Chinesen, die in ihrem Dutt steckten. »Goldie! Setz dich, bitte.«

Ich nahm ihr gegenüber Platz und musste sie einfach anstarren. Von ihrem Erscheinungsbild wurde man regelrecht erschlagen.

»Vanilleschoten, Zimt …«, murmelte sie vor sich hin, schrieb, dann legte sie Papier und Stift weg.

»Räucherstäbchen?«, fragte ich neugierig.

»Nein, die Zutatenliste für meinen Milchreis.«

»Ah.«

»Also, Goldie«, kam sie gleich zur Sache, »was kann ich für dich tun?«

»Zunächst einmal: Sie hatten recht. Er ist perfekt!«

»Na, dann her mit den tausend Euro, die du mir versprochen hast.«

Ich lachte, aber sie verzog keine Miene, deshalb räusperte ich mich betreten. »Das einzige Problem ist, dass ich nur vier Wochenenden Zeit habe. Das heißt, noch drei. Er fängt dann nämlich einen neuen Job an.«

»Aha.«

»Und Sie sind sich hundertprozentig sicher? Er ist mein idealer Partner, ja?«

Zelda nickte.

»Wie schaffe ich es, dass er sich so schnell wie möglich in mich verliebt? Sonst ist er doch für immer weg.«

Zelda sah mich eine Weile an, machte »Hm«, sah mich weiter an und sagte schließlich: »Du willst, dass ich dir sage, wie du ihn verführst, oder wie?«

Es war mir unangenehm, wie sie das sagte. »Also, so nun nicht gerade, aber vielleicht könnten Sie mir einen Hinweis geben, wie es schnell und schmerzlos geht.«

»Hört sich ja eher nach Hinrichtung an als nach Liebe.«

»Sie wissen, was ich meine.«

»Ja, schon, aber welchen Hinweis denn?«

»Wissen Sie nicht ein wenig mehr über ihn? Irgendetwas, das ich nutzen kann, damit er erkennt, dass wir perfekt zusammenpassen?«

Sie zuckte die Schultern. »Eigentlich nicht. Um etwas Persönliches von ihm zu wissen, bräuchte ich etwas Persönliches von ihm.«

»Was denn zum Beispiel? Ein Haar oder so etwas?«

Zelda sah mich an, als sei ich komplett durchgedreht. »Ein Haaaar?«, rief sie fassungslos. »Glaubst du, ich arbeite mit weißem Kittel und Mikroskop? Forensik ist nicht mein Zuständigkeitsbereich, Goldie.«

»Entschuldigung«, sagte ich, weil sie sich so furchtbar wegen dieses Haars aufregte.

»Ich meine einen Gegenstand, der ihm gehört. Kleidungsstück, Schlüssel, Geldbörse ...«

Meinem zukünftigen Liebsten die Geldbörse zu stehlen, um sie Zelda zu bringen, schien mir keine gute Idee. An ein Kleidungsstück zu kommen, war nicht einfach. Außer ich nahm seine Jacke von der Garderobe. Aber wie sollte ich das Ding aus dem Laden schleusen, ohne dass es auffiel? Nicht auszudenken, wenn Floyd misstrauisch einen Blick in meine dicke Tasche werfen wollte und dann Elias' Jacke zum Vorschein kam. Schlüssel? Damit würde ich Elias in eine unangenehme Lage bringen.

»Goldie?«, unterbrach Zelda meine Grübelei.

»Das ist nicht so einfach.«

»Anders geht es aber nicht.« Sie seufzte. »Aber vielleicht brauchen wir das doch gar nicht, hm? Stell dich doch nicht an wie ein Schimpanse beim Eiskunstlauf. Sieh dich an.« Sie zeigte mit der Hand in meine Richtung. »Du bist eine attraktive Frau in bestem Alter. Du wirst doch hoffentlich mittlerweile wissen, wie man einen Mann bezirzt.«

»Na gut.« Anscheinend hörte ich mich nicht sehr überzeugt an, denn Zelda zog die Stirn in Falten und sagte: »Wenn's gar nicht anders geht, dann lade ihn doch unter einem Vorwand zu dir nach Hause ein.«

Ich sah sie erschrocken an. »Unter welchem Vorwand denn? Soll ich sagen, dass wir unsere zweiwöchige Bekanntschaft feiern?«

»Du brauchst jemanden, der eine Bohrmaschine bedienen kann oder einen verstopften Abfluss in Ordnung bringt.«

»Oh ja«, sagte ich nachdenklich. »Männer stehen drauf, den Handwerker zu spielen, oder?«

Sie nickte.
»Das ist keine schlechte Idee.«
»Gut. Macht dann hundertfünfzig Euro, Goldie.«

12

Am Mittwoch rief mein Vater an, als ich mir gerade eine Talkrunde zum Thema *Immer mehr Singles – immer weniger Kinder* ansah. »Du hast dich überhaupt nicht gemeldet«, warf er mir vor. »Hat Linda dir nicht ausgerichtet, dass ich angerufen habe?«

»Doch, hat sie.« Natürlich hätte ich mich für die Einladung bedanken sollen, aber in der letzten Zeit war ich einfach zu sehr mit meiner Traummannsuche beschäftigt gewesen. Die Grübelei der letzten Tage hatte mich noch nicht weitergebracht. »Es tut mir leid, aber ich werde nicht kommen.«

Am anderen Ende war Schweigen.

»Hallo?«

»Ja, ich bin noch dran«, sagte mein Vater traurig. »Tja, schade. Aber ich kann es verstehen.«

»Ach ja?«

»Ja. Ich gebe zu, dass ich dir nicht gerade ein toller Vater war. Jedenfalls ist mir klar, dass ich immer viel zu sehr mit mir selbst beschäftigt war. Es tut mir wirklich leid.«

Er hörte sich so furchtbar enttäuscht und traurig an, dass der nächste Satz einfach aus mir heraussprudelte: »Wenn es dir so wichtig ist, dann komme ich.«

»Wirklich? Ach, Clea, das freut mich ja so! Wenn du und Linda kommt, dann macht ihr mich zu dem glücklichsten Menschen der Welt.«

Jetzt übertrieb er es aber, fand ich. »Ja, schon gut. Und wer ist deine Zukünftige? Wo habt ihr euch kennengelernt?«

»Bei der Arbeit. Simone ist Krankenschwester. Das muss Schicksal sein, dass mir, kurz vor meiner Pensionierung, diese wunderbare Frau über den Weg läuft. Und stell dir vor, es ist ihre erste Ehe.« Mein Vater sagte das so, als sei das etwas Unnormales.

»Wie alt ist sie denn?«, fragte ich und hoffte, dass es beiläufig klang.

»Simone ist zweiundfünfzig.« Mir fiel ein Stein vom Herzen. Ich hatte mir schon ausgemalt, wie ich eine Zwanzigjährige als meine Stiefmutter vorstellen musste. »Wirst du jemanden zur Hochzeit mitbringen?«, fragte mein Vater, plötzlich gut gelaunt.

»Wie bitte?«

»Du hast doch bestimmt einen Freund?«

»Nein«, sagte ich knapp.

»Wirklich? Wieso denn nicht? Willst du alleine bleiben wie deine Mutter und so sarkastisch werden wie sie?«

»Okay, Themenwechsel. Ich komme zu deiner Hochzeit, ohne Begleitung. Genügt das?«

»Ja, natürlich. Entschuldige, wenn ich etwas abgeschweift bin. Ich schicke Linda und dir in den nächsten Tagen eine Einladung.«

»In Ordnung. Mach's gut.«

»Bis dann, mein Schatz.«

Als ich auflegte, kam Linda aus ihrem Zimmer – und meinem ehemaligen Büro. Mein Schreibtisch stand jetzt in einer Ecke im Wohnzimmer. »Das war unser Vater. Er schickt uns eine Einladung. Ich komme jetzt doch mit. Was ist übrigens mit dem Geld, das du mir noch wegen seines Geschenks schuldest?«

»Das kriegst du noch. Was kaufst *du* ihm denn?«

»Keine Ahnung. Was hältst du von einem Zehnerticket beim Standesamt?«

Linda lachte auf. »Grandiose Idee.« Dann verzog sie ihr Gesicht, nahm den Telefonhörer von der Basis und sagte: »Ich muss mal 'nen Kumpel anrufen. Mein verdammter Computer hat den Geist aufgegeben.«

Ich sprang von der Couch und riss ihr den Hörer aus der Hand. »Dein Computer ist kaputt? Das ist ja großartig!« Ich strahlte sie an, und Linda wich ein bisschen von mir zurück.

»Hast du noch alle Nadeln auf der Tanne?«

»Hör zu«, versuchte ich sie zu besänftigen, »ich werde übermorgen meinen Arbeitskollegen fragen, der hat wahrscheinlich Informatik studiert, na jedenfalls kennt er sich mit Computern aus. Er ist Softwareentwickler. Vielleicht kommt er am Wochenende dann mal vorbei und erledigt das.«

Linda schloss für einen Augenblick die Augen, dann fragte sie im Zeitlupentempo: »Welcher Arbeitskollege?«

»Was?«

»Bei dir arbeiten doch nur Frauen?«

»Ach so, ja. Ich meinte, ehemaliger Arbeitskollege. Du bist doch am Wochenende nicht zu Hause, oder? Du, das macht gar nichts.«

»Mir ist es doch lieber, jemanden zu fragen, den ich auch kenne. Gib mir das Telefon«, befahl meine Schwester. Ich gab nach. Linda wählte und hielt sich den Hörer ans Ohr.

Ich musste mich entscheiden. Das Timing war geradezu perfekt, Linda musste einfach mitmachen. Jetzt oder nie. Jetzt! Ich streckte meinen Arm aus, riss ihr den Hörer wieder weg und legte auf.

»Sag mal, Clea, hast du deinen Apotheker gewechselt, oder was?«, schrie sie mich an.

»Bevor du weiterschimpfst, hör mich an.«

Linda hob die Handflächen nach oben. »Was?«

»Die Sache ist ein bisschen kompliziert. Es gibt da einen Mann, und der kennt sich bestens mit Computern aus.«

»War das schon die Pointe?«

Ich ging nicht darauf ein. »Und ehrlich gesagt wäre es mir sehr recht, wenn dieser nette und gut aussehende Mann zu uns nach Hause kommt, um deinen Computer zu inspizieren. Du verstehst doch, Linda?«

Sie strich sich eine Haarsträhne aus dem Gesicht. »Diesen Arbeitskollegen hast du bis jetzt nie erwähnt, oder?«

»Das ist doch unwichtig.«

»Also, entschuldige bitte. Ich würde schon ganz gerne wissen, wer sich da meine persönlichsten Sachen ansieht, ja?«

»Persönlichste Sachen? Nun mach mal halblang, Linda. Er werkelt an deinem PC herum und durchsucht nicht deine Unterwäsche.«

Linda setzte sich auf die Couch. »Woher kennst du ihn?«, wiederholte sie ungeduldig.

»Aus einem Café.«

»Du lässt dich in einem Café einfach so anquatschen?«

»Nein. Wir haben uns schon öfter gesehen.«

»Aber ich habe ihn noch nie gesehen, und es ist mein Computer.«

»Mein Gott, jetzt sei doch nicht so stur! Du würdest mir einen Riesengefallen tun.«

»Na gut«, sagte sie gnädig. »Wenn es dir so wichtig ist, diesen *Arbeitskollegen,* oder was auch immer er ist, nach Hause einzuladen.« Sie machte sich auf den Weg zu ihrem Zimmer, drehte sich dann aber noch einmal um und rief über die Schulter: »Du bist mir was schuldig.«

Ich sollte Linda etwas schuldig sein? Es war wohl besser, nichts mehr darauf zu sagen.

Am Freitag legte ich ein kleines bisschen mehr Make-up auf als üblich. Johanna fiel das natürlich sofort auf. »Hast du dich in Señor Dozentos verliebt?«, zog sie mich auf, als ich mir die Jacke anzog. Ich hatte noch ein wenig Lippenstift und Rouge aufgelegt, und natürlich fiel Johanna so etwas auf. Diesmal beschloss ich, sie total zu ignorieren. Mein Schweigen fiel jedoch nicht weiter auf, weil gerade die Tür aufging und Karen abgehetzt hereinkam. »Tut mir leid, dass ich zu spät komme, aber mein Mann und ich hatten gerade telefonischen Ehekrach. Ich musste in eine Seitenstraße, damit die anderen Leute nichts mitbekommen.« Ich konnte mir Karen schwer aufgebracht oder wütend vorstellen.

»Ich dachte, ihr hättet euch wieder versöhnt«, sagte Johanna.

»Haben wir auch, aber jetzt streiten wir wieder.« Sie zog sich den Mantel aus und hängte ihn auf die Garderobe. »Ich werde jedenfalls nicht nachgeben. Diesmal nicht.«

»Du hast ihm den Seitensprung also verziehen. Worum geht es denn jetzt?«, fragte Johanna direkt. Plötzlich war ich genauso neugierig wie Johanna, aber ich war auf dem

Sprung und ohnehin schon knapp dran. Außerdem tat mir Karen leid. Ich zögerte, ob ich noch bleiben sollte, um sie zu trösten. Aber sie war schon mit Johanna in ein Gespräch vertieft. »Nun ja, ich muss jetzt leider los«, sagte ich.

Die beiden beachteten mich gar nicht mehr. Also ließ ich die Tür hinter mir zufallen und machte mich auf den Weg zu meinem Nebenjob.

Floyd warf demonstrativ einen Blick auf seine Armbanduhr, als ich das Café betrat. »Pünktlichkeit ist nicht deine Stärke, was?«

»Es sind nur zwei Minuten«, verteidigte ich mich und gab mich dabei so freundlich wie möglich. »Ich hoffe, ihr hattet bisher einen guten Tag?«

»Ich ziehe dir eine halbe Stunde vom Gehalt ab«, erwiderte Floyd. Dann drehte er sich um und fing an, die kleinen Colaflaschen aus der Kiste in die Kühlfächer zu füllen.

»Wegen zwei Minuten?« Ich band mir meine Schürze um und stellte mich hinter ihn.

Floyd drehte sich um. »Letztes Mal waren es über zwanzig, heute zwei, macht eine knappe halbe Stunde. Und du hast dich nicht einmal entschuldigt.« Er füllte weiter das Kühlfach auf.

»Findest du das nicht etwas kleinlich?«

Er hielt in seiner Bewegung inne, in einer Hand eine Colaflasche und sagte: »Willst du weiter hier stehen und diskutieren, statt dich an die Arbeit zu machen? Dann kann ich auch gleich eine Stunde daraus machen.«

Es ging nicht darum, dass er nicht recht hatte, aber es war seine Art, die mich aufregte. Warum musste er so ruppig sein? Diese Diskussion war sinnlos, also fragte ich: »Welche Station habe ich heute?«

»Zwei«, antwortete er knapp.

Station zwei hieß, ständig in Floyds Blickfeld zu sein. Wie ich mittlerweile wusste, ging es freitags hoch her und wir waren zu viert im Service. Ich würde heute keine Fehler machen, damit er nichts zu kritisieren hatte. Ein Blick zu meiner Station verriet mir, dass ich noch keinen Gast hatte. Es blieb noch eine Stunde, bevor es richtig losgehen würde.

Yara und Bea standen hinten und quatschten. Wo war Elias?

»Wo ist denn Elias?«, fragte ich Floyd so beiläufig wie möglich.

»Der ist gerade beim Rauchen. Hier«, er zeigte auf die schmutzigen Tassen und Unterteller, »räum das mal in die Spülmaschine.«

Ich tat wie befohlen. Neben mir füllte Floyd immer noch die Kühlfächer auf. Für eine Sekunde sah er zu mir herüber. Ich dachte, er würde etwas sagen, deshalb wandte ich den Kopf und sah ihn an. Unsere Blicke trafen sich für diese eine Sekunde. Es war ein komisches Gefühl, und zum ersten Mal bemerke ich, was für schöne Augen er hatte. Bernstein. Ein klarer, stechender Blick, voller Selbstsicherheit.

Da kam Elias um die Ecke. »Hallo, Clea. Schön, dich zu sehen.« Er lächelte mich gut gelaunt an, und ich versuchte selbstbewusst zu klingen, als ich antwortete: »Ich freue mich auch dich zu sehen, Elias. Wie geht's?« Mir fiel auf, dass seine Augen ein unglaublich seltenes Blau hatten, beinahe Azurblau.

»Bestens, danke. Und dir?«

»Oh, gut, ich ...«

Floyd beobachtete uns und unterbrach unser Gespräch: »Wenn ihr die Fragen nach eurer Gesundheit und dem Wetter geklärt habt, könnt ihr in die Küche zum Besteck polieren.«

»Sehr gerne, Chef«, sagte Elias und zwinkerte mir zu. Ich lächelte ihn an und wir gingen an Floyd vorbei.

Elias hielt mir die Tür zur Küche auf. Als ich eintrat, stand ich nicht Pepe, sondern einem älteren Mann gegenüber, der mich neugierig musterte. »Wer sind Sie?«, fragte er laut. Wahrscheinlich war er schon etwas schwerhörig.

»Ich bin Clea.«

»Gela?«

»Clea.«

»Kia?«

»Clea«, schrie ich.

»Claire, ach so, Claire, sagen S' das halt gleich.«

Elias grinste, dann sagte er: »Das ist Eberhard.«

»Angenehm«, log ich.

Elias räusperte sich. »Eberhard, wo ist das Besteck?«

Er sah Elias verwundert an. »Da, wo's immer ist. Im Besteckkasten hinter dir.«

»Nein, Eberhard. Nicht das fertige Besteck.«

»Hä?«

»Ich habe dir doch vor zehn Minuten gesagt, dass du das Besteck spülen sollst, damit wir es polieren können.«

»Ach ja, das Besteck«, sagte er, ohne den Blick von Elias zu wenden. »Ich muss mal schauen, ob ich das gespült hab, das Besteck.«

O mein Gott. Mit dem sollte ich arbeiten?

Eberhard hob den Deckel der Spülmaschine hoch und entnahm einen großen Korb. Das Besteck war gespült. »Da isses ja, das Besteck.« Er schob uns den Korb über den Küchenpass herüber. Wir nahmen jeder ein Geschirrtuch und fingen an zu polieren.

Ich beschloss, die Chance gleich zu nutzen. Wir konnten jederzeit unterbrochen werden, und bald würden die Gäste kommen.

»Sag mal, Elias, könntest du dir vielleicht mal den PC meiner Schwester ansehen, wenn du Zeit hast? Das Ding funktioniert seit zwei Tagen nicht mehr und sie braucht ihn ganz dringend.« Ob das doch zu plötzlich gekommen war? »Wir kennen sonst niemanden, der besonders fit am PC wäre«, schob ich nach.

»Klar, warum nicht?«, sagte er leichthin.

»Also, bei mir ist Sonntag der einzige Tag, an dem ich Zeit hätte. Oder spätabends unter der Woche. Kannst du das einrichten?«

Er nickte. »Sonntag geht in Ordnung, da arbeite ich ausnahmsweise bis vier. So gegen halb fünf, fünf?«

»Perfekt.«

»Hört ihr das?«, kam es plötzlich von Eberhard.

»Was denn?«, fragte ich.

»Ach, dann ist das wahrscheinlich nur mein Tinnitus. Mal kommt er, mal geht er.«

»Oh.«

Im nächsten Moment kam Yara herein. »Hey Clea, soll ich dich ablösen?« Sie wollte mir schon das Geschirrtuch aus der Hand nehmen, aber ich sagte: »Nein, nein. Lass nur. Es macht mir nichts aus.«

»Ach, komm schon.« Sie zog am Geschirrtuch und sah fast schon angespannt dabei aus.

»Nein, es macht mir wirklich nichts aus.« Mit einem Ruck zog ich das Tuch wieder zu mir herüber und fischte schnell einen Löffel aus dem Besteckkorb.

»Wisst ihr was?«, sagte Elias. »Bevor ihr euch darum prügelt, gehe ich mal einen Kaffee trinken.« Er drückte Yara sein Geschirrtuch in die Hand und ging hinaus. Vielleicht bildete ich mir das ein, aber sie schien enttäuscht. Hatte sie mich ablösen wollen, um mit Elias allein zu sein? Wir sahen ihm nach, und dabei überkam mich eine ungeheure Wut. Warum war Yara so versessen darauf, das verdammte Besteck zu polieren? Kapierte sie nicht, wenn man »Nein danke« sagte? Gefiel ihr Elias? Ich hätte sie ohrfeigen können.

»Deine Bluse ist cool«, sagte Yara, während sie ein Messer ins Fach warf.

»Danke.« Ich musste mich zusammennehmen, um meinen Ärger nicht zu zeigen.

»Ist die neu? Kann man die noch irgendwo kaufen?«

Was sollte ich jetzt sagen? Die Wahrheit? Dass ich sie bei Konen für hundertdreißig Euro gekauft habe? Wahrscheinlich hatte Yara mittlerweile gehört, dass ich angeblich Schulden hatte, also war es wohl am besten, bei der Unwahrheit zu bleiben. »Ich glaube, die ist von H&M.«

»Ja? Muss ich bei Gelegenheit mal reinschauen.«

»Habt ihr das gehört?« Eberhard, der gerade einen sauberen Teller auf die anderen stapeln wollte, hielt in seiner Bewegung inne.

»Ja«, antwortete Yara, »das ist mein Handy. Ich habe vergessen, es auszuschalten.«

»Was?«

»Mein Handy!«, schrie Yara in Eberhards Richtung.

Eberhard atmete erleichtert aus. »Ich dachte schon, mein Tinnitus ist schlimmer geworden.«

Yara zog ihr Handy aus der Hosentasche und sprach ein paar Sätze in einer anderen Sprache, in beeindruckend rasender Geschwindigkeit. Dann schaltete sie es aus und schob es zurück in ihre Hosentasche.

»War das Portugiesisch?«, fragte ich.

»Ja.« Sie lächelte. »Wow, gut erkannt. Die meisten schätzen Spanisch, oder sogar Griechisch.«

»Bist du Portugiesin?«

»Nein. Ich bin Brasilianerin.«

»Bist du hier geboren?«

Sie schüttelte den Kopf. »Ich bin in São Paulo geboren und mit fünf Jahren nach Deutschland gekommen. Meine Tante, die einen Deutschen geheiratet hat, hat mich und meinen Bruder adoptiert.«

»War das deine Tante am Telefon?«

»Ja.« Yara lachte. »Sie hat immer darauf bestanden, dass wir Portugiesisch sprechen, da war sie konsequent.«

Ich hätte gerne gewusst, was mit ihren leiblichen Eltern war, wollte aber nicht zu indiskret sein.

»Wie lange arbeitest du eigentlich schon hier?«

»Ach, schon ein paar Jahre.« Sie kratzte sich verlegen am Ohr. »Das ist alles nicht so einfach, weißt du. Ich hatte mich mit meinen Eltern verkracht, also meiner Tante und ihrem Mann. Ich nenne sie meine Eltern. Es kam zum Streit, weil sie immer Druck gemacht haben, und dann habe ich einfach zu kellnern angefangen. So vergeht ein Jahr nach dem andern, schneller, als es einem lieb ist.« Dann setzte sie betont fröhlich hinzu: »Tja, vielleicht ergibt sich ja noch etwas für mich.«

Ich hörte auf zu polieren, ließ die Arme sinken und sah sie an. »Sich ergeben? Ich weiß nicht so recht, Yara. Vielleicht ist es besser, wenn man dem Glück einen Schubs gibt und ...«

»Clea!« Sie hob ihren Kopf und sah mich direkt an. »Ich habe nach der Mittleren Reife eine Ausbildung zur Biologielaborantin gemacht, dann musste ich Geld verdienen und habe hier angefangen. Was glaubst du, wie viele Bewerbungen ich in den letzten Jahren schon abgeschickt habe? Bei hundert habe ich aufgehört zu zählen. Wer stellt eine Zweiunddreißigjährige ein, die zwar die Ausbildung hat, aber seitdem noch nie in diesem Bereich gearbeitet hat? Meine Ausbildung ist mittlerweile zwölf Jahre her.«

Ich wollte gerne etwas Tröstliches und Nettes zu Yara sagen, aber mir fiel einfach nichts ein.

Die nächsten Stunden waren wie erwartet sehr stressig. Ich hatte inzwischen aber alles im Griff, worauf ich ein wenig stolz war. Während ich zwischen den Tischen, dem Tresen und der Küche hin- und herrannte, lächelte ich immer mal wieder Elias zu, aber eine Gelegenheit zu einem Gespräch hatte sich bisher nicht mehr ergeben.

Ich wollte gerade zwei Damen ihre Bestellungen servieren, als mein Blick durch die Glastür fiel. Vor lauter Schreck ließ ich das Tablett wieder auf den Tresen knallen. Die Gläser darauf wackelten ein bisschen, aber glücklicherweise fiel nichts um. »Die Wüdebrecht!«, rief ich erschrocken.

»Die Wüde... was?«, fragte Floyd zerstreut.

Ich ließ das Tablett und Floyd einfach stehen und lief nach hinten in Floyds Büro. Dort setzte ich mich auf den Drehstuhl und starrte den Bildschirm des Computers an. Nicht auszudenken, wenn sie mich hier sehen würde, mit der Schürze und dem Tablett in der Hand! Womöglich würde sie den anderen Kundinnen erzählen, dass ich – Clea Engel, die Besitzerin des edlen Wellnessstudios – eigentlich Kellnerin war! So etwas konnte ungeheuer schnell die Runde machen. Das wusste ich, seit Valerie einmal auf den Rücken einer Kundin geniest hatte. Der armen Valerie war das so furchtbar peinlich gewesen, aber in den Wochen danach hatten mich drei oder vier Kundinnen schmunzelnd darauf angesprochen. Ich vergrub das Gesicht in den Händen. Nun würde Floyd mich wahrscheinlich endgültig feuern. Schließlich musste er jetzt da draußen ohne mich klarkommen. Er musste mit dem Managerschlüssel die Bestellungen tippen, Essen und Getränke an meine Tische bringen und ganz nebenbei auch noch die Getränke machen. Es würde mich auch nicht wundern, wenn er mich mittlerweile gedanklich in die Psychoabteilung gesteckt hatte.

Nach einer Weile stand ich auf, ging zur Tür und streckte ganz langsam den Kopf nach draußen. Zuerst sah ich Floyd, wie er aus der Küche kam und einen Putenbrust-Salat servierte. Danach ging er zur Kasse, holte seinen Schlüssel und tippte. Die Theke hatte ich von hier aus nicht im Blick, da der Laden L-förmig war und eine Wand die Sicht versperrte. Wahrscheinlich musste sich jeder seine Getränke selbst machen, weil Floyd keine Zeit dafür hatte. Ich ließ meinen Blick über den Raum streifen und da sah ich

Frau Wüdebrecht sitzen. Schnell zog ich meinen Kopf wieder zurück. Verdammt. Damit, dass sich eine Kundin ausgerechnet ins *Bean & Bake* verirren würde, hatte ich noch keine Sekunde gerechnet. Wie lange würde sie da sitzen? Ich konnte Floyd doch nicht den ganzen Abend meinen Job machen lassen. Aber ich hatte keine Wahl. Also harrte ich aus.

Eine Dreiviertelstunde später erschien Floyd in der Tür. Er stützte sich mit den Händen am Türrahmen ab. »Sie ist weg.«

Ich sah ihn an und versuchte in seinem Gesicht zu lesen. Er wirkte weder verärgert noch vorwurfsvoll. »Bin ich gefeuert?«

Er ging nicht auf meine Frage ein, sondern stellte seine eigene. »Ist das eine Kundin von dir?«

Ich nickte.

»Mach dich jetzt wieder an die Arbeit.« Er wollte gerade wieder gehen, als ich sagte: »Du denkst, ich schäme mich für diesen Job, oder?«

Er drehte sich wieder in meine Richtung. »Es steht mir nicht zu, ein Urteil darüber abzugeben.«

»Das mag sein, aber du hast eine Meinung dazu, nicht wahr?«

»Und die würdest du gerne hören?« Floyd sah mir forschend ins Gesicht.

»Ja.«

Er schwieg ein paar Sekunden, dann sagte er: »Ich kann es verstehen, dass du ihr nicht begegnen wolltest.«

»Wirklich?«

Floyd sah wohl keine Veranlassung, darauf zu antworten.

»Wüdebrecht hin oder her. Es ist nicht so, dass ich mich generell für diese Arbeit schämen würde, nur ...«

»Ach nein?«

Verlegen biss ich mir auf die Unterlippe und senkte den Blick.

»Damit musst du alleine klarkommen, Clea. Vielleicht ist es bei dir ein Prozess, der seine Zeit braucht.«

Dann verschwand Floyd. Mein »Danke für deine Hilfe« hatte er womöglich nicht mehr gehört.

Der weitere Abend verlief nicht minder nervenaufreibend. Dass Eberhard ständig etwas vergaß, verzögerte den ganzen Ablauf. Aber ich konnte ihn kaum zurechtweisen, weil ich mich am letzten Wochenende ja selbst noch angestellt hatte wie ein unterbelichteter Trampel. Als ich diesmal in die Küche kam in der Hoffnung, dass mein Tomatensalat schon fertig war, stand da eine Tomatensuppe. Elias erklärte Eberhard gerade, dass auf dem Bon Tomatensalat stand.

»Wirklich?« Eberhard nahm den Bon und sah ihn sich an. »Ja, da steht's ja. Ich hab nur Tomaten gelesen.«

»Na ja, macht nichts, Kumpel«, sagte Elias geduldig. »Dann mach jetzt schnell den Tomatensalat.«

»Was?«

»Tomatensalat, Eberhard!«, rief Elias laut, »Tomatensalat!«

»Und was machen wir mit der Suppe?« Eberhard sah uns ratlos an.

»Wegschütten«, antwortete Elias.

»Wegschütten«, wiederholte Eberhard. »Ist aber schade drum. Einfach so wegschütten. Im Fernsehen war neulich etwas darüber. Wisst ihr eigentlich, wie viel Essen wir wegschmeißen? Das hättet ihr sehen sollen, die ganzen Mengen an Essen, sag ich euch. Erst letzte Woche, da saß ich so mit meinem alten Spezi Wastl beim Weißbier beieinander, da hat er mir erzählt ...«

»Du, Eberhard«, unterbrach ihn Elias freundlich, »erzähl uns das lieber ein andermal und mach jetzt den Tomatensalat, ja?«

»Ja, ja, mach ich«, murmelte er und nahm die Suppe. »Dann schütte ich das mal weg hier, gell? Hast du das gehört, Claire? Einfach wegschütten, sagt der Ilja.«

»Wer?«, fragte ich.

»Ilja«, meinte Elias und tippte sich mit dem Zeigefinger auf die Brust. »Das bin ich. Wobei ich noch gut dran bin. Floyd ist nämlich der Eugen.«

Ich lächelte, hielt mich aber zurück, weil ich mich über Eberhards Schwerhörigkeit nicht lustig machen wollte.

»Wegschütten also?«, fragte Eberhard noch einmal.

Wir nickten. Elias sah mich an und lächelte verkniffen, so als wollte er zeigen, dass wir Nachsicht mit Eberhard haben sollten. Aber mittlerweile stand ich durch die ganzen Verzögerungen unter einem ungeheuren Zeitdruck. Die Gäste sahen mich jedes Mal erwartungsvoll an, wenn ich aus der Küche kam. Jeder von ihnen hoffte, dass ich ihm jetzt sein Essen servieren würde.

Als ich mit Elias aus der Küche ging, rief einer meiner Gäste lautstark in meine Richtung: »Wird das heute noch was mit meinem Tomatensalat?« Er war etwa fünfzig, trug einen grauen Anzug und auf dem Tisch hatte er Papiere ausgebreitet.

Ich ging auf seinen Tisch zu und hoffte, dass er dann seine Stimme etwas dämpfen würde. Weit gefehlt. Gerade, als ich ihn noch um etwas Geduld bitten wollte, rief er noch lauter: »Sie haben doch bestimmt meine Bestellung vergessen, oder? Das kann unmöglich so lange dauern!«

»Nein«, sagte ich ruhig, »Ich habe Ihre Bestellung nicht vergessen. In der Küche gab es ein kleines Problem. Ihr Salat kommt gleich.«

»Was denn für ein Problem?« Er hob die Arme in die Luft und sah mich verächtlich an. »Wie schwer kann es denn sein, einen Tomatensalat zu machen?« Mittlerweile gebührte uns die Aufmerksamkeit des gesamten Lokals. Elias stand ratlos neben mir und sah von einem zum anderen.

»Aber warum machen Sie denn daraus so ein Drama? Es ist doch nur ein Salat.« Ich sagte einfach, was mir in den Sinn kam.

Das schien den Herrn dermaßen aus der Fassung zu bringen, dass er brüllte: »Jetzt spielen Sie das auch noch runter! Sie bringen mir jetzt auf der Stelle meinen Tomatensalat! Haben Sie verstanden?«

Ich war so schockiert, dass ich mich nicht rühren konnte. Elias sprang ein und sagte zu dem Gast: »Selbstverständlich bekommen Sie Ihren Salat sofort. Wir schauen gleich in die Kü…«

Da stand plötzlich Floyd neben uns und sagte mit seiner klaren, tiefen Stimme: »Was ist hier los?«

Der Gast sah zu ihm hoch, dann zeigte er mit dem Finger auf mich. »Ihre verblödete Angestellte schafft es nicht …«

»Das reicht!«, sagte Floyd. »Hier werden weder Leute

beleidigt, noch wird herumgekreischt wie auf einem Kinderspielplatz.«

»Ich werde mich beschweren und Ihren Vorgesetzten anrufen.«

»Alles klar. Aber zuerst packen Sie Ihr Zeug hier zusammen«, er machte eine Kreisbewegung mit dem Zeigefinger zum Tisch, »und verlassen das Lokal. Und zwar auf der Stelle! Ich will Sie hier nie wieder sehen.« Er fixierte ihn noch eine Sekunde mit einem scharfen Blick und einem Gesichtsausdruck, der keinerlei Widerspruch tolerierte, dann drehte er sich um und ging.

Der Gast klaubte wutentbrannt seine Siebensachen zusammen und stand auf. »Unverschämtheit, Saftladen, Idioten«, murmelte er vor sich hin. Wie es aussah, traute er sich nicht mehr zu schreien.

Als er gegangen war, sagte Elias: »Also, ich hätte das anders gelöst.«

»Wie denn?«

»Ich hätte ihm freundlich seinen Salat gebracht und ihn zu beruhigen versucht.«

»Hm«, sagte ich nachdenklich. Eigentlich war ich ja auch dafür, mit Freundlichkeit zum Ziel zu kommen, aber ich war doch dankbar, dass Floyd mich vor den verbalen Attacken dieses Gastes beschützt hatte.

Elias ging zu einem Tisch und räumte ab. Ich sah ihm nach und war ein bisschen durcheinander. Hätte ich als erwachsene und starke Frau für mich selbst einstehen sollen? Ob ich es wollte oder nicht: Floyd hatte mir imponiert. Und letztendlich war es egal, ob das irrational oder altmodisch war. Die Küchenklingel riss mich aus meinen Gedanken. Als ich die Schwingtür zur Küche aufmachte, stand der Tomatensalat da. Eberhard zeigte mit dem Finger darauf. »Dein Tomatensalat ist fertig.«

»Den brauche ich jetzt nicht mehr.«

Eberhard kratzte sich am Kopf. »Jetzt kapier ich gar nichts mehr.«

Später saß eine Frau an Tisch vier gleich bei der Theke. Ich warf gerade die Zuckertüten in die Behälter und stellte schmutzige Gläser ab, als Floyd in ihre Richtung sagte: »Dort ist eigentlich Selbstbedienung.«

»Oh«, hörte ich sie hinter mir sagen, »dabei habe ich so sehr gehofft, dass ich auch den Rest von Ihnen zu sehen bekomme, wenn Sie hinter der Theke hervorkommen.«

Was sollte das denn heißen? Ich drehte mich einigermaßen unauffällig um und betrachtete sie genauer. Die Frau war zierlich und hatte langes, brünettes Haar. Ihr Gesicht war recht hübsch. Gerade zeigte sie ihre makellosen Zähne, indem sie Floyd zulächelte. Sie trug enge Jeans und ein viel zu enges schwarzes T-Shirt. Ich schätzte sie auf Mitte dreißig. Dass er ihr gefiel, erstaunte mich nicht, denn obwohl es schönere Männer da draußen gab, hatte er eine gewisse Wirkung. Das hatte wohl mit seiner selbstsicheren Art und der unnahbaren Ausstrahlung zu tun, überlegte ich.

Floyd sah sie an, hatte eine winzige Spur von einem Lächeln um die Mundwinkel, sagte aber in sachlichem Ton: »Was möchten Sie denn?«

»Was ich möchte? Hmmm, wie wär's mit einem Cappuccino, mit Liebe gemacht?«

Großer Gott! Ich wollte das gar nicht sehen und hören,

schaffte es aber nicht, zu verschwinden. Also fing ich an, mit sehr viel Sorgfalt Servietten zu falten. Floyd machte den Cappuccino und brachte ihn ihr. Als er an ihrem Tisch kam, sagte sie: »Ist er mit Liebe gemacht?«

Ich wusste nicht, ob ich den Kopf schütteln oder lachen sollte. Die war ja schlimmer als Pepe!

»Logisch«, meinte Floyd, »und Koffein und Milch sind auch drin.« Er wandte sich zum Gehen, aber sie fragte: »Sind Sie der Chef?«

»Ich bin nicht der Besitzer, nein.«

»Der Geschäftsführer?«

»Ja.« Er drehte sich um und ging wieder hinter die Theke. Ich tat so, als sei ich hoch konzentriert bei der Sache mit dem Serviettenfalten. Nun merkte ich, wie er mich ansah. »Soll das ein Vorrat fürs ganze Jahr werden?«, fragte er.

Ich hob den Kopf und sah ihn an. Er grinste.

»Was? Och, ich dachte nur.«

»Dein Tisch winkt. Ich glaube, die wollen zahlen.«

Ich ging zu meinen Gästen und verpasste nun bedauerlicherweise das weitere Schauspiel. Ich sah nur, wie Floyd sie später abkassierte. Sie sprachen miteinander, aber es schien mir nicht so, als ging er auf ihre Flirtversuche ein. Nur einmal lächelte er, als sie etwas sagte. Zum Abschied winkte sie kokett in seine Richtung. Blöde Kuh, dachte ich, und wusste gar nicht, warum. Sie konnte mir doch egal sein.

Als ich den Tisch abräumen wollte, an dem sie gesessen hatte, sah ich, dass auf einer Serviette »Mimi« stand und darunter eine Telefonnummer. Mimi? Na, so sah die auch aus. Floyd schaute in meine Richtung. Ich nahm die Tasse und die Serviette und ging zur Theke. Ich stellte die Tasse ab, dann warf ich die Serviette über den Tresen. »Ist für dich«, sagte ich neutral.

Er nahm das Ding, besah es sich und blickte mich an. »Was ist? Hast du nichts zu tun?«

Ich drehte mich um und ging wortlos. Es hätte mich brennend interessiert, ob er sie anrufen würde.

13

Die letzten Gäste waren gegangen und wir räumten auf. Es war ungewohnt leise und niemand sagte etwas. Ab und zu kreuzten sich meine und Elias' Blicke, und dann warf er mir jedes Mal ein Lächeln zu.

Eberhard kam aus der Küche und setzte seine Mütze auf. »War ja ein Mordstag heute«, meinte er.

»Ja, ja«, murmelten wir in seine Richtung.

Er ging zu Floyd an die Theke. »Du, ich glaub, der Samstag ist mir lieber.«

Floyd lächelte verständnisvoll. »Alles klar, Eberhard. Nie wieder Freitag. Abgemacht.«

»Welcher Feiertag?«

»Freitag«, rief Floyd laut. »Nie wieder FREItag.«

Ich sah zu den beiden, und nun musste ich doch ein wenig lachen. Ich konnte einfach nicht anders. Floyd blickte an Eberhards Kopf vorbei in meine Richtung. Um seinen Mund spielte ein winziges Lächeln.

Als Eberhard dann »Tschüssi, Eugen«, sagte, hielt ich mir die Hand vor den Mund, damit es nicht auffiel, aber nun bemerkte ich, dass auch Floyd lachen musste, als er mich ansah. Die anderen waren so beschäftigt, dass sie diesen kurzen Augenblick zwischen Floyd und mir gar nicht mitbekamen.

Floyd räusperte sich. »Bevor ich es vergesse, Yara«, sagte

er, »du müsstest mich bitte nächsten Samstag vertreten, weil ...«

»Ach ja«, fiel ich ihm ins Wort, weil mir die Hochzeit meines Vaters einfiel. »Ich kann übrigens nächsten Samstag auch nicht arbeiten. Hab etwas Wichtiges vor.«

»Okay«, meinte Floyd etwas überrascht, »dann fehlen hier schon zwei. Kann deine Freundin Ida wieder einspringen, Yara?«

»Ja, ich glaube schon. Wenn nicht, dann frage ich eine andere Freundin.«

»Gut, danke.«

»Was machst du denn Schönes?« Yara sah zu Floyd, während sie Zucker und Servietten an der Theke auffüllte.

Floyd war über einen Lieferschein gebeugt und füllte ihn aus. »Ich muss auf eine Hochzeit. Meine Tante heiratet so einen durchgeknallten Arzt, der schon neunmal verheiratet war.«

Meine Hände fingen an zu zittern. Der Salzstreuer, den ich gerade hochgehoben hatte, um den Tisch zu wischen, fiel mir aus der Hand. Er knallte auf den Boden, blieb aber heil. Ich bückte mich, um ihn wieder auf den Tisch zu stellen. Die anderen kümmerten sich nicht darum und gingen ihrer Arbeit nach.

»Heißt deine Tante zufällig Simone?« Ich hoffte so sehr auf ein Nein, aber Floyd hob ruckartig den Kopf und starrte mich überrascht an. Das hieß wohl so viel wie Ja.

»Ist sie zweiundfünfzig und Krankenschwester?«

Die anderen beobachteten das Schauspiel, sagten aber nichts.

»Woher weißt du das alles?«

»Der durchgeknallte Arzt, den sie heiratet … Er ist mein Vater.«

Im Raum war es still. Yara und Elias sahen abwechselnd zu mir und zu Floyd. Schließlich prustete Yara los.

»Das ist doch hoffentlich ein Witz«, murmelte Floyd, mehr zu sich selbst.

»Nein, leider nicht.«

Yara räusperte sich. »Dann seid ihr bald so was wie verwandt.«

»So weit würde ich nicht gehen«, sagte ich.

Floyd zuckte die Schultern. »Wie dem auch sei, sie ist meine Tante, und ich muss da hin.« Er widmete sich wieder seinem Lieferschein. Floyd schien das Ganze ziemlich egal zu sein. Im Gegensatz zu ihm stand ich in einer Art leichtem Schockzustand.

Als Elias sich seiner Schürze entledigte, fiel mir wieder auf, dass Yara sofort zur Garderobe lief. Wie es aussah, wartete sie immer den perfekten Zeitpunkt ab, um gemeinsam mit Elias zu gehen. Das konnte doch nicht jedes Mal Zufall sein? Und wo gingen die beiden danach hin? Wenn sich ihre Wege vor der Tür gleich wieder trennten, wäre das die Sache ja kaum wert. Gingen sie nach der Arbeit immer noch etwas trinken?

Sie verabschiedeten sich von uns. Ich versuchte, gleichgültig zu wirken. Zumindest nickte mir Elias noch lächelnd zu, bevor er durch die Tür verschwand. Ein Lächeln gelang mir nicht ganz, so zog ich eher die Lippen auseinander und machte wahrscheinlich eher den Eindruck, als würde ich ohne Sonnenbrille in die Sonne sehen.

Ich blieb mit Floyd zurück und sah Elias und Yara durch

die Glastür nach. »Warum gehen die beiden denn immer zusammen weg?«, platzte es aus mir heraus.

Floyd zählte meine Abrechnung. »Weiß ich nicht, und es interessiert mich auch nicht, was die Leute in ihrer privaten Zeit machen.«

»Mich auch nicht«, behauptete ich, »es ist mir nur aufgefallen, mehr nicht.«

Er steckte das Geld in die Tasche, ging zum Sicherungskasten und machte alle Lichter aus, bis auf eines.

»Das heißt, eine Sache finde ich doch ganz interessant«, sagte er plötzlich in die Stille.

»Und die wäre?«

Er lehnte sich gegen den Tresen und verschränkte die Arme vor der Brust.

»Du bist nicht nur Kosmetikerin. Dir *gehört* der Laden.«

Damit hatte ich ja nun gar nicht gerechnet. Ein paar Sekunden standen wir uns schweigend gegenüber, dann sagte ich: »Woher weißt du das, Columbo?«

»Ich hab dich gegoogelt.«

»Das scheint dich aber sehr zu beschäftigen, wenn du in deiner Freizeit nach mir im Internet suchst.«

Er lächelte für einen kurzen Moment. »Nun wollen wir mal nicht übertreiben. Das kostet ein paar Minuten Zeit. Außerdem hatte ich bei dir die ganze Zeit das Gefühl, dass du etwas verheimlichst. Ich konnte es nicht genau erklären, aber da war etwas. Tja …«, er neigte leicht den Kopf, »und ich hatte recht.«

»Was soll ich denn verheimlichen?« Ich nahm meine Jacke vom Haken, was mir die Gelegenheit gab, unbedarft zu tun, und schlüpfte hinein. »Ich hab dir doch erzählt, dass ich Schulden habe. Diese Schulden sind entstanden, weil ich mich mit dem Laden übernommen habe.«

Er nickte, sah aber nicht überzeugt aus. »Und statt deine ganze Energie in deinen Laden zu stecken gehst du auf deine alten Tage noch kellnern?«

»Auf meine was? Meine alten Tage?«, rief ich geschockt.

»Du weißt, wie ich das meine.«

»Eigentlich nicht.«

»Ich bin dein Jahrgang, also spinn jetzt deswegen nicht rum.«

»Warum willst du das alles überhaupt wissen?«

Er strich sich nachdenklich über die Wange. »Keine Ahnung. Irgendetwas stimmt mit deiner Geschichte nicht, und das hat meine Neugier geweckt.«

»Hast du nicht gesagt, es interessiert dich nicht, was deine Angestellten in ihrer Freizeit machen?«

Er sah mich an, sagte aber nichts.

»Tja dann, bis morgen.« Ich hängte mir meine Tasche über die Schultern.

Floyd erwiderte den Gruß nicht. Als ich die Tür hinter mir zumachte und durch die Glastür zurückschaute, sah er mir immer noch nach.

Ich hätte es nicht für möglich gehalten, aber am nächsten Tag war ich hocherfreut, Pepe in der Küche zu sehen. Seine saloppen Sprüche würde ich gebührend in Kauf nehmen. »Schön, dass du heute da bist«, sagte ich und bereute es im nächsten Moment.

»Hallo, Sahneschnittchen. Ist ja cool, dass du es so scharf findest, mich zu sehen.«

»Bleib auf dem Teppich. Ich wollte damit nur sagen, gut, dass du nicht schwerhörig und senil bist.«

Pepe nickte und musterte mich. »Ich bin vieles, Schneckchen, aber das bin ich nicht. Weißt du, was ich bin?«

»Ich glaube, das hatten wir schon. Reinlich und pünktlich, nicht wahr?«

Pepe reckte seinen Daumen nach oben. »Genau. Und verliebt bin ich auch. Hab gestern ein Girl klargemacht. Sie ist meine totale Traumfrau.«

»Oh, na dann wünsche ich dir alles Gute. Ist mein Roastbeef-Sandwich für Tisch vierzehn fertig?« Meine Schicht hatte gerade erst begonnen, aber ich hatte schon einige Gäste.

»Zwei Minuten.«

Hinter mir ging die Schwingtür auf und Floyd kam herein. Als ich zur Arbeit erschienen war, hatte er gerade im Büro telefoniert.

»Hallo«, sagte er in meine Richtung.

»Hallo.«

Er schob einen großen Cappuccino zu Pepe hinüber. »Hier, dein Kaffee.«

»Danke, Chef.«

Elias kam nun auch in die Küche und stellte einen großen Karton auf den Küchenpass. »Das sind die neuen Kuchenteller, die Meixner haben will.« Er sah mich an. »Hallo, Clea. Übrigens, vergiss nicht, mir noch deine Adresse zu geben. Sonst weiß ich morgen nicht, wo ich hinmuss.«

Floyd wandte den Kopf in unsere Richtung, und Pepe hob und senkte anzüglich seine Augenbrauen.

»Ach ja, natürlich.« Ich nahm Block und Stift aus dem

Halfter und schrieb. Elias steckte den Zettel ein, sagte »Okay« und verließ die Küche. Floyd und Pepe standen immer noch regungslos da und starrten mich an. »Na ja, ich hab zu tun«, sagte Floyd und wollte gehen, da überkam mich mit einem Mal das Bedürfnis zu sagen: »Er repariert nur den Computer meiner Schwester.«

Floyd hielt immer noch mit einer Hand die Tür geöffnet. »Das geht mich nichts an«, sagte er und verschwand nach draußen.

»Wow, Sahneschnittchen. Weiß Yara schon, dass du dich an ihren Prinzen ranmachst?«

»Was? Yara? Prinzen? Pepe, was redest du da?«

»Tja«, zuckte er die Schultern, »mir kann's egal sein, aber Yara fährt voll auf ihn ab.« Pepe breitete ein Salatblatt zur Dekoration auf dem Teller aus und schnitt das Sandwich in zwei Hälften.

»Ich will doch gar nichts von Elias«, log ich, »es geht nur um den Computer.«

Er verzog den Mund und grinste anzüglich. »Er soll was reparieren, schon klar. Genauso wie wir die Frauen bitten, für uns einen Brief zu schreiben oder so einen Scheiß, weil sie das angeblich viel besser können. Ha ha, dabei geht's doch um was ganz anderes.«

»Pepe, ich habe wirklich keine Ahnung, was du da redest.«

»Gut, mir isses ja egal, wenn du Yara den Kerl wegschnappst. Ich steh ja schließlich nicht auf ihn.«

»Aber Elias arbeitet doch erst seit ein paar Wochen hier. So lange kennt sie ihn doch noch gar nicht.«

»Wer versteht schon die Frauen? Ich sehe jeden Tag, wie

sie ihn anhimmelt. Ich glaube, Elias findet sie ganz okay, aber mehr nicht. Vielleicht ist sie nicht sein Typ, keine Ahnung.« Er schob mir den Teller hin. »Also, ich finde sie heiß. Aber von mir will sie ja nichts.«

»Leider«, sagte ich, und dieses Bedauern war sogar echt.

»Wem sagst du das, Püppchen. Wie sieht's mit *dir* aus? Hab ich bei dir eine Chance?«

»Willst du eine höfliche oder eine ehrliche Antwort?« Ich nahm den Teller mit dem Sandwich.

»Vielleicht lieber die höfliche.«

»Wahrscheinlich bist du gar kein übler Kerl, aber mit diesen Machosprüchen hältst du deine Chancen bei den Frauen eher im einstelligen Prozentbereich.«

»Einstelliger Bereich?« Pepe runzelte fragend die Stirn. »Was ist das denn?«

»Na, die Ziffern null bis neun«, erklärte ich etwas ungeduldig, »einstellig halt.«

»Oh, ach so.« Er nickte nachdenklich. »Und wie wäre die ehrliche Antwort?«

»Eher friert die Hölle zu.« Ich sah ihn an und verzog bedauernd den Mund.

»Na, na, sei mal nicht so voreilig.« Pepe schien nicht beeindruckt. »Man hat schon Pferde vor der Apotheke kotzen sehen.«

Es war ein ruhiger Abend. Nur vereinzelt kamen ein paar Gäste herein, tranken zügig einen Kaffee oder bestellten eine Kleinigkeit zu essen.

Weil nicht viel zu tun war, bat mich Floyd, die Speisekarten auszuwischen.

Während ich mir also die gefühlt tausend Speisekarten vornahm, malte ich mir aus, wie ich mich morgen verhalten sollte. Sollte ich etwas kochen, wenn Elias kam? Nein, den Gedanken verwarf ich sofort wieder. Zu häuslich. Was sollte ich anziehen, etwas Schickes oder lieber betont leger? Ich musste auch unbedingt Linda noch daran erinnern, wegzubleiben, damit wir ungestört waren.

Als ich so nachdenklich vor mich hin wischte, kam Yara und stellte sich neben mich. Sie hatte ebenfalls einen Wischlappen in der Hand und meinte: »Komm, ich helfe dir, dann geht es schneller.«

»Ach, es muss gar nicht schnell gehen. Es ist doch sowieso nichts zu tun.« Ich war so in Gedanken versunken, dass ich eigentlich gar keine Gesellschaft wollte. Es sei denn natürlich von Elias. Der aber war von Floyd dazu verdonnert worden, die Einwegflaschen zum Container zu bringen, und würde noch eine ganze Weile unterwegs sein.

»Elias hat gesagt, dass er dich morgen besucht.« Yara versuchte, neutral und locker zu klingen, aber ihre leicht schrille Stimme verriet, dass sie nervös war.

Ich räusperte mich. »Er kommt nur vorbei und sieht sich den Computer meiner Schwester an.« Der Gedanke, dass mein Liebster es kaum erwarten konnte loszurennen und die Menschheit über seinen Besuch bei mir zu informieren, verursachte mir eine wohlige Gänsehaut.

Yara wischte mit Sorgfalt über die Speisekarte, während sie mich ansah. »Ich habe zum ersten Mal all meinen Mut zusammengenommen und ihn gefragt, ob wir morgen etwas trinken gehen. Er sagte, dass er mit dir ausgemacht hat, sich morgen diesen Computer anzusehen.« Sie hob die Hände und verzog enttäuscht den Mund. »Na ja, mein Timing war noch nie perfekt. Das letzte Mal, als ich mich verliebt habe, war der Mann gerade geschieden und noch nicht bereit für eine feste Bindung.« Ich schwieg. Sie sah mich kurz an, dann nahm sie die nächste Speisekarte, die sie bearbeitete. »Kann ich dich was fragen, Clea?«

»Klar.«

»Geht es wirklich nur um den Computer, oder ist da mehr?«

Ich fühlte mich leicht unbehaglich. Ich fand Yara nett und dass sie so viel Pech gehabt hatte, tat mir leid. Aber musste ich nicht selbst schauen, wo ich blieb? Meine biologische Uhr tickte mittlerweile so laut, dass sie locker mit Eberhards Tinnitus mithalten konnte. »Es geht nur um den Computer.« Ich fühlte mich zum Kotzen. Schon wieder eine Lüge.

»Hmm.« Yara nickte zufrieden. »Es ist ja nicht so, dass ich irgendein Recht auf ihn gepachtet hätte oder so.« Sie zuckte die Schultern. »Im Grunde mache ich mir gar nicht viele Hoffnungen, weißt du.«

»Warum?« Ich hielt inne und sah sie an.

»Na ja, seien wir doch ehrlich. Ich bin wahrscheinlich nicht gerade eine gute Partie für ihn. Er ist gebildet, klug und hat eine Karriere vor sich, von der ich nur träumen kann. Ich bin nur eine Kellnerin. Und wahrscheinlich werde ich das auch immer bleiben.«

»Yara«, sagte ich. »Du bist eine tolle Frau. Das bist du wirklich.« Es war mir ernst, obwohl ich nur hoffen konnte, dass Elias das nicht fand.

Yara machte einen skeptischen Gesichtsausdruck. »Ich kann mich mit ihm kaum über Kunst unterhalten, oder? Ja, ich weiß, dass Mona Lisa von da Vinci ist und dass Picasso auch Italiener war.«

»Äh, ich glaube, der war Spanier.«

»Oh, na da siehst du's.« Sie sagte das so unbedarft charmant, dass ich ein bisschen lachen musste.

»Ihr würdet doch bestimmt andere Themen finden.« Was machte ich denn da gerade?

Sie schwieg, dann fragte ich: »Warum geht ihr nach Dienstschluss eigentlich immer zusammen weg?«

Yara reagierte auf die Frage etwas verlegen. »Wir gehen zusammen zur U-Bahn. Aber er muss leider in die andere Richtung.«

»Aber bis zur U-Bahn sind es doch nur hundert Meter.«

Sie nickte. »Ja, ich weiß. Aber ich genieße es, diese paar Minuten mit ihm alleine zu sein.« Sie wischte die letzte Speisekarte, neigte verträumt den Kopf und meinte: »Alleine die winzige Hoffnung, dass ich so einen Mann haben könnte, macht mir das Leben ein bisschen schöner.«

Ich weiß nicht, ob ich mir das einbildete, aber es war, als ob ich einen Kloß im Hals hätte. Was war denn los mit mir? Ich durfte nicht vergessen, warum ich hier war. Ich würde doch jetzt nicht einfach so aufgeben, nur weil ich Mitgefühl mit einer Kollegin hatte? Würde sie mir vielleicht Elias überlassen, wenn sie meine wahre Geschichte kannte? Sicher nicht.

Yara stapelte die Speisekarten und legte sie neben die Kasse. Dann sah sie mich an, lächelte und sagte: »Ich mag dich.«

Auch das noch.

Elias war bereit zum Aufbruch. »Gehen wir?«, fragte Yara, aber Elias erwiderte: »Lass uns noch kurz auf Clea warten.«

Ich hatte mich schon meiner Schürze und des Halfters entledigt, und wollte nur noch den Wischlappen loswerden. Als ich über die Theke langte, kam ich mit meinem Mittelfinger an einen spitzen Gegenstand und schrak zurück. »Au! Verdammt!«, rief ich. Meine Fingerkuppe fing an zu bluten. Floyd nahm eine Serviette und ging rasch auf mich zu. Er streckte den Arm über die Theke aus und nahm meine Hand. Mit seiner anderen Hand drückte er die Serviette auf meinen Finger. »Hier, halt die Serviette drauf. Ich hab vorhin ein Glas zerbrochen und dabei wohl eine Scherbe übersehen.« Er drehte sich um und rief über die Schulter: »Ich hol ein Pflaster.«

Ich tat wie befohlen und drückte die Serviette auf den Finger. »Bis dann, Clea«, meinte Yara, »Kommst du, Elias?«

Elias schien unschlüssig. »Aber wir können sie doch nicht so einfach stehen lassen. Sie ist verletzt.«

Yara verzog den Mund und zeigte auf mich. »Clea hat sich ein bisschen geschnitten. Das ist doch jedem von uns schon passiert. Ist ja nicht so, als hätte sie einen Herzanfall.«

»Geht nur«, sagte ich. Was sollte ich auch sonst sagen.

Die beiden riefen einen Gruß und gingen durch die Tür, wobei Elias mir noch ein Lächeln zuwarf. Ich lächelte zurück.

Floyd tauchte wieder auf. Er hatte einen kleinen Verbandskasten in der Hand. »Komm her.«

Ich drehte mich um und ging zwei Schritte auf ihn zu. Er legte den Kasten an der Theke ab, öffnete ihn und holte ein paar Pflaster heraus. »Gib mir deine Hand.«

Ich streckte meinen Arm aus. Er nahm die Serviette weg und zog die Schutzschicht des Pflasters weg. »Tu die anderen Finger runter, sonst komme ich nicht richtig hin.«

Eine Sekunde später hielt ich ihm den Stinkefinger hin. Er lächelte. Während er mich verarztete, fragte er: »Das wolltest du schon lange mal machen, oder?«

»Was?«

»Mir den Finger zeigen.«

Ich zuckte die Schultern. »Du wolltest es doch.«

»Ich wette, in Gedanken hast du es auch schon oft getan.«

Ich schüttelte leicht den Kopf. »Ich habe noch nie in meinem ganzen Leben jemandem den Finger gezeigt, weder offensichtlich noch im Verborgenen.«

In gespielter Anerkennung verzog er den Mund und nickte. »Respeeekt.«

»Und wie kommst du darauf, dass ich das bei dir in Gedanken getan hätte? Obwohl, wenn ich so darüber nachdenke … Manchmal wäre das gar nicht so abwegig gewesen. Zum Beispiel, als du gesagt hast, ich hätte Knubbelfinger.«

Meine Wunde war nun gut versorgt. Gerade, als ich meine Hand wieder zurückziehen wollte, hielt Floyd sie fest, nur für eine Sekunde. Ich sah ihn verwirrt an, und er sah mir direkt in die Augen. Dann ließ er los. »Alles okay. Geh jetzt«, sagte er plötzlich. Er nahm den Verbandskasten wieder an sich, drehte sich um und ging.

»Danke«, rief ich ihm nach.

»Gern geschehen«, sagte er, ohne sich umzudrehen.

14

Linda war mit einer Freundin im Kino. Sie hatte noch mal an mich appelliert, auf keinen Fall ihre Dokumente zu lesen. »Weißt du eigentlich, dass mich das erst recht neugierig macht?«, zog ich sie auf. »Was steht denn in diesen Mails? Planst du ein Attentat? Bist du im Zeugenschutzprogramm?«

Sie hatte den Kopf über mich geschüttelt und dann die Tür hinter sich zugeknallt. Ich versuchte, nicht nervös zu sein, ging durch die Wohnung und prüfte, ob auch alles sauber und aufgeräumt war. Schließlich wollte ich mich von meiner besten Seite zeigen. Komisch, dachte ich. Sobald ein Mann als potenzieller Partner infrage kam, erwachten bei den stärksten Frauen die verborgenen Instinkte wieder. Ich war eine Zeit lang mit einer Kommilitonin befreundet gewesen, die mich regelmäßig über all das aufklärte, was sie sich nie und nimmer von einem Mann bieten lassen würde. Als sie sich schließlich Hals über Kopf verliebte, war sie wie Wachs in seinen Händen. Auf meine Frage, wie sie einfach so ihre Koffer packen und mit ihm nach Hamburg ziehen könnte, sah sie mich völlig entgeistert an und sagte nur: »Clea, ich liebe diesen Mann! Wo er hingeht, geh auch ich hin.«

Wenn ich eines im Leben gelernt hatte, dann: Diskutiere nie mit verliebten Menschen. Es bringt nicht das Geringste!

Ansonsten vernünftige und intelligente Vertreter der Gattung Homo sapiens verwandeln sich vor deinen Augen in hypnotisierte Zirkuspudel.

Der Kuchen war mittlerweile abgekühlt. Ja, ich hatte einen Kuchen gebacken. Es brauchte ja niemand zu erfahren. Gesa würde wahrscheinlich meine Stirn befühlen und sich fragen, ob ich Fieber hatte. Wenn Elias bald kam, dann würde ich einen schönen Kaffee machen, mit perfektem Milchschaum und Kakaopulver obendrauf. Gott sei Dank hatte ich keine gehäkelten Spitzendeckchen im Haus, sonst würde ich womöglich auch die noch überall verteilen.

Es klingelte. In leichter Aufregung öffnete ich die Tür.

Elias sah toll aus. Er trug ein schwarzes Hemd, was zu seinem blonden Haar und den blauen Augen einfach umwerfend aussah. »Hallo, Clea.«

»Hallo.« Ich trat zur Seite und strahlte ihn an. »Komm doch rein.«

»Riecht es hier nach Apfelkuchen?«

»Ja. Ich backe sonntags immer.« Vorhin noch hatte ich das für eine perfekte Erklärung gehalten. Jetzt hätte ich mir eine knallen können. Wahrscheinlich sah er mich jetzt vor sich, wie ich Topflappen häkelte und mir Butterstullen für die Arbeit machte.

»Ich liebe Apfelkuchen«, sagte er, und mein Herz machte einen Sprung. »Meine Oma hat den immer für mich gemacht.« Elias zog seine Turnschuhe aus. »Also? Wo muss ich hin?«

»In das Zimmer meiner Schwester. Sie wohnt zurzeit bei mir. Da drüben.« Ich zeigte zur Tür hinter ihm. »Aber vielleicht magst du erst Kaffee und Kuchen?«

»Sehr gerne.« Er lächelte, dann folgte er mir in die Küche. Ich verteilte Kuchenstücke auf zwei Teller, reichte die steifgeschlagene Sahne dazu und schenkte Kaffee in zwei große Tassen, zuletzt gab ich Milchschaum darauf. Als ich mich Elias gegenübersetzte, sagte er: »Nett hast du's hier. Wohnst du schon lange hier?«

»Ja, jetzt schon seit fast zehn Jahren und ich fühle mich sehr wohl.«

»Du bist doch Kosmetikerin. Warum arbeitest du dann im *Bean & Bake?*«

»Na ja, ich hab mich selbstständig gemacht, und das kostet alles Geld.«

»Ach?«, rief Elias erstaunt. »Du hast deinen eigenen Laden?«

»Hat Floyd es nicht erzählt?«

»Floyd? Machst du Scherze? Er erzählt niemandem etwas vom anderen.« Elias streute Zucker in seinen Kaffee. »Dem könntest du die interessanteste Klatschgeschichte erzählen, der würde das für sich behalten.«

»Ach ja?« Dann hatte er wohl auch nichts von meinen angeblichen Schulden erzählt. »Na ja, jedenfalls habe ich bereits ein eigenes Geschäft.«

»Das ist ja toll.« Elias schob sich ein Stück des Kuchens in den Mund. »Hmm, schmeckt köstlich. Kompliment.«

»Danke.« Ich lächelte, und wir sahen uns für ein paar Sekunden an. Endlich. Elias. Hier. In meiner Küche. »Und warum arbeitest du dann im *Bean & Bake?*«

»Die Wahrheit ist …« Was für ein unaufrichtiger Anfang, dachte ich. »Ich habe einen Kredit für die Gründung aufgenommen und da ich den so bald wie möglich abbezahlen will, habe ich beschlossen, einen Nebenjob zu machen.«

Er nickte anerkennend. »Das klingt doch sehr vernünftig«, meinte er. »Und wie läuft dein Laden?«

»Ganz gut.«

»Ich freue mich immer, wenn du Dienst hast«, sagte er plötzlich, »du bist dort die einzig Normale.«

Mein Herz schlug höher, aber ich war auch irritiert. Was meinte er damit? »Im Vergleich zu Pepe? Oder Eberhard?« Ich lachte auf, um meine Nervosität zu überspielen.

Elias nahm einen Schluck Kaffee, dann antwortete er: »Im Vergleich zu allen, schätze ich. Floyd, zum Beispiel, ist vielleicht ganz in Ordnung, aber nicht gerade ein Kommunikationsgenie. Und Bea macht ziemlich viel durch, ist dadurch irgendwie geschädigt, was ich natürlich nicht böse meine. Es ist nur eine Tatsache. Deshalb arbeitet sie auch so unregelmäßig. Ich mag ja alle irgendwie, bin aber froh, dass ich dort nicht lange bleiben muss.«

Ich rührte in meiner Kaffeetasse herum. »Wieso, was ist denn mit Bea?«

»Ihre Mutter hat Krebs, und wenn Bea nicht arbeitet, dann sitzt sie bei ihr im Krankenhaus, liest ihr vor und plaudert mit ihr über alte Zeiten.«

Ich hörte auf, in meinem Kaffee zu rühren. »Hat sie keine Geschwister? Und wo ist ihr Vater?«

»Keine Ahnung.« Elias ließ sich den Apfelkuchen weiterhin schmecken. Mir war der Appetit vergangen. Wie oft war ich sauer auf Bea, weil sie so unzuverlässig war. Ich konnte ja nicht wissen, was sie gerade alles durchmachte.

»So genau kenne ich Beas Familiengeschichte nicht«, fuhr Elias fort, »soviel ich weiß, ist ihre Mutter der einzige Mensch, den sie hat.«

Eine Sache musste ich aber unbedingt noch wissen. »Und Yara? Verstehst du dich mit ihr?«

Elias machte einen gleichgültigen Gesichtsausdruck. »Ja, sie ist ein netter Mensch.«

»Sie mag dich sehr, oder?«, fragte ich geradeheraus. Ich konnte mir kaum vorstellen, dass ihm das bisher nicht aufgefallen war.

Elias grinste. »Kann sein. Aber sie ist nicht mein Typ.«

»Echt?« Ich tat neutral. »Wie kommt das? Ich meine, sie ist doch attraktiv und sympathisch.«

»Ja, schon. Aber ich mag lieber Frauen, die mit beiden Beinen im Leben stehen und wissen, was sie wollen. Ich habe einfach keine Lust, jemandes verkorkstes Leben in Ordnung bringen zu müssen.«

Ich musste wohl einen etwas erschrockenen Gesichtsausdruck gemacht haben, denn er setzte schnell hinzu: »Verstehst du, wie ich das meine? Ich habe versucht, meinem Leben Struktur zu geben. Ich erwarte das eben auch von meiner Partnerin.«

»Ja, natürlich. Das finde ich sehr einleuchtend.« Während ich Elias dabei beobachtete, wie er den Milchschaum von seinem Kaffee löffelte, schweiften meine Gedanken ab. Hatte ich nicht vor Kurzem genauso gedacht? Jeder war für sich selbst verantwortlich. Aber war es denn wirklich so einfach? Was wusste ich schon von Beas Geschichte, und war es nicht hochgradig anständig von ihr, dass sie sich so um ihre Mutter kümmerte? Was wusste ich darüber, wie es für Yara war, ein Adoptivkind zu sein, und von ihren Erinnerungsfetzen aus São Paulo?

»Ich schaue mir jetzt mal die Kiste an«, unterbrach Elias meine Gedanken.

»Was?«

»Den PC. Deshalb bin ich doch hier.«

»Ja natürlich«, sagte ich zerstreut und stand auf, um ihn in Lindas Zimmer zu begleiten.

Die nächste Stunde beobachtete ich ihn dabei, wie er an Lindas Computer herumtippte. Er hatte ein hübsches Profil, wenn auch nicht so markant wie Floyd. Wie kam ich denn jetzt plötzlich auf den? Elias war groß und schlank. Er war ein gepflegter und gut gekleideter Mann. Das gefiel mir. Hin und wieder warf er mir eine Information zu, den Computer betreffend. Ich nickte interessiert, obwohl mir das ziemlich egal war. Lindas Computer hatte sich offenbar einen Virus eingefangen und Elias war so konzentriert bei der Sache, dass ich irgendwann aus dem Zimmer ging. »Möchtest du etwas trinken?«, rief ich aus der Küche.

»Nein, vielen Dank. Ich bin sowieso gleich fertig.«

Ob er dann noch ein Weilchen bleiben würde? Ich stellte das Geschirr in die Spülmaschine und weichte das Backblech ein.

»So, fertig.« Elias stand plötzlich in der Tür.

»Oh, und wie sieht es aus? Funktioniert er wieder?«

»Ja, alles in Ordnung. Aber sag ihr, sie braucht einen besseren Virenschutz.«

»Ja, mach ich. Vielen Dank, Elias. Was bin ich dir schuldig?«

»Schuldig? Also bitte, Clea, ich würde dafür doch kein Geld nehmen.«

»Das ist wirklich sehr nett von dir. Dein halber Sonntag ist deshalb draufgegangen.«

»Ach«, winkte er ab, »gar kein Problem. Mein Beruf ist mein Hobby.«

»Mir geht es genauso«, bestätigte ich. Dann nickte ich ihm aufmunternd zu. »Willst du vielleicht noch ein Weilchen bleiben und noch etwas trinken? Oder ich – könnte uns Spaghetti machen, wenn du das magst.« Ich spürte, dass ich rot wurde.

»Ich weiß nicht.«

Eine bittergroße Enttäuschung stieg in mir auf. Wieder drohte er mir zu entgleiten.

»Wäre es nicht besser, wenn wir irgendwo hingehen?«

Hatte er das wirklich gerade gesagt? Ich musste mich zusammenreißen, um nicht freudestrahlend »Ja!« zu rufen. Stattdessen lächelte ich und sagte ganz ruhig: »Klar, warum nicht?«

»Du musst unbedingt das Lamm probieren«, sagte Elias und studierte nebenbei die Speisekarte. Er hatte dieses kleine türkische Restaurant empfohlen. Wir waren die einzigen Gäste. »Also eigentlich esse ich kein Lamm.« Ich musste an Gesas Philosophie denken, die sich offenbar auch bei mir eingebrannt hatte.

»Warum?« Elias blickte von seiner Speisekarte hoch.

»Ich habe vor Kurzem beschlossen, dass ich keine, äh, Kinder mehr esse, wie meine Mutter sich ausdrückt.«

»Kinder?« Er hob fragend die Augenbrauen, dann meinte

er: »Ach so, keine jungen Tiere. Na gut, jeder, wie er meint.«
Er lächelte mich freundlich an. »Hast du etwas dagegen, wenn ich mir das bestelle?«

Ich fand es rührend, dass er sich deshalb Gedanken machte. Wie aufmerksam von ihm! »Elias, du kannst dir selbstverständlich bestellen, was du möchtest.«

Er bestellte das Lamm und ich Fisch mit Gemüse. Wir tranken einen schweren Rotwein, und als wir die Bestellung aufgegeben hatten, fragte er mich, ob ich einen Freund hatte. Ich verschluckte mich beinahe an meinem Wein, weil ich diese verfluchte Frage so herbeigesehnt hatte.

»Nein«, sagte ich knapp.

»Wie kommt das?«

»Das weiß ich, ehrlich gesagt, auch nicht so genau. Ich habe natürlich ein paar Beziehungen hinter mir, aber das war alles ….« Ich suchte nach den richtigen Worten.

»Ein Griff ins Klo?« Er grinste.

»Nun, diese Metapher hätte ich nicht verwendet, aber darauf läuft es vielleicht hinaus, ja. Das heißt, nicht ganz. Bastian würde ich niemals als Griff ins Klo bezeichnen, wirklich nicht. Mit ihm war es etwas Besonderes.«

Elias stützte sich mit den Unterarmen auf der Tischplatte ab. »Und woran ist es gescheitert?«

Ich hielt es für keine gute Idee, mit meinem Auserwählten bei unserem ersten inoffiziellen Date über meine kaputten Beziehungen zu sprechen, deshalb sagte ich einfach: »Lange und komplizierte Geschichte.« Ich nahm einen großen Schluck Wein, dann fragte ich: »Dasselbe könnte ich übrigens dich fragen. Warum hast du denn keine Freundin? Oder Frau?«

»Oder beides«, ergänzte er heiter.

Wir lachten.

Unser Essen kam und Elias bedankte sich herzlich beim Kellner. Davon könnte Julia sich Nadja gegenüber eine Scheibe abschneiden. Wir fingen an zu essen, dann sagte ich: »Hast du meine Frage vergessen?«

Er hob den Kopf und sah mir ins Gesicht. »Hab's natürlich ein paarmal versucht, aber die Frauen, die ich mir ausgesucht habe, passten nicht zu mir. Leider kapiert man das nicht gleich am Anfang, erst nach einer gewissen Zeit.«

»Und warum haben sie nicht zu dir gepasst?« Ich war furchtbar neugierig. Würde etwas von deren Charaktereigenschaften auch auf mich zutreffen?

»Es ist so, dass ...« Elias kaute sein Lamm und schluckte, bevor er antwortete: » ...dass Frauen auf der einen Seite einen sensiblen Mann wollen, aber andererseits eben auch einen Beschützer. Wenn man als Mann empfindsam ist, wollen sie das nicht.« Er dachte einen Augenblick nach, dann meinte er: »Hatten wir das nicht schon? In der Arbeit?«

»Kann sein, ja.«

»Und dann gibt es da noch die Frauen, die einen Partner wollen, um eine Leere in ihrem Leben zu füllen. Sie möchten, dass der Mann all das in Ordnung bringt, was sie selbst nicht schaffen. Ich bin zwar dafür, dass man sich gegenseitig hilft und unterstützt, aber ich bin nicht dafür da, um irgendwelche Lücken zu füllen.«

»Verstehe. Aber was ist mit den Frauen, die so weit alles im Griff haben, ihren Weg gehen, aber denen nur eine Sache fehlt, nämlich der passende Partner?«

Elias zuckte die Schultern. »Das ist etwas anderes. Jeder von uns will doch eine Partnerschaft, die funktioniert. Das ist ja auch kein Defizit, sondern einfach nur ein natürlicher Wunsch. Ich hätte auch gerne eine Frau, die immer für mich da ist und für die ich gerne da wäre.«

Ich fühlte mich unglaublich erleichtert. Jetzt konnte ich mich langsam entspannt zurücklehnen, denn es lief alles ziemlich gut, fand ich. Elias und ich schienen wirklich zueinander zu passen.

»Kann ich dich etwas fragen?« Ich tupfte mir mit der Serviette den Mund ab.

»Natürlich«, meinte Elias und sah mich erwartungsvoll an.

»Würdest du ein Bild von mir malen? Eigentlich war das immer ein verrückter Wunsch von mir, aber seit ich das einmal einem Straßenmaler überlassen habe, bin ich traumatisiert. Ich bezahle dir das selbstverständlich.«

Er lächelte milde. »Du brauchst mir das doch nicht zu bezahlen. Ich mache das gerne.«

»Wirklich? Aber die Farben und die Leinwand, das kostet doch alles. Zumindest das würde ich dir erstatten.«

»Kommt gar nicht infrage. So eine hübsche Frau wie dich male ich gratis.« Er lachte, und ich lächelte etwas schüchtern zurück. Ich entdeckte ganz neue Seiten an mir, denn wirklich schüchtern war ich eigentlich nicht. Sein Kompliment war wie Regen auf einem ausgedörrten Feld. Das ausgedörrte Feld war mein weibliches Ego. Es musste Jahre her sein, dass mich ein Mann zuletzt hübsch genannt hatte. Obwohl ... hatte es nicht Floyd kürzlich zu mir gesagt?

Nach dem Essen sprachen wir über Kunst. In Sachen

Malerei hatte ich nur so etwas wie Grundkenntnisse, aber wir waren beide Theaterfans. Zu guter Letzt fanden wir heraus, dass wir beide gerne Van Morrison, Chris Rea und Robert Cray hörten.

»Was für ein Zufall, dass du den auch magst«, meinte Elias begeistert. »Ich liebe sein Album *Strong Persuader,* besonders den Song *Right Next Door.*«

»Oh ja, den lieb ich auch.«

Auch bei Filmen hatten wir den gleichen Geschmack. Ich konnte meine Freude darüber kaum fassen, dass er als Mann *Titanic* und *Die Brücken am Fluss* mochte. »Wenn du jetzt noch sagst, dass du *Brokeback Mountain* magst, dann tanze ich vor Begeisterung auf dem Tisch«, sagte ich.

»Yes, das will ich sehen. Also: Den Film liebe ich.«

»Nein, im Ernst.«

Elias machte eine Grimasse. »Eher nicht.«

Irgendwann blickte ich auf die Uhr und es war schon halb elf. »Wow, wir haben uns ziemlich verquatscht, was?«

Elias winkte dem Kellner und holte sein Portemonnaie aus der Hosentasche. »Also, Elias, das geht nun wirklich nicht. Du willst nichts für die Reparatur, nichts für das Bild. Jetzt lass mich doch wenigstens dieses Essen bezahlen. Sonst fühle ich mich wie ein Schmarotzer.«

Elias blickte zu unserem türkischen Kellner auf, zuckte gespielt ergeben die Schultern und machte ein hilfloses Gesicht.

Der Kellner lachte. »Lieber machen, was Frau sagt. Das immer besser für Mann.«

Als wir aus dem Lokal kamen, bedankte sich Elias für die Einladung. »Aber nein«, widersprach ich, »schließlich habe ich zu danken, für ...« Dann kam er mit seinem Gesicht auf meines zu und gab mir ein Küsschen auf die Wange. Ganz leicht, fast flüchtig. Wir sahen uns noch kurz an, dann ging er. Ich sah ihm lange nach und konnte mich eine ganze Weile nicht rühren. Wie höflich er war! Dieser flüchtige, kleine Wangenkuss. Auf dem Nachhauseweg hatte ich die ganze Zeit ein Grinsen im Gesicht.

15

Montagmittag rief mich Julia im Studio an, was sie selten tat. »Hör zu, Clea. Ich habe Marcel gegenüber erwähnt, dass wir montags immer essen gehen, und da hat er gesagt, dass gerade sein alter Freund Tom zu Besuch ist und die beiden heute auch essen gehen wollten, und jetzt fragt er, ob es denn nicht eine bezaubernde Idee wäre ...«

»Zu viert?«, unterbrach ich sie missmutig. »Ich weiß nicht so recht. Ich kenne ja nicht einmal Marcel. Das sieht irgendwie nach so einer subtilen Verkuppelungsnummer aus. Total unauffällig, aber doch wieder offensichtlich.« Nachdem ich jetzt meinem Ziel mit Elias zum Greifen nahe war, war mir der Freund von Marcel ziemlich schnuppe. Er konnte unmöglich besser sein als Elias.

»Ach, komm schon. Vielleicht ist er ja dein Mr. Right, wer weiß«, versuchte es Julia weiter, »ich kenne ihn auch nicht, aber wenn er mit Marcel befreundet ist, kann er nur toll sein. Da bin ich mir ziemlich sicher.«

Mir behagte die Sache überhaupt nicht. »Ich sage nur zu, weil du sonst blöd dastehen würdest, wenn ich absage.«

»Es wird bestimmt lustig und nett.«

»Hmm, okay.« Vielleicht würde es das ja wirklich werden. Jetzt, da ich meinen Traummann gefunden hatte, konnte ich das ja ganz entspannt angehen.

Als ich abends in das Restaurant trat, stand Chuck am Eingang und begrüßte mich, freundlich wie immer. »Guten Abend. Wie geht es Ihnen?«

»Danke, gut. Und Ihnen?«

Er nickte, dann sagte er: »Ihre Freunde sind schon da. Ich habe Ihren Lieblingstisch freigehalten.«

»Das ist wirklich nett von Ihnen, Chuck.«

»Sehr gerne.« Er nahm mir meinen Mantel ab.

Als ich auf den Tisch zuging, fragte ich mich, welcher der beiden Männer wohl Marcel war. Julia hatte ihn in den höchsten Tönen beschrieben, aber sie sahen beide ziemlich durchschnittlich aus. Nach Julias Schilderungen hatte ich hier mindestens einen George Clooney oder Brad Pitt erwartet. Der im anthrazitfarbenen Anzug schien mittelgroß, mittelschwer und war etwa fünfzig. Er hatte leicht schütteres Haar, das an den Seiten schon ziemlich grau war. Sein Gesicht wirkte ernst und müde. Der andere trug ein weißes Hemd unter einen dunkelbraunen Sakko. Er hatte schwarzes Haar und ein schmales Gesicht. Er wirkte nicht unattraktiv, hatte aber so einen komischen Gesichtsausdruck, wie eine Mischung aus Überheblichkeit und Genervtheit. Keine gute Kombination.

»Hallo«, sagte ich, als ich an den Tisch kam.

»Oh, Clea«, rief Julia freudig, »da bist du ja endlich.« Sie zeigte mit der Hand auf mich. »Darf ich vorstellen, meine Freundin Clea.«

Der Mittelschwere mit dem Anzug stand auf, schenkte mir ein leichtes Lächeln und sagte: »Marcel Baumgarten. Angenehm.«

Der Sakkoträger stand nicht auf, sondern reichte mir seine Pranke im Sitzen. »Ich bin Tom.«

Ich ergriff das leblose Körperteil und sagte einigermaßen freundlich: »Schön, Sie kennenzulernen.«

Dann setzte ich mich neben Tom, und Nadja brachte mir die Speisekarte. Verfroren rieb ich meine Hände ineinander. »Immer noch kalt draußen für diese Jahreszeit«, plapperte ich so vor mich hin, weil ich eine unangenehme Spannung spürte.

»Ja«, meinte Marcel, »der Frühling ist auch nicht mehr das, was er mal war.«

Julia lachte. »Du redest, als wärst du steinalt.«

»Na, wenn man es genau nimmt, dann bin ich dem Greisenalter näher als der Jugend.«

»Du bist dreiundfünfzig, Marcel.«

Er nickte. »Genau wie ich sagte.«

Nun musste ich auch lachen. Er schien mir sympathisch. Im Gegensatz zu Tom, der auf die Speisekarte stierte, als sei es die Wegbeschreibung aus seinem Kerker.

Nadja kam an unseren Tisch und nahm die Bestellung auf. Marcel und ich bestellten kurz und bündig, Julia wollte ihren Fisch »diesmal aber gründlich abgetupft« und Tom wollte die Soße in einem extra Schälchen, ohne starke Gewürze und den Koriander ganz, ganz kleingehackt.

Nadja war wie immer die Geduld in Person und bedankte sich lächelnd, bevor sie die Speisekarten einsammelte.

»Clea«, sagte Marcel plötzlich in meine Richtung, »wie ich hörte, betreiben Sie ein Kosmetik- und Wellnessstudio.«

»Ja.« Eigentlich wollte ich ein bisschen mehr dazu sagen, weil er mich so nett gefragt hatte, aber Tom starrte mich von der Seite an, und das verursachte mir Unbehagen.

»Seit wann haben Sie das Studio?«, fragte Marcel weiter.

»Seit drei Jahren.«

»Ist Ihre Gewinnspanne zufriedenstellend?« Dann fuhr er zurück und sagte: »Entschuldigung, ich wollte nicht indiskret sein. Das ist wohl der Geschäftsmann, der aus mir spricht.«

Ich winkte ab und sah ihn an. »Machen Sie sich darüber keine Gedanken, Marcel. Ich finde es schön, wenn jemand sich für das Leben anderer Menschen interessiert.« Als ich das sagte, verstand ich, dass ich es wirklich so meinte. Ich hatte mich bisher oft viel zu wenig für das Leben der anderen interessiert. Was wusste ich eigentlich über Johanna, Valerie oder Karen? Hätte ich Bea zugehört, wenn sie mir ihre Geschichte erzählt hätte? Aber seit ich die Ignoranz einiger Gäste zu spüren bekam, die mit mir sprachen, ohne mich anzusehen, war ich sensibler dafür geworden.

Ich versuchte, mich wieder auf meine Tischgenossen zu konzentrieren. »Ja, der Laden läuft ausgesprochen gut. Beinahe von Anfang an. Ich habe das Glück, keine Konkurrenz in unmittelbarer Nähe zu haben, und ich starte immer wieder Aktionen. Ich habe auch vor, mit dem Vermieter des Gebäudes zu sprechen, weil der Juwelier nebenan pleitegegangen ist. Es wäre wunderbar, wenn man die Wand durchbrechen und das Studio dadurch vergrößern könnte. So könnte ich noch zwei weitere Angestellte einstellen und mehr Termine vergeben.«

Marcel hörte zu und nickte anerkennend. Julia sah sich

im Restaurant um – und Tom gähnte. Ich beschloss, darüber hinwegzusehen und meinen Blick lieber auf Marcels Gesicht zu fokussieren. »Na ja«, fuhr ich fort, »und ein vernünftiges Marketingkonzept ist natürlich auch nicht zu unterschätzen.«

Marcel hob die Hände. »Wem sagen Sie das, Clea. Ich sage immer ...«

»Marcel«, unterbrach ihn Julia sanft, »wollen wir den ganzen Abend über die Arbeit sprechen?«

Marcel tätschelte ihre Hand. »Natürlich, du hast recht.« Er sah sie bewundernd an.

»Tom ist Apotheker«, sagte Julia unvermittelt. Ich hatte den Eindruck, dass sie Tom mit der Brechstange mit einbinden wollte.

»Ach, wirklich? Das ist bestimmt sehr interessant«, sagte ich lustlos.

Tom sah mich zum ersten Mal direkt an. »Interessant? Nein. Lukrativ? Ja.«

»Äh ... und warum ist es nicht interessant?«, wollte ich wissen.

»Tagein, tagaus dasselbe«, meinte Tom gelangweilt und nahm einen kräftigen Schluck aus seinem Bierglas.

»Das sehe ich natürlich ein«, erwiderte ich, nur um irgendetwas zu sagen.

»Tom steckt gerade mitten in der Scheidung«, warf Marcel ein. Offenbar schien er es für nötig zu halten, das rüde Verhalten seines Freundes zu erklären.

»Tut mir leid für Sie, Tom.« Ich nickte ihm aufmunternd zu.

Er sah mich verkniffen an, als wäre ich allein an seiner

Misere schuld. »Ich kann nur sagen: Nie wieder! Lieber gebe ich mir die Kugel und puste mir das halbe Gehirn weg, als noch mal zu heiraten.«

Ich nickte. »Verständlich. Und obendrein so bildhaft geschildert.«

Marcel lachte kurz auf, aber als er Toms vorwurfsvollen Blick bemerkte, verstummte er und räusperte sich verlegen.

»Na ja«, versuchte ich es euphorisch, »das Leben geht weiter, stimmt's?«

»Für Sie vielleicht«, blaffte Tom mich an.

Ich sah zu Marcel. »Eines würde mich interessieren. Woher kennen Sie beide sich?«

»Tom und ich sind schon zusammen zur Schule gegangen. Wir kennen uns seit über vierzig Jahren, haben uns aber die letzten fünf Jahre nicht gesehen. Das letzte Mal war auf seiner Hochzeit.«

Tom zuckte zusammen. »Dass du das jetzt erwähnen musst. Unfassbar! Streu nur noch mehr Salz in meine Wunde.«

Marcels Gesichtsausdruck verriet, dass er überhaupt nicht kapierte, was er Schlimmes getan hatte. Ich kapierte es übrigens auch nicht. Aber Tom hatte jetzt das Bedürfnis, sich auszusprechen. Er sah abwechselnd mich, Marcel und Julia an, während er uns darüber aufklärte, dass er vorgehabt hatte, auf ewig Junggeselle zu bleiben, bevor »dieses Luder« sich in sein Leben geschlichen hatte. Ich nahm stark an, dass damit seine Noch-Ehefrau gemeint war. »Das nächste Mal werde ich besser aufpassen, das sage ich euch. Getrennte Wohnungen und Treffen nur einmal pro Woche. Diese

Übernachterei lasse ich auch nicht mehr zu. Einmal übernachten, dann noch mal und ehe man es sich versieht, haben sie ihre Zahnbürste in deinem Zahnputzbecher und ihre Kleider in deinem Wäschekorb. Wenn sie dann nur noch zum Blumengießen nach Hause fahren und um nach der Post zu schauen, ist es zu spät. Wenn man sagt, dass man ein paar Tage seine Ruhe will, dann führen sie sich auf, als hätte man schon zusammen Silberhochzeit gefeiert. Die Phase zwischen erster Verabredung und zusammen die Wohnzimmergarnitur aussuchen ist fließend. Da muss man höllisch aufpassen. Außerdem erzählen die Weiber immer nur von sich.«

Marcel und ich warfen uns einen Blick zu und grinsten. Dieser Mann und ich schienen auf einer Wellenlänge zu sein, aber erstens war er ein bisschen zu alt für mich und zweitens steckte er bereits in Julias Krallen. Und drittens war er nicht Elias.

Unser Essen kam, worüber ich sehr froh war. Ich befürchtete, als Nächstes könnte Tom uns über seine Mordpläne gegenüber seiner Noch-Ehefrau aufklären.

»Picobello abgetuff«, sagte Nadja, als sie den Fisch vor Julia stellte. Diesmal war sie ihr zuvorgekommen.

Schweigend fingen wir an zu essen, als Tom nach dem ersten Bissen zu keuchen anfing. Wir sahen ihn erschrocken an, während er panisch nach seinem Bierglas griff und es halb leer trank.

»Alles in Ordnung?«, fragte ich. Er beachtete mich gar nicht, sondern winkte und schrie durchs Lokal: »Halloo! Bedienung!«

Nadja kam sofort angelaufen. »Ja?«

»Ich … ich ….«, keuchte Tom und lockerte seinen Kragen, »habe doch ausdrücklich gesagt: nicht scharf gewürzt.«

»Oh, ich habe gesagt Koch, vielleicht hat vergessen …«

»Vergessen!? Ich leide hier unter Atemnot, verstehen Sie?«

»Asthma?«, fragte Nadja besorgt.

»Nein, ich vertrage keine scharfen Gewürze, wie Sie sehen.« Tom war laut, und unser Tisch war der Mittelpunkt des Lokals. »Vielleicht könnte ich an dieser Atemnot sogar sterben. Wollen Sie, dass ich sterbe?«

Nadja zuckte zusammen und sah uns hilfesuchend an. »Nein«, sagte sie leise.

»Jetzt machen Sie mal halblang, Tom«, sagte ich und sah ihn direkt an. »Es ist doch nichts passiert!«

»Was?« Er sah mich entsetzt an. »Sie können das ja locker nehmen, klar.«

»Tom, beruhigen Sie sich doch«, versuchte Julia zu schlichten, aber das stieß bei ihm auf taube Ohren.

Ich nahm seinen Teller und reichte ihn der Bedienung. »Vielleicht könnte man das umtauschen? Das gleiche Gericht, nur bitte ohne scharfes Gewürz. Geht das?«

»Natürlich.« Sie machte eine leichte Verbeugung und nahm den Teller.

»Nein, lassen Sie nur«, kam es von Tom. »Mir ist der Appetit vergangen.«

»Tja, mir auch.« Ich legte die Gabel auf den Tisch. Nadja stand unsicher da und wusste nicht, wie es jetzt weiterging.

Marcel sagte zu Nadja: »Wir bezahlen das, kein Problem.«

»Tut mir leid. Heute so viel Arbeit, Koch vergessen.«

»Kann passieren«, meinte Marcel.

Nadja ging.

»Danke, dass ihr so für mich eingestanden seid.« Tom hatte nach seiner Bühnenshow auch noch den Nerv, uns Vorwürfe zu machen.

Marcel warf ihm einen scharfen Blick zu: »Tom, du hättest das sachlich klären können, aber du hast dich lieber aufgeführt wie ein Arschloch.«

»Tja, dann werde ich mal gehen«, sagte ich und kramte nach meiner Geldbörse.

»Das kommt überhaupt nicht infrage«, sagte Marcel. »Das geht selbstverständlich auf mich, das Essen, das Sie nicht gegessen haben.«

»Entschuldigen Sie.«

Er winkte ab, stand auf und reichte mir seine Hand. »Es war nett, Sie kennengelernt zu haben. Vielleicht sehen wir uns mal wieder, unter anderen Umständen.«

»Es würde mich freuen.« Ich drückte seine Hand und sagte zu meiner Freundin: »Bis bald, Julia.« Tom würdigte ich keines Blickes. Ich konnte in heiklen Situationen einfach keine gute Miene zum bösen Spiel mehr machen, so wie früher. Floyd hatte ganz recht mit seinem Verhalten. Er war aufrichtig und fair, und er ließ sich nicht schlecht behandeln. Unsoziale Egomanen wies er in ihre Schranken. Wie kam ich nur immer in den verschiedensten Situationen auf Floyd?

Als ich meinen Mantel angezogen hatte, hängte ich meine Tasche über die Schulter und ging zu Nadja, die eigentlich anders hieß. Sie stand an der Bar, mit dem Rücken zu mir, und stellte Gläser aufs Tablett.

»Entschuldigung. Kann ich Sie etwas fragen?« Ich lächelte sie freundlich an.

»Jaa?« Offensichtlich bescherte ihr unser Zusammentreffen jedes Mal einen Adrenalinschub, denn ich bemerkte, dass ihre Oberlippe zuckte und sie mich misstrauisch anblickte.

»Wie ist Ihr Name?«

Sie hob fragend die Augenbrauen. »Meine Name?«

»Ja.«

»Sie wissen meine Name.«

»Nein.« Ich schüttelte den Kopf. »Nadja ist nicht Ihr Name.«

Sie sah mich ein paar Sekunden zerstreut an, dann sagte sie: »Meine Name ist Natcha.«

»Und wie heißt Chuck?«

»Chakri.«

»Gut. Es tut mir leid, Natcha. Für den verdammten abgetupften Fisch und für diesen unhöflichen Mann an meinem Tisch. Es tut mir wirklich leid. Sie sind eine großartige Kellnerin, und ich möchte Ihnen für Ihre Geduld danken.«

Sie nickte überrascht, dann lächelte sie und sagte: »Vielen Dank.«

Als ich am Eingang war, sagte ich zum ehemaligen Chuck: »Auf Wiedersehen, Chakri.«

Er war so überrascht, dass er vergaß zu grüßen.

Julia rief mich gleich Dienstagmorgen an und entschuldigte sich für den »furchtbaren Kerl«, wie sie sagte. Ich hatte, wie jedes Mal, wenn das Telefon klingelte, gehofft, dass es Elias war. Seit unserem Essen am Sonntag hatte ich nichts mehr von ihm gehört.

»Ich habe dir angesehen, Clea, wie unangenehm dir das Ganze war.«

»Du und Marcel könnt ja nichts dafür. Wahrscheinlich hat er sich in den letzten Jahren verändert, und der arme Marcel hat das gar nicht so richtig gewusst. Übrigens, dein Marcel scheint ein richtig netter Kerl zu sein.«

»Nicht wahr? Er hat nur diese manchmal übertrieben gutmütige Seite. Das muss ich noch aus ihm rausprügeln.«

»Was?« Hoffentlich hatte ich mich gerade verhört.

»Ein Scherz, Clea. Stell dir vor, auch ich kann manchmal witzig sein.«

»Ich dachte schon …«

Julia lachte.

Als ich aufgelegt hatte, goss ich mir meine zweite Tasse Kaffee an diesem Morgen ein. RockMetalRadio spielte *Keep on Loving You* von REO Speedwagon. Das versetzte mich in eine seltsame Sehnsuchtsstimmung. Ich setzte mich an den Küchentisch und starrte auf die Tischplatte. Ich dachte an das kleine Wangenküsschen von Elias. Ungefähr so harmlos wie Valeries Luftküsschen. Aber mir gefielen seine guten Manieren und die respektvolle Zurückhaltung. Wie Floyd sich in der gleichen Situation verhalten hätte? Ich schätzte ihn eher so ein, dass er mein Gesicht zwischen seine Hände genommen, mich zu sich gezogen hätte, während seine muskulösen Arme … Ich zuckte zusammen und rieb mir die Schläfen. Warum schob sich immer wieder Floyd zwischen meine Gedanken? Na ja, wahrscheinlich imponierte mir einfach seine selbstsichere Art. Aber Elias war auch souverän. Und selbstsicher. Außerdem war er auch noch netter. Ich schüttelte den Kopf über mich. Wahrscheinlich lag es daran, dass ich so einen Mann wie Floyd noch nie getroffen hatte.

»Und jetzt eine absolute Neuentdeckung auf dem Rock-'n'-Roll-Markt«, hörte ich Lindas Stimme aus dem Radio. »Aus München sind die Jungs, haben ihre Band schon vor acht Jahren gegründet und dieser Song könnte ihr Durchbruch sein. Aber hört selbst. Limitbreaker mit ihrem absoluten Hammersong *Don't be so cool to me.*«

Und da hörte ich ihn. Den E-Gitarren-Sound von Bastian. Ich saß da, meine Kaffeetasse umklammert – und konnte es nicht glauben. Er hatte es tatsächlich geschafft! Ich freute mich für ihn, merkte, wie ich vor mich hinlächelte und mit dem Bein mitwippte.

Das hieß ja wohl, wenn ich mit Bastian zusammengeblieben wäre, dass ich heute die Frau des Leadgitarristen einer Rockband wäre. Wahrscheinlich mussten die Frauen von Richie Sambora oder Kirk Hammett gar nicht viel tun, sie waren einfach dadurch cool, dass sie deren Freundinnen waren. Ich lächelte vor mich hin. Bastian. Ich hatte schon lange nichts mehr von ihm gehört. Ob ich ihn anrufen sollte, um ihm zu seinem Erfolg zu gratulieren? Vielleicht würde er sich darüber freuen. Nein, lieber nicht. Oder doch? Ich stand auf und nahm mein Handy von der Kommode. Seine Nummer hatte ich nie gelöscht. Bevor ich weiter darüber nachdenken konnte, wählte ich. Es war besetzt. Hätte ich mir denken können. Wahrscheinlich riefen ihn jetzt jede Menge Leute an, um ihm zu gratulieren. Also zog ich mich um, räumte den Frühstückstisch ab, dann versuchte ich es noch einmal. Es klingelte. »Clea?« Er klang sehr überrascht. Wie es aussah, hatte er meine Nummer ebenfalls nicht gelöscht, obwohl es mindestens ein Jahr her war, dass wir zuletzt miteinander gesprochen hatten.

»Hallo, Bastian. Ich habe vorhin deinen Song im Radio gehört.«

»Das ist ja eine Überraschung, dass du anrufst. Weißt du, es ist wirklich mein Song. Ich habe ihn geschrieben.«

»Echt? Mensch, Bastian. Ich freue mich so für dich. Wirklich.«

»Na ja, es ist ein erster Erfolg, aber es ist noch keine Welttournee geplant.«

»Sei nicht so bescheiden. Du hast lange und hart dafür gearbeitet. Kannst stolz auf dich sein.«

»Danke, Clea. Das ist sehr nett von dir.«

»Keine Ursache. Tja, du bist jetzt bestimmt ein vielbeschäftigter Mann und ich will dich nicht länger aufhalten. Arbeitest du denn noch als Steuerberater?«

»Ja, sicher. Leben kann ich noch nicht von der Musik.«

»Das dauert bestimmt nicht mehr lange. Immer schön weiterrocken.«

Er lachte.

»Also dann …«

»Und wie geht es dir, Clea? Was gibt's bei dir?«

»Och, mir geht es gut.«

»Hast du jemanden?«

»Äh ja, seit Kurzem.«

»Schön, das freut mich.«

»Und du?«

»Ich werde in zwei Monaten heiraten.«

»Wirklich? Das ist wunderbar.« Alle Welt heiratete. Und jetzt auch noch mein Lieblings-Exfreund. »Noch mal alles Gute, Bastian.«

»Danke.«

Ich überlegte ein paar Sekunden, dann fasste ich all meinen Mut zusammen. »Kann ich dich noch etwas fragen?«

»Ja, sicher.«

»Hör zu, Bastian. Du wirst bald heiraten und kaum noch Freizeit haben … also … wir beide wissen, dass das hier wahrscheinlich unser letztes Telefongespräch sein wird.«

»Ich weiß.«

»Das ist total okay. Ich erwähne das aber aus einem anderen Grund. Ich möchte dich etwas fragen, und ich will, dass du mir vollkommen ehrlich darauf antwortest.«

»Das mache ich.«

»Was fandest du an unserer Beziehung am schlimmsten? Ich muss das wissen, Bastian. Ich will einfach nicht dieselben Fehler noch mal machen.«

Ich hörte ihn ausatmen, dann sagte er: »Am schlimmsten fand ich, dass du nicht an mich geglaubt hast.«

»Okay«, sagte ich, »und was genau hast du mit *verkopft* gemeint?«

»Es steht mir nicht zu, dir Ratschläge zu geben, Clea, aber vielleicht solltest du dich einfach manchmal fallen lassen, verstehst du? Dich auf die Dinge einlassen, so wie sie kommen. Deinen Kopf ausschalten und dein Herz spüren.«

Ich schluckte.

»Übrigens, der Song *Don't be so cool to me* …«
Er sprach nicht weiter, deshalb hakte ich nach. »Ja?«
»Ich habe ihn geschrieben, kurz bevor zwischen uns Schluss war. Er handelt von dir.«

16

Als ich Linda am Abend von dem Song erzählte, machte sie große Augen. »Wahnsinn, Clea! Waaahnsinn! Ein E-Gitarrist hat einen Rocksong über dich geschrieben. Ich würde morden für so viel Ehre.« Sie stand mir in der Küche gegenüber, während ich abtrocknete. »Und du hast nichts Besseres zu tun, als mit einem blaukarierten Küchentuch das verdammte Geschirr abzutrocknen. Das passt jetzt aber nicht mehr zu deinem Image, Baby.«

Ich verdrehte die Augen und wischte an der Pfanne herum. »Was soll ich denn machen? Dope rauchen und die Möbel zertrümmern?«

»Das ist heute nicht mehr so. Außerdem haben sie Hotelzimmer zertrümmert und nicht ihre eigenen Möbel. Und das waren auch nicht die Frauen, sondern die Jungs selber.«

»Wenn du es sagst«, meinte ich gleichgültig.

»Und nicht nur ein Rocksong, Clea, sondern du wirst in dem Song sogar als cool bezeichnet.« Linda sah mich von oben bis unten an. »Der muss ja echt total verblendet gewesen sein. Ich meine, du hast ja deine Qualitäten, aber cool?«

»Linda«, begann ich nachsichtig, »auch wenn du eine Erklärung gar nicht verdienst, aber ich sage es dir trotzdem. Cool ist in diesem Fall nicht als Kompliment gemeint.

Schließlich singt er, ich hätte seine wishes ignored und seine feelings gehurted.«

Linda sah mich eine Sekunde prüfend an, dann fing sie an zu lachen. Ich lachte ein bisschen mit, wohl auch, um meinen Schmerz über den Inhalt des Songs nicht mehr zu spüren. Würde ich es schaffen, bei Elias alles anders zu machen, nicht mehr so unnahbar zu sein? Dann machte Linda etwas, das mich derart überrumpelte, dass es mich beinahe zu Tränen rührte. Sie breitete die Arme aus, umarmte mich, immer noch lachend, und sagte: »Ich hab dich lieb, Clea. Und glaub mir bitte, du hast ein golden heart und bist nur ganz selten in einer bad mood.«

Die nächsten Tage verflogen, der Samstag nahte, und ich hatte immer noch kein Hochzeitsgeschenk für meinen Vater. Ich war viel zu beschäftigt darüber nachzudenken, warum Elias mich nicht anrief. Also überließ ich es Linda, ein gemeinsames Geschenk von uns beiden zu besorgen. Eine Idee, die ich sofort bereute, als sie am Donnerstagabend eine Stehlampe im Siebzigerjahre-Stil anschleppte. »Ich glaube, ich habe noch nie in meinem Leben so etwas Grauenhaftes gesehen«, sagte ich fassungslos.

»Das wird ihm gefallen, Clea, glaub mir. Ich kenne seinen abartigen Geschmack.«

Ich wusste nicht, was schlimmer war. Das Stehbein aus rustikaler Eiche, oder doch der olivgrüne Lampenschirm mit goldfarbenen Fransen. »Scheußlich«, murmelte ich vor mich hin.

»Das ist Retro und sehr angesagt.«

»Und das hat ... wie viel gekostet?«

»Zweihundertsechzig Euro.«

Ich sah sie misstrauisch an. »Das hast du doch für fünf Euro auf dem Flohmarkt gekauft.«

Linda kramte in ihrer Hosentasche. »Hier, die Rechnung.«

Ich warf einen Blick darauf. »Unglaublich. Wer kauft so ein Ungetüm für so viel Geld?«

»Na, wir zum Beispiel.«

»Witzig. Ich schäme mich in Grund und Boden, wenn ich das überreichen soll.«

»Dann mache ich es halt.«

Mir zitterten ein wenig die Knie, als ich mich an diesem Freitag dem Eingang des Coffeeshop näherte. Würde Elias sich nun etwas mehr engagieren, nachdem wir uns auch privat getroffen haben?

Es waren nur zwei Tische besetzt, aber in einer Stunde würde es hoch hergehen. Jedenfalls schienen unsere Gäste der Meinung zu sein, unbedingt freitags nach der Arbeit noch ins *Bean & Bake* zu müssen. Ich ertappte mich dabei, wie ich »unsere Gäste« dachte, und musste ein wenig schmunzeln.

Floyd stand hinter der Theke und tippte in sein Handy. Er blickte nur kurz auf, sagte Hallo, dann machte er weiter. Elias war nirgends zu sehen.

»Hallo, Floyd.« Nachdem ich meine Jacke ausgezogen hatte, holte ich meine Arbeitssachen aus der Tasche, dann verstaute ich sie unter die Theke, wo mir wieder der Motorradhelm auffiel. »Zu wem gehört eigentlich der Helm?«, wollte ich wissen.

Ohne von seinem Handy aufzublicken, sagte er: »Das ist meiner. Ich komme immer mit Inlineskates zur Arbeit und fahre nie ohne Helm.«

»Tatsächlich?«, griff ich seine Ironie auf, »ich hätte eher auf ein Fahrrad getippt.« Ich bückte mich noch mal, um mir das Ding genauer anzusehen. »Der sieht aber gut aus. So schnittig. Ist das so ein Geländehelm?«

»Crosshelm.«

»Du hast eine Motocross-Maschine?«

»Enduro.« Er hörte auf zu tippen und verstaute das Handy in der Schublade.

»Heißt der Hersteller so? Nie gehört.« Ich nahm meine Schürze zur Hand.

Das schien ihn zu amüsieren, denn er verkniff sich offensichtlich ein Lächeln. »Nein. Der Hersteller heißt KTM.«

»Oh, davon hab ich gehört, klar.«

Er reckte in gespielter Anerkennung beide Daumen in die Luft. Ich überging das und fragte stattdessen: »Und was heißt dann Enduro?«

»Das ist eine Geländemaschine mit Straßenzulassung.«

»Ach echt?« Ich band mir meinen Gürtel mit dem Geldbeutel um. »Fährst du auch im Gelände?« Ich sah manchmal beim Rumzappen rein, und es sah ziemlich heftig aus, was die Jungs da machten.

»Früher bin ich viel Gelände gefahren, heute nur noch selten. Mir fehlt die Zeit dafür.« Er nahm einen Karton mit Zuckerbeutel und fing an, den Chrombehälter damit aufzufüllen. »Außerdem habe ich keine Lust mehr auf Prellungen und Knochenbrüche.«

»Knochenbrüche?«

»Nichts Dramatisches, einmal ein Armbruch und einmal ein Rippenbruch, aber trotzdem.«

Ich schob meinen Geldbeutel in den Halfter. »Oh, dann hast du auch so Kunststücke in der Luft gemacht, oder wie? Äh, das heißt wahrscheinlich anders, oder?«

Er lächelte. »Ja, hab ich. Und es heißt FMX.«

»Und wofür steht das? Funny ... Motor ...«

»Freestyle Motocross.«

»Ach so.«

Er warf mir noch einen kurzen Blick zu, dann verstaute er den Karton wieder.

Ich blickte mich um, Elias war aber immer noch nicht aufgetaucht. Wahrscheinlich hatte er gerade in der Küche zu tun. Aber eigentlich war mir das ganz recht, denn es gab da sowieso noch eine Sache, über die ich mit Floyd reden wollte.

»Sag mal, Floyd, deine Tante, wie ist die denn so?«

»Du machst dir Sorgen um deinen Vater? Müsste es nicht eher umgekehrt sein? Neunmal verheiratet. Ich dachte, so was gibt es nur in Hollywood.«

»Ja, er ist ein bisschen exzentrisch.«

»Aaaah, so nennt man das.« Er grinste.

»Was soll ich sagen?«

»Nichts. Du kannst ja nichts für sein Verhalten. Meine Tante ist jedenfalls ein netter Mensch. Sie ist allerdings ziemlich redselig, was etwas anstrengend sein kann, und sie ist wahnsinnig unorganisiert.« Er deutete auf sein Handy. »Es ist ein Tag vor der Hochzeit, und gerade hat sie mir eine Nachricht geschickt, wo und wann die Hochzeit stattfindet.«

»Die Einladungskarte meines Vaters habe ich auch erst vorgestern bekommen.«

»Scheinen beide die gleichen Chaoten zu sein.«

Ich zuckte die Schultern. »Tja, man findet eben das, was man sucht.«

Er sah mich eine Sekunde länger an als nötig, dann sagte er: »Meistens jedenfalls.«

»Wie meinst du das?« Jetzt hatte er mich neugierig gemacht.

»Dir ist ja sicher aufgefallen, dass sich viele auch wieder trennen.«

»Ja, schon. Aber als sie sich begegnet sind, waren sie sich sicher, füreinander genau richtig zu sein.«

»Aber wahrscheinlich waren sie das nicht.« Nun widmete er sich wieder seinem blöden Handy und tippte herum. »Sonst würden sie sich nicht trennen«, fügte er hinzu.

»Menschen ändern sich«, beharrte ich, »deshalb kann es sein, dass sie nicht mehr zueinander passen.«

»Wenn es wirklich Liebe ist, dann trennt man sich nicht so einfach, nur weil der andere sich ändert. Man kann versuchen, es zu verstehen und damit klarzukommen. Und wenn man das nicht kann, klar, dann muss man sich trennen.« Floyd hatte das gesagt, ohne den Blick von seinem Handy zu heben.

Ich betrachtete ihn verwirrt. Warum sprach Floyd mit mir über solche Dinge?

»Hör zu, Clea«, sagte er plötzlich mit ernster Stimme und drehte sich zu mir, während er sein Handy wieder wegpackte.

»Ja?« Was würde er jetzt sagen?

»Die Sache ist die«, fing er an, »Bea ist noch nicht da, und ich konnte sie auch nicht erreichen. Das heißt, heute müsst ihr das irgendwie zu dritt schaffen. Also, ordentlich Gas geben, ja? Du stehst jetzt auch schon lange genug hier herum.«

Ich nickte mechanisch.

Da kamen Elias und Yara lachend aus dem hinteren Bereich nach vorne. Elias zwinkerte mir zu, und ich lächelte ihn an.

»Wo seid ihr so lange gewesen?«, fragte Floyd.

»Pepe hat uns auf seinem Handy ein paar echt witzige Videoclips gezeigt«, sagte Elias.

»Das musst du dir ansehen, Floyd ...«, begann Yara, aber Floyd schnitt ihr das Wort ab. »Bea ist noch nicht da. Tut also euer Bestes heute.«

»Hoffentlich geht es ihr gut«, sagte Elias. Wieder fiel mir auf, wie fürsorglich er war.

»Ich weiß es nicht«, meinte Floyd nüchtern. »Yara macht zusätzlich Tisch elf bis dreizehn, Elias vierzehn bis siebzehn.«

Ich stutzte. Offenbar hielt er mich für dermaßen inkompetent, dass ich keinen Tisch zusätzlich aufnehmen konnte.

»Und du«, er wandte sich zu mir, »hilfst mir, wenn du Zeit erübrigen kannst, hinter der Theke.«

»Ach was«, sagte da plötzlich Elias, »das kann *ich* doch machen. Wir tauschen einfach Stationen, Floyd. Clea soll die zusätzlichen Tische machen, und ich helfe dir hinter der Theke.«

»Warum?«, fragte Floyd.

»Warum nicht?« Elias sah ihn direkt an. »Außerdem hat sie doch noch nie hinter der Theke gearbeitet.«

»Genau«, meinte Floyd, »höchste Zeit, dass sie das lernt.«

»Und du hältst das für einen guten Zeitpunkt? Wenn hier die Hütte brennt, willst du sie anlernen?«

»Entschuldigung, wenn ich mich einmische«, kam es von Yara, »aber wäre es nicht fair, wenn man Clea fragt, was ihr lieber ist?«

Alle drei sahen mich an.

Was sollte ich tun? Mir war beides recht. Aber ich konnte mich in Floyds Situation hineinversetzen und wollte nicht, dass er sein Gesicht verlor. Also sagte ich: »Du bist der Boss. Wenn du denkst, ich soll hinter die Theke, mir soll's recht sein.«

»Na bitte«, sagte Floyd in Elias' Richtung, »*sie* hat's kapiert.«

Elias tat gleichgültig und zuckte nur mit den Schultern. Hatte er verhindern wollen, dass ich mit Floyd so eng zusammenarbeitete? Das rührte mich, und ich konnte nur hoffen, dass er mir meine Loyalität Floyd gegenüber nicht übel nahm.

»Ach, übrigens«, unterbrach Elias meine Gedanken, »ich habe etwas für dich!« Er ging wieder nach hinten. Wir drei sahen ihm nach und ich hörte Floyd vor sich hin murmeln: »Gut, dass hier niemand zum Arbeiten da ist.«

»Bin schon weg«, sagte Yara und machte sich auf in die Küche.

Ich war gespannt, was Elias mir schenken wollte. Hätte ich ihm folgen sollen? Vielleicht wollte er es mir lieber geben, wenn wir ganz unter uns waren. Aber da kam Elias bereits wieder, in den Händen ein verpacktes Viereck, etwa so groß wie ein DIN-A3-Blatt. »Für dich.« Er reichte es mir über die Theke.

»Mein Bild?« Damit war er also die ganze Woche über beschäftigt gewesen! Kein Wunder, dass er sich nicht gemeldet hatte. So war die Überraschung perfekt.

»Ich bin gespannt, wie es dir gefällt. Ich habe es mit Ölfarben gemalt.«

Und er hatte es, wie ich durch die Verpackung spürte, bereits gerahmt. Aufgeregt riss ich das Papier auf. Was ich dann erblickte, war ... eine Katastrophe. Ich sah aufgedunsen und kränklich aus. Der Hals war genauso breit wie mein Kopf, mein Haar war strähnig und wirkte, als sei es noch nie gewaschen worden. Am schlimmsten aber war der Gesichtsausdruck: Ich sah aus, als ob ich Angst hätte, man könnte mich ansprechen.

»Wie findest du es?«, wollte Elias wissen.

Ich konnte einfach nicht den Blick davon losreißen. »Hmm?«, meinte ich nur.

»Gefällt es dir?« Elias wollte natürlich ein Kompliment von mir hören.

Ich blickte auf und zwang mich zu einem Lächeln. »Es ist sehr ... sehr ... interessant.«

Elias wirkte etwas geknickt. »Ich habe das Gefühl, du bist enttäuscht.«

Ich brachte es einfach nicht übers Herz, ihn zu kränken. Also sagte ich: »Was? Nein, nein, es ist wunderschön.« Das letzte Wort war mir nur mit allergrößter Überwindung über die Lippen gekommen.

»Findest du?«

»Absolut.«

Er nickte zufrieden.

»Danke, Elias.«

»Es war mir eine Freude.«

Elias strahlte mich an, dann machte er sich auf zu den Gästen, die gerade an einem seiner Tische Platz genommen hatten. Ich starrte ratlos auf das Bild. Sah Elias mich wirklich so? Und wie konnte er sich ernsthaft für einen Künstler halten? Aus den Augenwinkeln sah ich Floyd näher kommen. »Ich wusste gar nicht«, er tippte auf das Bild, »dass du ein massives Schilddrüsenproblem hast.«

Ich warf ihm einen mahnenden Blick zu, sagte aber nichts.

»Und wie oft steigst du eigentlich unter die Dusche? Einmal im Jahr?«

»Hör auf damit.«

»Oh, entschuldige.« Er versetzte sich mit der Handfläche einen Klaps gegen seine Stirn »Ich habe vergessen, dass du es wunderschön findest.«

»Was hätte ich denn sagen sollen?«

Er nickte. Als er sich dann umdrehte, sah ich, wie seine Schultern vor Lachen bebten.

In den nächsten Stunden kam ich nicht dazu, auch nur einen weiteren Satz mit Elias zu wechseln. Es war ständig etwas zu tun. Irgendwann schaffte ich es trotzdem, mich zur Garderobe zu schleichen.

Als niemand in Sichtweite war, nutzte ich die Gelegenheit. Eigentlich lief alles ja ganz gut mit Elias, aber es konnte nicht schaden, doch noch einen hilfreichen Hinweis von Zelda zu bekommen. Ich griff also in seine Jackentasche, in der Hoffnung, etwas darin zu finden. Der Schlüsselbund kam nicht infrage, so fischte ich ein Streichholzbriefchen hervor. Letzte Woche hatte er erwähnt, dass er immer nur diese Streichhölzer aus seiner Lieblingsbar verwendete. Schnell steckte ich sie in meine Hosentasche.

Als ich zur Theke zurückkehrte, fragte mich Floyd: »Kannst du einen Latte macchiato machen?«

»Nicht wirklich.«

»Komm her, ich zeig's dir. Du musst das ohnehin lernen, es könnte ja sein, dass du mich mal vertreten musst.«

Ich hatte einen Kloß im Hals. Floyd wusste noch nicht, dass ich nicht mehr lange da sein würde. Nächstes Wochenende arbeitete Elias zum letzten Mal – und dann hielt mich hier nichts mehr. Bis dahin hätte sich die Sache mit Elias, der sich endlich für mich zu interessieren schien, etwas gefestigt, Zelda könnte mir auch noch mal hilfreiche Tipps geben, und wir würden uns weiter treffen. Alles lief nach Plan. Nur hatte ich auf einmal ein schlechtes Gewissen Floyd gegenüber.

»Du tust hier Kaffee rein. Einfach den Hebel nach vorne und dann gehst du zur Kaffeemaschine und lässt es einrasten. Noch keinen Kaffee rauslassen, weil du erst den Milchschaum machen musst, und bis dahin würde der Kaffee kalt werden. Also, du tust Milch in … Hörst du mir überhaupt zu?«

»Was? Ja, ich hör dir zu. Wie mache ich Milchschaum?«

Floyd zog an einem Hebel, und es fing an zu zischen. Er verzichtete auf weitere Erklärungen. »Wiederhole, was ich gesagt hab!«

»Ehrlich gesagt, habe ich nur ›kalter Kaffee‹ verstanden.«

»Woran denkst du eigentlich, wenn du so weit weg bist?«

»Wie bitte?«

»Du bist manchmal so nachdenklich. Was beschäftigt dich?«

»Clea?«, unterbrach uns Yara. »Tisch zwei will zahlen.«

»Danke.«

»Geh schon«, sagte Floyd, ohne mich anzusehen. »Du hast von Lektion eins sowieso nichts mitbekommen.«

»Wie viele Lektionen gibt es denn?«

»So viele du willst, Clea.« Er wischte an der Kaffeemaschine herum. »Du musst nur sagen, wenn du etwas willst. Und dann konzentriere ich mich ganz auf dich.« Er sah mir kurz in die Augen, während er weiterwischte. Was er gesagt hatte, war ziemlich zweideutig. Und ich wusste, dass er wusste, dass ich es wusste. Himmel, ich war ganz durcheinander.

»Äh, okay. Gut zu wissen«, stammelte ich, »also ... ich melde mich dann und ...«

»Clea!« Elias stand am Tresen und sah uns scharf an. »Tisch zwei will zahlen.«

Ich warf Floyd einen Blick zu, drehte mich um und kassierte die Gäste ab. Nachdem ich meinen Bedienungsgeldbeutel geschlossen hatte, schaute ich zur Theke. Ich sah gerade noch, wie Floyd den Blick abwandte und mir dann den Rücken zudrehte.

Als später die letzten Gäste gegangen waren und wir sauber machten, saß Pepe an einem der Tische und erzählte uns von seiner neuen Freundin. Natürlich informierte er uns auch freudig und ziemlich detailliert darüber, wie gut die sexuelle Komponente bei ihnen stimmte.

Um Viertel vor zwölf wurde unerwartet die Tür geöffnet.

Da stand Bea und sah in ihrer zu großen Jacke völlig verloren aus.

»Du bist ein bisschen zu spät«, sagte Floyd, »acht Stunden, um genau zu sein.«

Wir sahen alle zu Bea. Sie rührte sich nicht. Nach einer ganzen Weile hob sie den Kopf, schaute Floyd an und sagte tonlos: »Ich bin hergekommen, weil ich nicht weiß, wo ich sonst hingehen soll. Ihr seid die einzigen Menschen, die ich kenne.«

»Was ist los, Bea?«, fragte Yara.

Bea rührte sich immer noch nicht vom Fleck. »Meine Mutter ist heute gestorben.«

Alle waren wie erstarrt. Ich hatte immer noch den blöden Lappen in der Hand. Pepe saß bewegungslos auf seinem Tisch. Yara hielt eine Packung Servietten im Arm, Elias einen Stuhl. So standen wir da und niemand wusste, was er sagen sollte. Dann ging Floyd auf Bea zu und nahm sie in den Arm. Bea fing an zu schluchzen, zuerst ganz leise, dann immer lauter, bis sie vom Heulkrampf geschüttelt wurde und verzweifelt ihre Finger in Floyds Rücken bohrte. Er hielt sie die ganze Zeit umklammert.

Die nächste Stunde verbrachten wir damit, Bea zuzuhören und uns um sie zu kümmern. Sogar Pepe fand ein paar nette Worte für sie. Floyd machte ihr Tee und goss einen kräftigen Schuss Rum hinein. »Kann sie heute Nacht bei dir schlafen?«, fragte er Yara.

»Ja, natürlich.«

»Noch etwas, Yara. Bea kann die nächsten Tage unmöglich arbeiten. Kann Ida einspringen? Ihr müsstet das dann alleine hinbekommen.«

»Ja, das geht bestimmt.«

»Gut.« Um kurz nach ein Uhr zogen wir uns an und Floyd schaltete die Lichter aus. Pepe bot sich an, Yara und Bea nach Hause zu fahren. Die drei machten sich auf den Weg, Yaras Arm um Beas eingesunkene Schultern. Sie tat mir unglaublich leid.

Als ich meine Tasche holte, registrierte ich, dass Elias offenbar auf mich wartete. Es war das erste Mal, dass er nicht mit Yara hinausging und ich mit Floyd alleine blieb, um noch einen kleinen Plausch zu führen. Komisch, dachte ich, wie schnell man sich an gewisse Rituale gewöhnte.

»Gehen wir zusammen zur U-Bahn?«, fragte Elias.

»Ja, ja, klar«, sagte ich abwesend, »Mach's gut, Floyd. Übrigens, ich fand es toll, wie du reagiert hast.«

Er sah mich an, dann wandte er den Kopf und schaltete die Kaffeemaschine aus. »Während wir anderen nur dastanden und nicht wussten, was wir tun sollten«, ergänzte ich.

Floyd sagte kein Wort.

»Na ja«, meinte Elias, »wir waren eben geschockt. Ist doch klar.«

»Wir sehen uns morgen«, sagte ich zu Floyd.

»Bis dann«, erwiderte er.

»Du hast das Bild vergessen«, erinnerte mich Elias.

»Ach ja, das Bild.« Ich beugte mich über die Theke und nahm sein Geschenk an mich. Floyd beachtete uns nicht mehr.

Als ich mich beim Gehen noch einmal umschaute, stand Floyd gedankenverloren vor der Kaffeemaschine.

»Warum hast du das gesagt?«, fragte Elias, kaum dass wir draußen waren.

»Was denn?«

»Dass wir uns bescheuert verhalten haben, während er dagegen Superman war.«

»Das habe ich doch so gar nicht gesagt.«

Elias ging neben mir her, den Blick geradeaus gerichtet. »Er braucht nicht auch noch Lob von dir.«

»Wie meinst du das?«

»Clea, bitte. Als ob du es nicht begriffen hättest.«

»Was denn?«

Elias blieb stehen. »Er interessiert sich für dich. Und sag jetzt nicht, du hättest es nicht bemerkt.«

»Quatsch«, schüttelte ich vehement den Kopf und winkte ab.

»Es ist aber so.«

»Angenommen, es wäre wirklich so. Würde es dich stören?«

Elias verzog ein wenig den Mund, dann gab er zu: »Ein bisschen schon.«

»Wirklich?« Ich lächelte ihn an.

Wir standen uns gegenüber, dann kam er auf mich zu, streckte die Arme aus und umfasste meine Taille. Meine Tasche in der einen, das Bild in der anderen Hand, sah ich ihn erwartungsvoll an.

»Darf ich dich küssen?«

»Äh ... ich weiß nicht.«

»Willst du es denn?«

Natürlich wollte ich das, oder?

»Ich glaube schon«, sagte ich, und es hörte sich mehr wie eine Frage an. Elias zog mich näher zu sich heran, legte behutsam seine Lippen auf meine. Sein Mund war weich, und er war so höflich, ihn die ganze Zeit über geschlossen zu halten. Es war ein sehr zarter Kuss, respektvoll und galant. Als er mich wieder losließ, lächelte er und sagte: »Clea, ich spüre, dass wir beide auf der gleichen Wellenlänge sind.«

Ich nickte und rang nach den passenden Worten. Mir fiel nichts ein.

Wir fuhren mit der Rolltreppe nach unten, und da kam auch schon meine U-Bahn.

»Schade«, sagte Elias. »Aber die nächste fährt in zwanzig Minuten. Du könntest auch die nehmen.«

»Das geht nicht, Elias. Es ist halb zwei und ich muss früh aufstehen. Ich bin müde.«

»Ich rufe dich an, und wir treffen uns, ja?«

»Toll! Ich freue mich.«

Die U-Bahn hielt, und ich stieg ein. Elias hob die Hand zum Abschied. Ich hatte ihn am Haken. Es war alles gut gelaufen. Er war auf dem besten Weg, sich in mich zu verlieben. Doch auf einmal war ich darüber überhaupt nicht mehr froh.

17

Die Worte des Pfarrers drangen zu meinen Ohren, aber nicht in meinen Kopf. Es gelang mir nicht, mich auf den Inhalt seiner Ansprache zu konzentrieren. Vorne standen mein Vater und seine Braut, strahlten wie verliebte Teenager und steckten sich die Ringe an. Zwei Tage vorher hatten sie auf dem Standesamt geheiratet. Mein Vater, zeitlebens überzeugter Atheist, war offensichtlich Christ geworden. Linda hatte mir erzählt, dass Simone sehr gläubig war und neben ihrem Beruf als Krankenschwester auch ehrenamtlich in der Diakonie arbeitete. Das fand ich zwar anerkennenswert, wunderte mich aber darüber, dass mein Vater für eine Frau all seine alten Grundsätze über Bord warf. Das machte mich nachdenklich. Tat er es aus Liebe? War es am Ende wichtiger, über seinen Schatten zu springen und dadurch den anderen glücklich machen als seinen Prinzipien treu zu bleiben? War es das, was Bastian mit verkopft gemeint hatte?

Mein Blick wanderte nach links in die dritte Reihe. Dort saß Floyd in seinem dunklen Anzug und Krawatte, was ihm großartig stand. Neben ihm saß eine hübsche junge Frau, Anfang dreißig mit mittellangem brünettem Haar und beeindruckenden Rundungen. Wenn das seine Freundin war, war er ein richtiger Mistkerl, so wie er bei der Arbeit mit mir flirtete. Vielleicht war das sogar seine Ehefrau, denn woher konnte ich wissen, dass er nicht verheiratet war? Ich hatte ihn nie danach gefragt. Vielleicht waren die beiden Kinder zu Hause, gehütet von den Großeltern, und das dritte Kind war unterwegs. Vielleicht hatte er nichts gegen eine kleine Affäre nebenbei und dachte, bei mir könnte er es ja mal probieren. Vielleicht ...

»Clea?« Linda, die neben mir saß, zog mich am Arm.

»Was ist?«

»Das Kirchengezeter ist zu Ende. Wir können gehen.«

Das Restaurant war mit den geladenen hundertzwanzig Gästen bis auf den letzten Platz gefüllt. Die Band kündigte »ein breit gefächertes Programm« an, was, wie sich schnell herausstellte, nicht zu viel versprochen war. Sie sprang von *Tränen lügen nicht* über *Cheri, Cheri Lady* zu *Black Magic Woman*.

Linda saß die ganze Zeit ziemlich gelangweilt neben mir. Sie trug ein weinrotes Kleid, in dem sie sich sichtlich unwohl fühlte. Ständig zupfte sie daran herum und schob die Träger hin und her. Ich kannte sie nur in Jeans und T-Shirt, aber ich fand, dass ihr das Kleid hervorragend stand, was ich ihr auch sagte.

»Ich seh aus wie eine Backgroundsängerin in einer Gospelband«, meinte sie missmutig.

»Schmarrn«, widersprach ich, »du solltest öfter Kleider tragen.«

»Also, wenn hier jemand toll aussieht, dann du«, erwiderte sie.

»Findest du wirklich?«

Linda nickte. Ich hatte lange überlegt, was ich anziehen

sollte, und mich dann für dieses champagnerfarbene Kostüm entschieden. Es war schlicht, aber elegant. Dazu trug ich einen braunen Wildledergürtel und braune Pumps.

»Die Schuhe sind dermaßen cool«, meinte sie. »Sind die von Esprit?«

»Nein, Prada.«

»Oh. Schätze, um mir die leisten zu können, müsste ich ein paar Monate von Wasser und Brot leben.«

»Nicht unbedingt. Du könntest auch lernen, nicht so viel Geld für durchzechte Nächte auszugeben.«

Sie verzog den Mund und klimperte mit den Augen.

»Ich gehe mir mal die Nase pudern.«

»Okay.« Sie wippte mit dem Kopf hin und her, während die Band gerade *Rockin' All over the World* spielte.

Auf dem Rückweg von der Toilette blieb ich stehen und sah einen Moment zu, wie mein Vater mit Simone tanzte. Es rührte mich, wie glücklich sie aussahen. Ich hatte bei unserer Ankunft vor der Kirche Simone kurz kennengelernt, und sie war mir gleich sympathisch gewesen.

»Hallo.« Floyd stand plötzlich neben mir.

Er hatte die Hände in den Hosentaschen vergraben und seine Krawatte war gelockert.

»Hallo, Floyd.«

Er machte eine Kopfbewegung in Richtung des Brautpaares. »Nettes Pärchen, meine Tante und dein Vater.«

»Mh-hm. Ich muss zugeben, dass du recht hast. Übrigens, ist Simone die Schwester deiner Mutter oder deines Vaters?«

»Meines Vaters.«

»Dann heißt du mit Nachnamen auch Müller?«

»Ja.«

Floyd war ja heute kurz angebunden, also sagte ich einfach, was mir in den Sinn kam. »Und das haben deine Eltern dann mit so einem ungewöhnlichen Vornamen wie Floyd kombiniert?«

Er schloss für einen Moment die Augen, bevor er antwortete. Aus seinem Gesichtsausdruck konnte ich nicht deuten, ob er die Frage bescheuert fand oder sich eine Antwort überlegte. »Du meinst, es wäre besser gewesen, wenn sie mich Hans genannt hätten?«

»Wahrscheinlich nicht.«

Wir standen uns ein paar Sekunden schweigend gegenüber, dann fragte ich: »Ich habe bei Simone einen leichten Akzent bemerkt. Kommt ihr aus dem Osten?«

»Ja.«

»Das hört man bei dir gar nicht.«

»Sollte man?«, meinte er und zwinkerte mir mit einem Auge kurz zu. Das brachte mich ein bisschen aus dem Konzept. Das Zwinkern war ein bisschen verarschend, und doch wieder ernst. Floyd brachte mich ständig irgendwie durcheinander. Besonders irritierend fand ich die Tatsache, dass doch seine Freundin hier irgendwo war und alles beobachten konnte.

»Äh ... wie du willst.«

»Alles klar.« Er lächelte ein klein wenig.

»Wie lange lebst du schon im Westen?«

»Fünfundzwanzig Jahre.«

»Und wo bist du aufgewachsen?«

»Erfurt.«

»Ah ja.«

»Bei unserer ersten Begegnung«, fing er plötzlich an, »war das mit Cleopatra nur ein Witz. Du hast ziemlich humorlos darauf reagiert.«

»Ich war nervös.«

»Nervös? Warum denn? Ach so, ja, du hast dich ja in diesen unzähligen Läden beworben und so.« Floyd nickte gespielt verständnisvoll.

»Genau.« Ich beschloss, so zu tun, als hätte ich den provokanten Unterton nicht bemerkt.

»Nebenbei, du siehst ... gut aus.«

»Wow, so ein Wahnsinnskompliment hat mir noch nie ein Mann gemacht. Wo nimmst du nur all diese Adjektive her?«

Er lächelte. »Man tut, was man kann.«

»Wird deine Freundin nicht eifersüchtig, wenn du dich mit mir unterhältst?«

»Meine Freundin? Welche Freundin?« Er hob die Augenbrauen.

»Na, die Brünette, mit der du hier bist.«

»Das ist meine Schwester.«

»Wirklich?«, platzte es aus mir heraus, und ich bereute es sogleich. Das hatte wohl ein bisschen zu euphorisch geklungen. Er schien es bemerkt zu haben, denn es war nicht zu übersehen, dass er sich das Grinsen verkniff, indem er sich auf die Unterlippe biss.

Wie schrecklich peinlich! Als ich noch überlegte, was ich sagen könnte, um meine Begeisterung zu relativieren, fragte Floyd: »Soll ich uns etwas zu trinken holen?«

»Gerne«, sagte ich erleichtert über den Themenwechsel.

»Und was willst du, Clea?«

»Was ich will? Ich, äh, eine Weinschorle.«

Während Floyd die Getränke holte, schwenkte die Band gerade von *Macarena* zu *More Than I Can Say*. Als Floyd zurückkam, stießen wir an und sahen uns in die Augen. Dass im Hintergrund gerade »Oh oh, yeah yeah – I'll miss you every single day« gesungen wurde, machte es nicht gerade einfacher für mich. Beim Refrain »I love you more than I can say« entschied ich mich, einfach draufloszuplappern, nur um mich abzulenken. »Wie sehen denn so deine Pläne aus, Floyd?«

Er hatte gerade einen Schluck genommen und ließ das Glas sinken. »Bezüglich?«

»Na – deiner Zukunft und so. Du hast doch da mal so was erwähnt.«

»Ach das. Berufliche Pläne, meinst du.« Er nickte und sah mich dabei direkt an. Seine Zweideutigkeiten machten mich noch verrückt. »Ich werde mich nächstes Jahr selbstständig machen.«

»Ach, womit denn?«

»Ponyzucht.« Als er meinen erstaunten Gesichtsausdruck sah, fügte er hinzu: »Na, was glaubst du wohl womit?«

»Ein Café?«

»Ja, ein Bio-Café.«

»Ach. Das ist ja interessant. Ich habe früher bei *Bionatura* gearbeitet, dem Kosmetikunternehmen.«

Die nächste Viertelstunde unterhielten wir uns über die besten Bio-Supermärkte der Stadt und die geplante Speisekarte in seinem Café. »Natürlich alles aus fairem Handel«, sagte er.

»Super«, sagte ich, »das klingt alles wirklich toll.«

»Falls du dann noch einen Job brauchst ...«

Fassungslos sah ich ihn an. »Du würdest mich wirklich einstellen?«

»Natürlich würde ich dich einstellen.«

Ich schluckte. Wie sollte ich ihm jetzt sagen, dass ich nur noch nächstes Wochenende arbeiten und danach nicht mehr kommen würde!? »Floyd, ich ... Also ... Genau genommen ist es eher so, dass ...«

»Was?«

»Ich muss dir etwas sagen. Nämlich ...« Ich konnte nicht mehr weitersprechen.

»Ja?«

»Nächstes Wochenende ...«

Er runzelte die Stirn.

»Nächstes Wochenende wird auch mein letztes Wochenende sein.«

Er sah mich an und schwieg eine Weile, die mir wie eine Ewigkeit vorkam. Dann sagte er: »Alles klar.«

»Ist es das wirklich?«

»Man braucht doch nur eins und eins zusammenzuzählen. Elias ist auch nur noch bis nächstes Wochenende da. Oder nicht?« Er wartete auf meine Antwort. Sein Tonfall war nicht unfreundlich, und in seinem Gesicht las ich keine Spur von Sarkasmus. Entweder er versteckte seine Enttäuschung gut, oder es war ihm schlicht und einfach egal. Was sollte ich ihm jetzt sagen? Mit der Wahrheit aufwarten konnte ich kaum. Er würde mich für komplett verrückt halten. »Hör zu, Floyd, es ist so, dass ...«

»Na so etwas!«, unterbrach uns plötzlich eine schrille Stimme. Simone und mein Vater standen neben uns und hielten sich an den Händen. »Sieh mal, Raimund. Deine Tochter und mein Neffe haben sich gerade kennengelernt.«

»Oh, wir kennen uns schon«, meinte ich leichthin.

»Ach?«, rief Simone erstaunt. »Und woher?«

Gehetzt schaute ich zu Floyd. Wir hatten vereinbart, dass er nichts vom *Bean & Bake* erwähnen sollte, aber wie es aussah, hatte mein Plan eine Lücke. Woher kannten wir uns? Würde ihm auf die Schnelle etwas einfallen?

»Wir haben denselben Kurs belegt«, sagte er, »an der Volkshochschule.«

»Na so was«, sagte Simone, »welchen denn?«

»Buchführung für Fortgeschrittene«, antwortete Floyd, ohne mit der Wimper zu zucken.

»Ja, genau«, fügte ich hinzu. »Wir saßen zusammen in derselben Bank und ...«

»Und sie hatte nichts dabei«, ergänzte Floyd. »Keinen Stift, keinen Block, gar nichts. Dann habe ich ihr meinen Stift geliehen. Ich war ein bisschen ungehalten und unfreundlich, weshalb sie dann die Pausen mit dem Oberstreber der Klasse verbracht hat. Ihr wisst schon, so einer, über den die Mädchen sagen: ›Das ist so ein lieber Kerl.‹ Jedenfalls ...« Floyd nahm einen Schluck aus seinem Glas und fuhr dann völlig entspannt fort: »Na ja, jedenfalls hat sie mir ein paar unwahre Dinge über sich erzählt, aber ich dachte: ›Hey, sie wird ihre Gründe haben.‹ Ich meine, warum macht eine Geschäftsfrau Buchführung für Fortgeschrittene?«

»Und dann«, unterbrach ich Floyd eifrig, »ist er auf mich zugekommen und hat sich dafür entschuldigt, dass er manchmal so schroff zu mir war. Er war so traurig und so furchtbar geknickt. Er würde es natürlich nie zugeben, aber er hatte Tränen in den Augen.«

»Tatsächlich?«, warf mein Vater ein.

Ich nickte.

Floyd sagte: »Sicher.«

»Ich habe ihm versichert«, redete ich weiter, »dass das keine Rolle mehr spielt und wie dankbar ich ihm bin, dass er mir mit dieser ganzen Buchführungssache geholfen hat.«

»Und jetzt seid ihr befreundet?«, fragte Simone ungläubig.

»Es kam, wie es kommen musste«, hörte ich Floyd sagen.

Ich hatte Angst, was er jetzt sagen würde. Meine Hände zitterten ein bisschen.

»Und wie ist es gekommen?« Mein Vater schaute gebannt auf Floyd.

»Sie trifft sich mit dem Oberstreber.«

»Das tue ich nicht!«, rief ich, eine Spur zu laut. Ein paar Köpfe drehten sich in unsere Richtung.

»Nein?« Sein Blick war direkt und stechend. »Warum hat er mir dann gesagt, dass ich mich raushalten soll?«

»Das hat er gesagt? Wann?«

»Gestern.«

»Bei euch geht es ja ganz schön hoch her«, sagte Simone.

»Gestern haben wir uns nämlich zufällig getroffen«, plapperte Floyd weiter, »in einem Ärztehaus. Ich war beim HNO-Arzt. Und Mr. Nice Guy habe ich zum Hautarzt gehen sehen. Scheint eine schlimme Geschichte zu sein, diese Geschlechtskrankheit, die er hat.«

Simone und mein Vater sahen mich an. »Du, lass dich mal lieber nicht mit dem ein«, sagte mein Vater besorgt.

Ich hatte keine Ahnung, was ich darauf sagen sollte, deshalb schwieg ich lieber.

»Was ich nicht verstehe, Clea«, meinte mein Vater weiter, »warum machst ausgerechnet du einen Kurs in Buchführung? Du warst in solchen Dingen doch immer ein Ass.« Er wandte sich zu Simone. »Sie hat schon als Kind ihr Taschengeld durch kleine Jobs aufgebessert und darüber Buch geführt. Ihre Mutter und ich haben uns darüber amüsiert, dass sie ihre Finanzen besser im Griff hatte als wir.«

Mein Vater und Simone lachten. Floyd lachte nicht. Und ich auch nicht.

»Ach wirklich?«, fragte Floyd. »Das heißt, Clea gehört zu den Menschen, die niemals Schulden machen würden?«

»Schulden?« Das ließ meinen Vater laut auflachen. »Clea hat eine besondere Begabung. Sie ist der großzügigste Mensch, den es gibt. Und gleichzeitig auch jemand, der hervorragend mit Geld umgehen kann. Diese Kombination ist selten. Ich habe sie dafür immer bewundert. Stellen Sie sich mal vor, sie lässt ihre Schwester mietfrei bei sich wohnen. Und dann die Tatsache, dass sie für ihre Geschäftsgründung keinen Kredit aufnehmen musste, sondern sich alles in den Jahren zusammengespart hat.«

»Das ist ja interessant«, sagte Floyd. Mein Vater redete weiter, aber ich hörte ihm nicht mehr zu. Ich traute mich nicht, Floyd anzusehen.

Mein Vater und Simone wurden von Verwandten in Beschlag genommen, um eine Polonaise zu tanzen. So stand ich da, neben mir Floyd, und konnte mich nicht rühren. Ich spürte seinen Blick auf meinem Gesicht, stierte aber demonstrativ auf die Hochzeitsgäste, die sich durch die Tische schlängelten. Wie lange wollte ich noch hier stehen und blöd vor mich hin glotzen? Also nahm ich all meinen Mut zusammen, hob den Kopf und blickte zu ihm auf. Er wirkte gar nicht wütend. Das war schon mal etwas.

»Die Sache ist etwas kompliziert.«

Floyd riss in gespieltem Erstaunen die Augen auf. »Eine ungewöhnliche, verrückte Geschichte? Lass hören. Ich kann es kaum erwarten.«

»Weißt du, das war alles zu Recherchezwecken. Meine Mutter ist Journalistin und es geht um eine Reportage über Frauen in Dienstleistungsberufen.«

Floyds Gesicht wurde ernst. »Das ist jetzt auch gelogen, oder?«

»Ja«, gab ich sofort zu.

»Ich würde dich gerne fragen, warum du überhaupt im *Bean & Bake* arbeitest, aber wahrscheinlich würde ich von dir sowieso nicht die Wahrheit zu hören bekommen.«

»Die Wahrheit würdest du mir niemals glauben.«

»Erzähl sie mir doch einfach, und dann kann ich selbst entscheiden, ob ich sie glaube.«

»Glaub mir, du würdest mich für total verrückt halten.«

»Du willst es mir also nicht sagen?«

Ich schüttelte den Kopf. »Ich kann nicht.«

»Okay, dann eben nicht.« Er nahm einen großen Schluck aus seinem Glas. »Ich glaube, ich gehe mal zu meiner Schwester.«

»Bist du mir böse?«

Er hatte sich schon in Bewegung gesetzt, blieb aber wieder stehen. »Nein, aber wenn du nicht aus finanziellen Gründen bei uns arbeitest, dann verstehe ich nicht, warum.

Du willst es nicht sagen. Okay. Aber dann gibt es eben auch nichts mehr zu besprechen.«

Ich biss nervös auf meiner Unterlippe herum und suchte krampfhaft nach den richtigen Worten.

»Oder siehst du das anders, Clea?«, fragte er.

Als ich nicht darauf antwortete, drehte er sich um und ging.

18

»Wer war das?« Linda sah hinüber zu Floyd, dann wieder zu mir.

»Ach, das war bloß Simones Neffe.«

»Du hast dich aber lange mit dem unterhalten«, stellte sie fest.

»Ja. Wir kennen uns aus der Volkshochschule.«

»Ach, echt?« Sie drehte wieder den Kopf zu Floyd. »Ist das seine Frau neben ihm?«

»Nein, seine Schwester.«

»Du könntest mich ihm vorstellen. Der ist irgendwie heiß.«

Ich war gerade dabei, eines von diesen Blätterteighäppchen zu kosten, hielt aber inne und legte das Gebäck auf meinen Teller zurück. »Was?!«

»Auf den zweiten Blick, meine ich. Er hat was.« Sie sah mich forschend an, dann lächelte sie schelmisch. »Also, was jetzt? Stellst du mich vor oder nicht?«

»Nein.«

»Ah, ich verstehe, du willst ihn für dich.«

»Nein, aber er will sowieso nichts mehr mit mir zu tun haben.«

Linda fuhr mit ihrem Oberkörper etwas zurück. »Was hast du ihm denn erzählt?«

»Nichts. Das ist es ja gerade.«

»Wie jetzt?«

Ich winkte ab. »Will nicht reden.«

»Du wirst es vielleicht nicht glauben, Clea, aber ich bin eine richtig gute Zuhörerin. Wenn ich will. Und das will ich jetzt einfach wissen.«

»Falscher Zeitpunkt. Falscher Ort.«

»Und wann hörst du mit diesem Telegrammstil auf und erzählst es mir endlich?«

»Ich weiß nicht, Linda.« Ich biss lustlos in mein Blätterteighäppchen.

»Bist du verliebt in ihn?«, fragte sie plötzlich.

Ich zuckte zusammen. »Verliebt? Bist du verrückt? Niemals!«

»Ohoh«, murmelte sie vor sich hin und schüttelte den Kopf. »Der gefällt dir ziemlich gut, oder?«

»So ein Quatsch!«

Sie lachte in sich hinein.

»Hast du eine Zigarette, Linda?«

»Ich rauche nicht, wie du weißt. Du übrigens auch nicht.«

»Ich würde jetzt gerne eine Zigarette rauchen.«

»Dass man einen Rocksong über dich geschrieben hat, ist dir zu Kopf gestiegen, was?«, zog sie mich auf. »Was kommt als Nächstes? Lässt du dir die Unterarme tätowieren?«

»Wohl kaum.«

»Man wird sehr schnell abhängig von dem Zeug, Clea«, erklärte mir meine Schwester. »Weißt du, was Mikkey Dee gesagt hat?«

»Wer?«

»Der Drummer von Motörhead. Er sagte, er sei von der *Zigarette danach* zum Kettenraucher geworden.«

»Nun ja«, meinte ich nachsichtig, »ich denke, dass der Schlagzeuger von Motörhead und ich nicht allzu viel gemeinsam haben dürften.«

Im nächsten Moment sah ich Floyd an uns vorbeigehen. Er hielt ein Päckchen Zigaretten und ein Feuerzeug in der Hand.

»Der würdigt dich keines Blickes«, stellte Linda fest. »Aber er hat die Drogen dabei, die du willst.«

»Jetzt übertreib mal nicht.«

»Geh ruhig. Wenn man dir dein Raucherbein amputiert, kannst du mir deine Prada-Pumps überlassen.«

Ich warf Linda noch einen giftigen Blick zu, bevor ich aufstand und zu Floyd nach draußen ging.

Er lehnte am Geländer der riesigen Terrasse, zog an der Zigarette und blickte hinaus in die Nacht. Erst als ich direkt neben ihm stand, wandte er den Kopf und sah mich an.

»Bekomme ich eine Zigarette von dir?«, fragte ich.

»Ich wusste gar nicht, dass du rauchst.«

»Eigentlich rauche ich auch nicht. Nur hin und wieder mal. Ich bin so eine Art Gelegenheitsraucherin.«

Er zog das Päckchen aus seiner Hemdtasche und streckte es mir entgegen. Ich nahm mir eine, und Floyd gab mir Feuer. »Und bei welchen Gelegenheiten? Hochzeiten, oder wie?«

Wieder einmal kam mir die Wahrheit unklug vor. Dass ich nervös war, wollte ich nicht zugeben. Aber wie oft ich Floyd schon belogen hatte, konnte ich kaum noch zählen. Deshalb wechselte ich einfach das Thema. »Floyd, kann ich mit dir sprechen?«

Er sah wieder geradeaus und meinte mit einem leichten

Lächeln: »Kommt drauf an. Willst du mir wieder ein Märchen über dich erzählen?«

»Du machst es mir gerade nicht besonders einfach.«

»Du hast recht. Also, was willst du besprechen?«

Ich atmete tief ein. Mir war klar, dass er bemerken musste, wie nervös ich war, obwohl ich gar nicht so recht wusste, weshalb. »Dass du mir diesen Job überhaupt gegeben hast ... Wenn ich an meinen ersten Tag denke ...«

»Ja, du warst ziemlich verplant.« Floyd schmunzelte und sah mich an. Was für schöne Augen er hatte! Und dieser durchdringende, wache Blick.

Ich räusperte mich. »Jedenfalls bin ich dir sehr dankbar, und du bist ein klasse Chef, obwohl ich nicht unerwähnt lassen möchte, dass du anfangs ein klitzekleines bisschen ungerecht warst und ein winziges bisschen unfreundlich zu mir.«

Als er merkte, dass ich fertig war, sagte er: »Und?«

»Und was?« War es jetzt nicht an ihm, sich für seine Unfreundlichkeit zu entschuldigen? Ich zog gierig an meiner Zigarette, was keine gute Idee war, denn mir wurde sogleich etwas schwindelig.

»Das war's, was du mir sagen wolltest?«

Ich nickte.

»Meinst du nicht, dass du mir eine Erklärung schuldig bist, warum du diesen Job wolltest, ohne ihn zu brauchen?«

»Ich bin dir keine Rechenschaft schuldig, das weißt du ganz genau. Du bist nur neugierig, das ist alles.«

»Es bleibt unter uns. Ich gebe dir mein Wort.«

Ich lächelte ihn an. »Das weiß ich, aber das ist nicht der Punkt.«

»Sondern?«

»Du würdest mir das niemals glauben.«

Er nahm noch einen Zug aus seiner Zigarette, dann drückte er sie aus. »Lass es mich mal so sagen: Ich hab dir leider den anderen Scheiß, den du mir erzählt hast, auch geglaubt.«

»Ich kann nicht.« Nachdem er nichts darauf sagte, setzte ich hinzu: »Vielleicht irgendwann mal.«

»Irgendwann mal? Wir arbeiten noch nächstes Wochenende zusammen, danach werden wir uns nie wiedersehen.«

Als er das sagte, verspürte ich einen seltsamen Stich im Herzen. Um mich abzulenken, drückte ich ebenfalls meine halbgerauchte Zigarette aus.

Die Terrassentür ging auf, und Linda kam auf uns zu. »Hey, bist du zu deinen Drogen gekommen?« Sie stellte sich zwischen uns, wahrte aber einen kleinen Abstand.

»Das ist Floyd«, sagte ich. »Wir kennen uns aus der Volkshochschule.« Er sah mich für eine Sekunde amüsiert an, dann sah er zu Linda. »Und das ist meine Schwester Linda.«

Sie gaben sich die Hand, und ich sah, wie Linda den Kopf ein wenig neigte und ihr charmantestes Lächeln aufsetzte. Sie hatte auch keine Hemmungen, ihren Blick über seinen Körper wandern zu lassen. Am liebsten hätte ich sie übers Geländer geworfen.

»Hallo, Floyd. Was für ein interessanter Name. Ist das ein Spitzname?«

»Nein«, sagte er knapp.

»Cool.«

»Tja.«

Es entstand eine kurze unangenehme Pause. Wir sahen

uns schweigend an, bis Linda ein Gesprächsthema einfiel: »Ich arbeite bei RockMetalRadio und da spielen wir oft Pink Floyd, wissen Sie.«

»Ach wirklich?«, sagte Floyd, »Na ja, ich bin nicht verwandt mit denen oder so was.«

Linda lachte aus vollem Hals.

Mir war das Ganze etwas unangenehm. Floyd hatte Lindas Blicke im Saal registriert und hatte garantiert kapiert, dass sie seinetwegen auf die Terrasse gekommen war.

»Ich höre den Sender immer sonntagvormittags«, sagte Floyd.

»Warum ausgerechnet dann?«, wollte Linda wissen.

»Da habe ich frei, schlafe aus, und während ich meinen Kaffee trinke, höre ich Radio. Übrigens, jetzt erkenne ich Ihre Stimme wieder.« Er lächelte. »Linda Engel, klar, aber den Zusammenhang zwischen Ihnen und Clea habe ich nicht hergestellt.«

Linda lachte wieder. »Ja, wir sind ziemlich unterschiedlich.«

»Absolut«, meinte Floyd.

Lindas Lachen wurde etwas gedämpfter, und sie sah ihn interessiert an. »Und inwiefern finden Sie uns so unterschiedlich?«

Das interessierte mich auch.

»Ich hätte einfach nicht gedacht, dass Clea eine Schwester hat, die beruflich mit Heavy Metal zu tun hat.«

»Na ja, Floyd«, fing ich an, »manchmal braucht es eben etwas mehr als den ersten Blick, um die Menschen kennenzulernen. Ich hätte auch nicht gedacht, dass du dich für Bio interessierst oder dass du FMX machst.«

»Was ist FMX?«, fragte Linda.

»Freestyle Motocross«, sagte ich altklug, als ob ich darüber mein Leben lang Referate gehalten hätte.

Floyd sah mich forschend an.

»Motocross?« Linda warf einen beeindruckten Blick auf Floyd. Anscheinend hatte ich ihn ihr jetzt noch schmackhafter gemacht. Es wäre immer noch nicht zu spät, sie übers Geländer zu werfen. Aber was sollte ich tun, immerhin war sie meine Schwester. »Und, Floyd, Sie mögen also die Musik, die wir bei unserem Sender spielen?«, plapperte sie munter weiter.

Wahrscheinlich wartete Linda darauf, dass ich die beiden alleine lassen würde. Den Gefallen würde ich ihr bestimmt nicht tun.

»Hardrock schon, aber Heavy Metal nur bedingt. Eine Ausnahme ist vielleicht Metallica.«

Linda riss die Augen auf und legte theatralisch ihre Hand aufs Herz. »Machen Sie Witze? Ich bin der absolut größte Metallica-Fan der Welt. Sie kommen für mich sogar noch vor Black Sabbath.«

»Na ja, ein Fan bin ich nicht gerade, aber ich finde sie ganz gut.«

»Was ist Ihr Lieblingssong?«, fragte Linda und hing an seinen Lippen.

Er hob in gleichgültiger Geste die Hand nach oben. »Vielleicht *Enter Sandman*.«

Sie öffnete fassungslos den Mund, als hätte sie eben mit angesehen, wie Floyd das Rote Meer teilte. »Meiner auch.«

Floyd lehnte lässig am Geländer und sah belustigt zu mir und Linda. »Hm, okay«, sagte er.

»Hast du nicht gesagt, dass *Until It Sleeps* dein Lieblingssong von denen ist?«, warf ich ein.

»Was?« Linda blinzelte mich zerstreut an. »Ja, schon. Früher.« Früher? Sie hatte es erst letzte Woche gesagt.

»Und was ist Ihr Lieblingssong von ...«

»Na, jetzt ist aber gut, Linda«, unterbrach ich sie. »Können wir mal das Thema wechseln?«

Linda verschränkte die Arme vor der Brust. »Also wirklich, Clea, gerade du solltest dich doch etwas mehr damit beschäftigen. Besonders jetzt.«

Floyd warf mir einen fragenden Blick zu.

»Wissen Sie, dass eine Rockband namens Limitbreaker gerade ihren Durchbruch mit einem Song hat, der von Clea handelt?«, erklärte Linda. »Der Gitarrist ist Cleas Exfreund, und der hat den Song geschrieben.«

»Das ist ja interessant.« Floyd lächelte mich an. »Wie heißt denn der Song?«

»*Don't be so cool to me*«, kam es sogleich von Linda.

»Soso«, neckte mich Floyd, »ein Exfreund, dem du zu cool warst.«

»Das ist aber nicht als Kompliment gemeint, sagt Clea, sondern als Vorwurf«, ergänzte Linda.

Ich sah etwas beschämt zu Boden, und wahrscheinlich merkte man mir mein Unwohlsein deutlich an, denn zu meiner großen Überraschung sagte Floyd: »Entschuldigen Sie, Linda, aber macht es Ihnen etwas aus, uns kurz allein zu lassen?«

Wie ich Linda kannte, machte es ihr ungemein etwas aus, aber sie schlug sich wacker und meinte kokett: »Nö, gar nicht.« Sie ging zurück in den Saal, aber im nächsten Moment kamen Raucher nach draußen. Floyd nahm meine Hand und schob mich zum seitlichen Teil der Terrasse, wo es um einiges dunkler war. Er lächelte mich an.

»Wieso warst du dem Typen denn zu cool, wenn ich das fragen darf?«

Es gibt Situationen im Leben, die man nicht erklären kann. Diese zum Beispiel. Ich stand meinem derzeitigen Chef gegenüber und erzählte ihm von Bastians Vorwurf des Verkopftseins, dass ich nicht an ihn geglaubt und mich nicht fallen gelassen, sondern immer meinen Verstand gebraucht hatte. Floyd hörte sich das alles an, dann fasste er mich an den Oberarmen. Mein Herz fing an schneller zu klopfen.

»Pass mal auf, Clea. Lass dir doch nicht so einen verdammten Scheiß einreden.« Seine Berührung fühlte sich gut an, so warm und beschützend. »Du wolltest nicht, dass er verletzt wird und hast dir Sorgen gemacht, dass er durch Misserfolg in ein Loch stürzt. Eigentlich ist es doch eher so, dass er deine Sorge um ihn gar nicht zu schätzen wusste.« Ich konnte sein Aftershave riechen. Es war herb und doch zart. So wie er. »Und was heißt, du hast nicht an ihn geglaubt? Was meint der Kerl eigentlich, wie hoch die Chancen auf einen Durchbruch sind? Er hatte Glück, und das sei ihm gegönnt, aber die meisten Bands kommen nie aus ihrer Garage oder ihren Kellern heraus. So ist das nun mal.«

»Du meinst also wirklich, dass er unrecht hatte und ich mich anständig verhalten habe?«

Er nickte. »Nur in einem Punkt gebe ich ihm recht.«

»In welchem denn?«, flüsterte ich.

»Dass du dich fallen lassen solltest.«

Floyd sah mir in die Augen, nahm seine Hände von meinen Schultern und fuhr durch meine Haare. Dann strich er ganz leicht mit dem Daumen über meine Wange, und das war kribbelnder als jeder heiße Kuss, den ich in meinem Leben bis dahin erlebt hatte. Noch bevor ich wusste, was ich tat, glitt ich in seine Arme. Er küsste fordernd, aber trotzdem zärtlich. Ich hatte bis jetzt keine Ahnung, dass ein Kuss einen Menschen beinahe um den Verstand bringen konnte. Ich wünschte mir nichts sehnlicher, als dass dieser Moment niemals endete. Ich strich mit meinen Fingern durch seine Haare, und Floyd drückte mich näher zu sich heran.

»Clea?!«

Floyd ließ von mir ab und wandte den Kopf in die Richtung des Schreihalses.

Mein Vater stand im vorderen Teil der Terrasse und hielt nach mir Ausschau.

»Ich bin hier«, krächzte ich.

Mein Vater kam auf mich zu und rief erstaunt: »Clea? Floyd? Was macht ihr denn hier im Dunkeln?« Seine naive Frage amüsierte mich fast ein wenig.

»Wir quatschen hier ein bisschen«, sagte ich leichthin. »Über Buchführung und so.«

»Du, ich habe dich da drin überall gesucht, dann hat Linda gesagt, dass du mit Floyd *eine Zigarette rauchst*. Stimmt das?« Er sah bestürzt aus. »Ich bin nicht nur ein besorgter Vater, sondern auch Arzt. Du weißt, wie ungesund das ist.«

Ich verzichtete in diesem Moment darauf, ihn daran zu erinnern, dass er früher ein Päckchen am Tag verqualmt hatte.

»Hmhm«, machte mein Vater und dann warf er einen kurzen, aber mahnenden Blick in Floyds Richtung.

»Also«, sagte ich. »Warum hast du mich gesucht?«

»Ach so, ja. Ich wollte dir vielmals für die wunderschöne Lampe danken!«, strahlte er. »Sie trifft genau meinen Geschmack.«

»Das Ding gefällt dir wirklich?« Das hätte ich besser nicht sagen sollen, denn es war ihm anzusehen, dass er über meine Reaktion etwas erstaunt war. Auch Floyd sah belustigt in meine Richtung.

»Äh, ich meine ... Linda sagte, dass du begeistert sein würdest. Ich hatte da meine Bedenken.«

»Nein, ich finde die Lampe ganz zauberhaft. Aber wisst ihr was? Kommt doch wieder rein. Buchführung, papperlapapp. Heute wird gefeiert, also vergesst mal eure Arbeit.«

Wir folgten ihm in den Saal. Ich sah Floyd entschuldigend an.

»Diese Chose hier ist gegen Mitternacht zu Ende. Gehen wir danach noch etwas trinken?«, flüsterte er mir zu.

Mir schwirrten tausend Gedanken durch den Kopf. Dieser wunderbare Kuss und Floyds herber Duft, aber auch Zelda, Elias, meine Zukunft ... Ich musste erst einmal meine Gedanken sortieren. »Ich kann nicht.«

»Warum?«

»Es geht einfach nicht.«

»Ist der Grund, warum du nicht kannst, derselbe, warum du mir nicht sagen kannst, warum du bei uns arbeitest?«

Wieder war ich erstaunt, wie schnell Floyd mich verstand. »So ist es«, sagte ich wahrheitsgemäß. »Ich muss nachdenken, Floyd.«

»Verdammt noch mal, warum vertraust du mir nicht?«

»Damit hat das nicht das Geringste zu tun.«

Floyd setzte an, um etwas zu sagen, überlegte es sich aber anders und ging dann einfach davon. Ich blickte ihm nach, betrachtete seine wundervoll sehnigen Arme und kräftigen Schultern und fühlte mich plötzlich unendlich traurig.

19

In dieser Nacht fand ich kaum Schlaf. Auch am nächsten Tag stellte ich mir immer wieder dieselben Fragen: Was, wenn ich mich auf Elias einließ, aber Floyd nie wieder aus meinem Kopf bekam? Was, wenn ich mich für Floyd entschied, er sich nach zwei Tagen als Fehler entpuppte und ich dann jede Chance mit Elias vertan hätte?

Am Abend rief mich mein Vater an und sagte mit besorgniserregender Stimme: »Mir schien es gestern so, dass Floyd ein gewisses Interesse an dir hat, Clea.«

»Äh.« Was wollte er damit sagen, und was erwartete er von mir?

»Weißt du, die Simone sagt, dass er noch nie eine reife Beziehung hatte, die lange gehalten hätte.«

Ich ließ den Satz eine Weile auf mich wirken, dann sagte ich, ganz ruhig und freundlich: »Und wer von uns hatte die? Du? Gesa? Ich? Linda?«

»Na ja …« Mehr fiel ihm wohl nicht ein.

»Tja, wie schnell sind wir immer dazu bereit, den ersten Stein zu werfen, oder?«

»Ich hab ja gar nichts gegen ihn.«

»Warum auch? Du kennst ihn ja gar nicht.«

Wir drehten uns noch eine Weile mit dem Gespräch im Kreis, bis ich es mit ein paar netten Worten über die Feier und Simone beendete.

Am Montag versuchte ich, mich mit Arbeit abzulenken. So kam es mir fast gelegen, dass es im Studio drunter und drüber ging. Johanna kam zu spät und war schlecht gelaunt, was ich gar nicht von ihr kannte. Und das an einem Tag, an dem wir komplett ausgebucht waren und das Telefon ununterbrochen klingelte. Am Nachmittag hatte ich nur zehn Minuten Pause. Ich nahm ein Mineralwasser aus dem kleinen Kühlschrank unserer Teeküche und ging in mein Büro. Ich wusste nicht weiter. Also rief ich Zelda an.

»Ach, hallo Goldie«, sagte sie.

»Kann ich vielleicht bald noch einmal vorbeikommen?«

»Aber klar doch. Wenn du so weitermachst, kann ich bald mit dem Lottospielen aufhören.«

»Ich habe jetzt das ... Beweisstück.«

Am anderen Ende war es still.

»Zelda?«

»Was denn für ein Beweisstück?«

»Na, was Sie wollten, um mehr über ihn sagen zu können. Einen persönlichen Gegenstand.«

»Ach so. Beweisstück. Ist ja drollig.«

»Also, wie sieht es denn bei Ihnen in den nächsten Tagen aus?«

»Komm am besten am Donnerstag um neunzehn Uhr.«

»Sie sind die ganze Woche komplett ausgebucht?«, fragte ich überrascht.

»Nein, der Alois hat beim Kreuzworträtsel eine Reise nach Kärnten gewonnen, für zwei Personen. Da nimmt er mich mit.«

»Ach, äh, das ist ja nett. Ich nehme den Termin.«

»Gut. Übrigens, falls du jemanden kennst, der seinen

perfekten Partner sucht, ich hab da jetzt 'ne Sonderaktion. Zehn Prozent Rabatt bei der ersten Stunde. Also, für die meisten ist es ja auch nur eine Stunde. Nur du willst ja nicht so recht ans Glück glauben, Goldie. Wir sehen uns am Donnerstag.« Sie legte auf.

Am Abend lag ich auf der Couch und schaute mir im Fernsehen *Schlaflos in Seattle* an. Linda mochte den Film nicht und telefonierte in der Küche, während sie sich Spiegeleier machte – und meine Küchenfliesen mit Öl bespritzte, weil sie immer die Temperatur voll aufdrehte. Ich liebte diesen Film, obwohl ich diesmal nicht besonders viel von der Handlung mitbekam. Es war der erste Montag seit Langem, an dem ich nicht mit Julia essen ging. Ich hatte ihr abgesagt, und sie hatte es nicht besonders gut aufgenommen. Aber ich brauchte gerade etwas Abstand und Zeit zum Nachdenken.

Mein Handy klingelte. Das musste Gesa sein. Sie hatte gestern schon angerufen und ganz nebenbei wissen wollen, wie es denn auf »dieser Veranstaltung« gewesen war. Gestern hatte ich meine Ruhe haben wollen und sie deshalb auf heute vertröstet. Ich nahm ab und meldete mich.

»Hier ist Elias.«

»Oh Elias«, sagte ich überrascht, nahm dann die Fernbedienung und dämpfte die Lautstärke. Komischerweise hatte ich mit ihm gar nicht gerechnet. Wie nett, dass er anrief. »Wie geht's, Elias?«,

»Alles bestens. Und dir?«

»Prima«, log ich.

»Das ist schön zu hören, Clea«, sagte er, freundlich wie

immer. »Ich habe schon öfter angerufen, aber es hat sich niemand gemeldet.«

»Ach, das tut mir leid, es war viel los in den letzten Tagen«, brabbelte ich. Ich war viel zu durcheinander, um ein vernünftiges Gespräch zu führen.

»Ist ja gar nicht schlimm. Ich wollte dich fragen, ob du diese Woche abends mal Zeit hast. Wir könnten essen gehen oder ins Kino, was du eben so magst.«

»Das klingt toll, Elias, aber ....« Ich zögerte. Und dachte an Floyd. Dachte daran, wie unergründlich, geheimnisvoll, interessant er war. So kraftvoll, wie er sich bewegte, diese Präsenz, die er ausstrahlte ...

»Clea?«

»Was?«

»Was aber?«

»Bitte?« Wo war ich stehengeblieben?

»Du sagtest, das klingt toll, aber ...« Elias klang nun beinahe etwas gereizt.

Ich konnte mich noch nicht mit ihm treffen. Nicht, solange ich nicht Klarheit in meine Gedanken gebracht hatte und bei Zelda gewesen war. »Diese Woche geht es leider nicht. Wie wäre es mit nächster Woche?«

»Ja, klar. Warum nicht.« Er hörte sich ein bisschen enttäuscht an.

»Also dann, wir sehen uns ja am Freitag in der Arbeit.«

»Ja, freu mich«, flötete er. »Tschüss, Clea.«

»Tschüss.«

Ich legte auf und wünschte mir, es wäre Floyd gewesen, der angerufen hätte. »Scheiße!«, rief ich und schleuderte mein Handy auf die Couch.

»Alles klar, Clea?« Linda stand in der Tür.

»Alles in bester Ordnung.« Ich lehnte mich zurück und atmete erschöpft aus.

»Wollte nur fragen, ob ich dir auch ein paar Eier machen soll«, sagte Linda und hörte sich dabei richtig fürsorglich an.

»Nein, danke.« Ich zwang mich zu einem Lächeln.

»Wer ist es denn?«

»Was?« Ich sah sie an.

»Na, der Mistkerl, der nicht anruft.«

»Ach so, hm«, druckste ich herum. »Ist nicht so wichtig.«

»Das sehe ich«, sagte sie ironisch. »Ist es Simones Neffe? Der Buchführungstyp? Wie hieß er doch gleich … Pink?«

»Floyd«, verbesserte ich.

»Aber ich habe recht, oder?«

Ich sah sie an. »Ja.«

»Ich wusste es. So, wie du den angesehen hast.«

»Das mit uns wird aber nichts. Zugegeben, ich finde ihn zwar ziemlich …«

»Scharf?«, half mir Linda.

»Interessant. Aber wir passen nicht zusammen. Ich will eine Liebe fürs Leben.«

Linda gluckste. »Hörst du dich eigentlich selbst reden? Du klingst wie aus einem Heimatfilm.«

»Ist mir egal, was du denkst.«

Linda kam näher, setzte sich auf die Kante des Wohnzimmertisches und stemmte die Hände auf die Knie. »Ich bin zu Papa und Simone gegangen, als ihr draußen auf der Terrasse wart, und hab sie ein bisschen über ihn ausgefragt. Er ist Geschäftsführer in einem Coffeeshop. Denkst du, er ist nicht gut genug für dich?«

»Nein, ganz und gar nicht.« Ich schüttelte den Kopf. Vielleicht hätte ich früher so gedacht, aber jetzt bestimmt nicht mehr.

»Aber was gefällt dir denn nicht an ihm?«

»Ich will einen Mann, der mich auf Händen trägt, mir jeden Tag sagt, dass er mich liebt und mich jeden Morgen gut gelaunt wachküsst und mir kleine Geschenke mitbringt.«

Linda sah mich verkniffen an und sagte: »Ah ja.«

»Und Floyd ist nicht so ein Typ«, sagte ich mit Nachdruck.

»Gott sei Dank, kann ich da nur sagen. Das würde dir spätestens nach einer Woche so was von auf die Nerven gehen.«

»Ich weiß doch besser, was ich will. Und jetzt will ich nicht mehr darüber reden. Du verwirrst mich nur noch mehr.«

Linda wollte schon aufstehen, doch dann siegte meine Neugier. »Hat Simone noch etwas über ihn gesagt?«

Linda verdrehte die Augen, setzte sich aber wieder hin. »Warum interessiert dich das, wenn du ihn eh nicht willst?«

»Jetzt erzähl schon«, drängte ich.

»Lass mich mal überlegen.« Linda kräuselte die Lippen und dachte nach. »Er hat eine einundzwanzigjährige Tochter, kommt ursprünglich aus Erfurt, will sich bald mit einem eigenen Coffeeshop selbstständig machen, war noch nie verheiratet und ist seit drei Jahren solo.«

Ich saß da wie versteinert und starrte Linda an. »Kannst du noch mal zum Anfang zurückspulen?«

»Er kommt aus Erfurt, will sich selbstständig ...«

»Er hat eine einundzwanzigjährige Tochter?« Ich war völlig perplex.

»Sagt zumindest Simone.«

»Wahnsinn. Dann war er ja höchstens achtzehn, als sie geboren wurde.«

»Mh-hm, und siebzehn, als sie entstanden ist. Der hat ja ziemlich früh angefangen herumzu… streunen.«

»Aber das Kind hat er doch nicht mit dem Mädchen großgezogen?«

»Mädchen«, meinte Linda abfällig, »gutes Stichwort. Die Frau war neunundzwanzig, als das Kind kam.«

»Vielleicht war er reif für sein Alter.«

»Klar, wie reif man als Siebzehnjähriger halt sein kann. Jedenfalls hat Simone außerdem noch erzählt, dass seine Mutter gestorben ist, als er fünfzehn war. Er ist dann recht früh von der Schule gegangen und hat eine Ausbildung zum Friseur gemacht. Der Laden, in dem er gearbeitet hat, ist pleitegegangen, so hat er angefangen zu kellnern und ist da hängengeblieben.«

Ich konnte gar nichts mehr sagen, deshalb sah ich Linda einfach nur an und versuchte das alles aufzunehmen. Friseur? Ich sah Floyd vor mir, wie er nasse Strähnen hin- und herwarf, geschickt mit der Schere hantierte und lässig Gel in den Haaren einer Kundin verteilte.

Als ich einen Gedanken weitersprang, zum Tod seiner Mutter, verstand ich auch, warum er Bea so gut aufgefangen hatte.

»So jung die Mutter zu verlieren ist ein ziemlich harter Brocken«, überlegte ich laut.

»Ja, klar. Simone hat das zwar nicht so offen gesagt, aber ich hab herausgehört, dass er mit diesem Schock irgendwie sich selbst überlassen war. Sein Vater hat ein Jahr später wieder geheiratet. Wahrscheinlich wieder so ein Egozentriker, der nur sich selbst bedauert. Sein Vater war wohl wie meine Mutter. Solche Eltern bedauern nur sich selbst. Du hast echt Glück, Clea, dass du eine Mutter hast, die für dich ins Feuer springen würde.«

Ich nickte. »Ja, das hab ich wirklich.«

»Nachdem Simone, dieses Plappermäulchen, so redselig war«, erzählte Linda weiter, »wollte ich dann noch wissen, was mit seiner Tochter ist. Simone sagte, dass sie nicht zur Hochzeit kommen konnte, weil sie gerade mit einer Blinddarmentzündung im Krankenhaus liegt. Aber Floyd und sie haben wohl ein enges Verhältnis, sie hat oft die Wochenenden oder Ferien bei ihm verbracht. Sie lebt in Berlin bei ihrer Mutter und studiert Physik.«

»Echt?«

Linda nickte. Dann wünschte sie mir eine gute Nacht, ging in ihr Zimmer und überließ mich meinen Gedanken.

Ich spürte ein tiefes Mitgefühl für Floyd. Er musste so jung schon so viel Verantwortung übernehmen. Floyds Lebensweg hatte sicher die eine oder andere Wunde hinterlassen. Vielleicht war er deshalb oft so ruppig, und bestimmt war es nicht einfach, Zugang zu seinen Gefühlen zu bekommen. Er hatte Lebenserfahrung, und das beeindruckte mich, aber es machte die Dinge auch sehr kompliziert. Eine Stieftochter? Konnte ich mir das vorstellen? Wäre Floyd bereit für noch ein Kind, falls ich mir doch noch eines wünschte? Ich spürte einen Stich. Floyd wusste bereits, was es hieß, Vater zu werden. Er hatte diese Erfahrung bereits gemacht – mit einer anderen Frau.

Mit Elias dagegen könnte ich ganz neu anfangen, eine

Familie gründen und gemeinsam etwas aufbauen. Er war besonnen und sprach ehrlich über seine Empfindungen. Wir passten in vielerlei Hinsicht wirklich gut zusammen. Wir hatten dieselben Ziele und Vorstellungen und denselben Ausgangspunkt. War das nicht unheimlich wichtig für eine stabile Partnerschaft? Ich grübelte, bis ich in einen unruhigen Schlaf verfiel.

20

Am Donnerstag war ich bereits den ganzen Tag aufgeregt. Zelda würde mir endlich weiterhelfen. Während ich in meinem Büro telefonierte und meiner Sachbearbeiterin von der Versicherung nur halbherzig zuhörte, kritzelte ich auf meinem Block herum.

Als ich auflegte, kam Johanna herein. »Frau Kriese ist mal wieder auf der anderen Leitung und sie will unbedingt morgen einen Termin. Tja, du weißt ja, was ich immer sage. Mit Frau Kriese kriegste die Krise.«

»Äußerst originell, Johanna. Und hör auf, mit den Namen unserer Kundinnen Wortspiele zu machen.«

Plötzlich legte sie die Stirn in Falten und beugte sich etwas tiefer über meinen Schreibtisch. Ich folgte ihrem Blick und schrak zurück. Ich hatte das ganze Blatt mit *Floyd* vollgekritzelt. In Schreibschrift, Druckschrift, klein, groß, dick, dünn … Johanna wandte ruckartig den Kopf in meine Richtung.

Im selben Moment wurde die Tür geöffnet und Valerie kam herein. Johanna reagierte instinktiv. Sie legte unauffällig einen großen Umschlag auf meinen vollgekritzelten Block.

»Also, was soll ich Frau Kriese sagen?«, fragte Johanna wieder an mich gewandt.

»Es geht auf keinen Fall. Was glaubt sie denn? Andere Kundinnen müssen auch lange warten.«

»Alles klar«, meinte Johanna.

»Ach, übrigens«, sagte ich, »wenn ihr schon beide da seid, muss ich euch kurz etwas mitteilen. Ich werde das natürlich noch ausführlicher mit euch und Karen besprechen, nur erst mal am Rande: Wir werden im August zwei Wochen geschlossen haben, wegen Umbauarbeiten. Ihr bekommt selbstverständlich euer reguläres Gehalt in dieser Zeit.«

»Umbauarbeiten, Liebes?« Valerie wirkte entzückt. »Du willst das Studio umgestalten?«

»Ich habe mit unserem Vermieter gesprochen und ihn gefragt, ob wir die Wand zum Juwelierladen durchbrechen und uns vergrößern könnten.« Seit ein Bericht über mein Studio im Regionalfernsehen war, rannten mir die Kundinnen die Tür ein. Es ärgerte mich, dass ich nicht größere Kapazitäten hatte, um die Wartezeiten für die Termine zu verkürzen.

»Echt?« Johanna nickte anerkennend. »Er ist also einverstanden?«

»Zuerst war er nicht so begeistert«, erzählte ich weiter, »aber letztendlich habe ich ihn davon überzeugen können, dass bisher jeder Laden nebenan pleitegemacht hat, zuletzt der Juwelier, der sich nur wenige Monate gehalten hat, und oft steht der Raum leer, bis sich ein Nachmieter gefunden hat. Das hat ihn überzeugt.«

»Das ist ja klasse«, rief Johanna, und ich merkte, sie meinte es ehrlich. »Ich freue mich für dich. Gratuliere.«

»Aber dann brauchen wir auch mehr Personal«, sagte Valerie.

»Ganz genau«, bestätigte ich. »Ich werde mich in nächster Zeit darum kümmern.«

Valerie kam auf mich zu, beugte sich zu mir hinunter und gab mir zwei Luftküsschen. »Bezaubernde Idee, Liebes.«

Johanna zog die Augenbrauen hoch, drehte sich um und ging hinaus.

Ich sah alle zwei Minuten auf die Uhr. Es war mittlerweile kurz vor halb sieben. Karen sollte bereits seit zwanzig Minuten hier sein. Wenn sie nicht bald auftauchte, dann musste ich die nächste Kundin übernehmen, und das hieß, den Termin bei Zelda absagen. Ich schickte ein Stoßgebet gen Himmel, und da endlich ging die Tür auf. »Bitte entschuldigt«, sagte Karen. »Mein Mann hat vergessen, das Auto aufzutanken.«

Johanna lachte kurz auf. »Du bist viel zu nachsichtig mit ihm«, sagte sie.

»Misch dich da nicht ein«, mahnte ich. »Okay, ich muss los.« Ich schnappte mir meine Jacke vom Haken.

»Spanisch?«, fragte Karen.

»Nein«, warf Johanna ein, »der Spanischkurs ist doch freitags.«

»Ah«, machte Karen, »und wie geht's so voran mit Spanisch?«

»*Mucho grande*«, sagte ich und ging Richtung Tür.

»Bist du sicher, dass das korrekt ist?«, fragte Johanna. Sie hörte sich äußerst skeptisch an.

»Äh, da hab ich jetzt was durcheinandergebracht. Tschüss dann.« Schnell schloss ich die Tür hinter mir.

Zelda saß mir in ihrem flattrigen, apfelgrünen Kleid gegenüber. Wahrscheinlich war es für sie ein langer Tag gewesen, denn ihre Wimperntusche war schon etwas verschmiert.

Dafür hatte sie ihren orangefarbenen Lippenstift frisch und großzügig aufgelegt.

»Wie war's in Kärnten?« Ich betrachtete die Frage eher als Einleitung, um etwas Nettes zu sagen, aber Zelda erzählte geschlagene fünfzehn Minuten von Alois' blamablen Benehmen am Frühstücksbuffet und am Pool. »Tut mir leid für Sie«, sagte ich, und das meinte ich ganz ernst.

»Na ja, eigentlich wollte ich immer mal nach Paris, aber leider hat das Geld dafür nie gereicht. Nun ja ...« Sie nickte mir aufmunternd zu. »Was kann ich denn diesmal für dich tun, Goldie?«

Ich kramte in meiner Handtasche herum, dann fand ich endlich das halb aufgebrauchte Streichholzbriefchen und schob es ihr über den Tisch.

Zelda ließ den Kopf sinken und starrte darauf. »Das wäre doch nicht nötig gewesen«, murmelte sie ironisch.

»Es ist das ...«

»Beweisstück?«

»Genau.«

Sie nahm es und legte es auf ihre linke Handfläche, dann legte sie ihre rechte Hand darauf und bewegte das Streichholzbriefchen zwischen ihren Händen. Ihr Gesicht hellte sich auf. »Ein freundlicher Mensch ist das.«

»Ja, das ist er«, bestätigte ich und lächelte. »Er ist einfach großartig. Höflich und nett, hat gute Manieren ...«

Sie rieb weiter das Streichholzbriefchen. »Mit dem wirst du keine größeren Probleme haben. Der wird dich bewundern, und du kannst ihn auch noch ein bisschen lenken.« Sie hörte sich an wie eine Hundezüchterin. »Mit ihm wird es richtig angenehm und geborgen.« Zelda legte das Streichholzbriefchen wieder auf die Tischplatte und sah mich zufrieden an. »Läuft es denn gut mit ihm? Hat er angebissen?«

»Ja. Er ist interessiert, hat mich angerufen und will eine Verabredung. Wir haben uns auch schon privat getroffen. Er ist wirklich ein klasse Typ.«

Zelda öffnete in einer begeisterten Geste die Arme. »Gratuliere. Ich freue mich schon auf die tausend Euro, die du mir versprochen hast, Goldie.«

Ich langte wieder in meine Handtasche und zog eine Krawatte heraus. Als Floyd sich auf der Hochzeit am anderen Ende des Saales mit jemandem unterhalten hatte und alle anderen auf der Tanzfläche waren, hatte ich gesehen, wie sie unter einen der Tische gefallen war. Auf dem Weg zur Toilette hatte ich mich schnell gebückt und sie in meiner Tasche verstaut.

»Und was ist mit dem?« Ich legte die Krawatte auf den Tisch, neben das Streichholzbriefchen.

Zelda sah erst auf die Krawatte, dann zu mir. »Wer ist das?«

»Also, das ist der Geschäftsführer von dem Coffeeshop.«

Sie sagte eine Weile nichts, dann meinte sie: »Aber der andere ist doch perfekt, Goldie. Und du sagst, es läuft gut.«

Ich nickte. »Ja, schon, aber der andere ...«

Zelda sah mich fragend an und wartete, dass ich den Satz beendete. »Der andere geht mir nicht mehr aus dem Kopf. Er ist so ganz anders als die Männer, die ich bisher kannte. Er ist direkt, aber auch charmant. Wir kommen aus total verschiedenen Welten und passen wahrscheinlich überhaupt nicht zusammen.«

»Aha. Verstehe.« Sie nahm die Krawatte, ließ sie der Länge nach ein paarmal durch ihre Hände gleiten, dann sah sie mich ernst an. Vor Aufregung bekam ich Herzklopfen. Warum schaute sie mich so komisch an?

»Was ist?«, fragte ich leise.

»Er ist der Typ ›Raue Schale, weicher Kern‹. Hat einen anständigen Charakter und auch das Herz am rechten Fleck, aber …«

»Aber?«, keuchte ich.

»An dem wirst du dir die Zähne ausbeißen, Goldie.«

»Wie meinen Sie das?«

»Er hat seinen eigenen Kopf. Bei dem anderen hast du viel leichteres Spiel. Der hier dagegen ist ein harter Brocken. Aufrichtig? Ja. Klug? Durchaus. Aber der andere ist viel bequemer, Goldie. Die Krawatte ist … Na ja, das muss ich fairerweise dazusagen … Da knistert es über viele, viele Jahre und er ist immer wieder eine Herausforderung.« Zelda grinste mich an. »Mit dem anderen läuft es gut, aber mit dem hier ist es aufregend. Es kommt darauf an, ob du dem gewachsen bist.«

Ich rieb mir die Schläfen. »Sie wollen mir also sagen, dass ich mit beiden eine Chance habe, eine Zukunft?«

Sie nickte. »Im Grunde schon, ja. Kannst ja beide nehmen.« Sie lachte schallend, aber ich fand meine Situation gar nicht komisch. Eine ganze Weile saß ich etwas benommen da und starrte auf die Krawatte und das Streichholzbriefchen.

»Ich erklär's dir mal so, Goldie: Stell dir vor, der hier ist ein Filzpantoffel.« Sie zeigte auf das Streichholzbriefchen.

»Filzpantoffel.« Ich hatte keinen Schimmer, worauf sie hinauswollte.

»Der ist bequem, nach einer Weile auch gut eingelatscht und man fühlt sich pudelwohl und heimisch. Soweit klar?«

»Glaub schon, ja.«

»Und der hier«, fuhr sie fort und zeigte auf die Krawatte, »das ist ein Sauhund, ein verreckter.«

Ich sah sie erschrocken an.

»Das sagt man doch nur so, Goldie. Nimm das doch nicht so wörtlich. Ich bin halt Bayer.«

»Aber was meinen Sie denn damit? Ist er ein Weiberheld oder so was?«

Sie schüttelte den Kopf. »Nein, kann man nicht sagen. Obwohl, er hat ziemlich intensiv gelebt, um es mal so zu sagen, aber er wird allmählich ruhiger. Der hat ein gesundes Selbstwertgefühl. Er ist sehr authentisch.«

»Oh ja, das trifft den Nagel auf den Kopf«, bestätigte ich sofort.

»Na, jedenfalls, ist er der Pump.«

»Er ist was?«

Zelda nickte. »Ein schicker Pump, der drückt ein bisschen vorne und an den Seiten, und man überlegt sich lange, ob man sich diese Pumps leisten kann und ob man sich das antun möchte, darin zu laufen.«

Ich sah sie an und nickte. »Ich glaube, ich hab's kapiert.«

»Tja, alles Weitere musst du entscheiden, Goldie.« Sie schob mir Streichholzbriefchen und Krawatte über den Tisch, und ich verstaute beides wieder in der Tasche. »Welcher sieht denn besser aus? Nur so aus Neugierde.« Sie kicherte.

»Na ja, die beiden kann man eigentlich nicht vergleichen. Elias ist hübsch, blond, groß und schlank. Er hat ein freundliches Gesicht, lächelt viel und hat diese sympathische Aura.

Und Floyd …« Ich merkte, wie mein Herz schneller klopfte, als ich seinen Namen aussprach. »Floyd ist kräftig, dunkel und maskulin. Er hat wunderschöne, bernsteinfarbene Augen. Sein Blick ist so intensiv, und erst sein Lächeln. Er lächelt nicht allzu oft, was ich persönlich schade finde, aber wenn er es tut, dann …« Ich brach ab und sah etwas peinlich berührt auf meine Fingernägel.

»Klingt, als hättest du dich schon entschieden«, sagte Zelda und grinste.

»Was?«

»Ich will es mal auf meine Weise ausdrücken, Goldie. Wenn du vom Filzpantoffel redest, dann hast du einen lieben Gesichtsausdruck und deine Augen leuchten auch ein bisschen. Aber wenn du vom Pump redest, dann habe ich Angst, du könntest im nächsten Moment anfangen, dir die Bluse aufzuknöpfen.«

Ich räusperte mich verlegen, dann holte ich mein Portemonnaie aus der Tasche.

»Lass mal«, überraschte mich Zelda. »Diese Stunde geht auf mich.«

»Meinen Sie das ernst?«

»Schon gut.« Sie lächelte mich aufmunternd an. »Ruf mich mal an und sag mir, wie es ausgegangen ist.«

Ich steckte zwanzig Euro in die kleine Schatztruhe. »Danke, Zelda.«

21

Den ganzen Weg nach Hause war ich wie in Trance. Der Berufsverkehr war längst vorbei und ich saß im Auto und hörte, wie Lindas Kollege *Dream On* von Aerosmith ansagte. Ich fuhr gedankenverloren durch die Straßen und dachte an Floyd und Elias. Ich wollte die beiden näher kennenlernen und so vieles über sie erfahren. Aber wie sollte ich ihnen denn diese Geschichte über mich erzählen? Sie würden mich doch beide für komplett durchgeknallt halten. Floyd konnte ich unmöglich wieder eine Lüge erzählen, nur um mich davor zu drücken, die Wahrheit zu sagen. Aber es ihm zu sagen, wäre so unglaublich peinlich. Und Elias? Der würde wahrscheinlich über diese Geschichte lachen und mich freudig durch die Luft wirbeln. Oder würde er vielmehr Muffensausen kriegen, dass er unter Milliarden von Menschen der Auserwählte sein sollte?

Zelda hatte auf den Punkt gebracht, was ich die ganze Zeit schon gespürt hatte. Mit Elias erwartete mich ein bequemes Leben voller Geborgenheit und Leichtigkeit. Ich sehnte mich nach so viel positiver Energie, aber würde ich mich mit so einem Partner auch weiterentwickeln können? Mit Floyd wäre es aufregender, aber auch immer voller Herausforderungen. Langweilig würde es mit ihm nicht, aber er konnte auch unbequem und direkt sein. Könnte ich das aushalten?

Mein Gefühl wollte Floyd. Aber immer wieder kam mir meine Vernunft dazwischen und plädierte für Elias.

Ich hatte nur noch diese zwei Tage. Morgen und übermorgen würde ich noch im Coffeeshop arbeiten, und dann würde ich die beiden aus den Augen verlieren. Ich musste mich also endlich entscheiden.

Kaum hatte ich mir zu Hause Jacke und Schuhe ausgezogen und Linda begrüßt, läutete das Telefon. Linda nahm den Hörer von der Basis, sah aufs Display und reichte ihn mir. »Gesa«, sagte sie.

»Hallo Gesa. Gut dass du anrufst, ich habe mir schon Sorgen gemacht, dass du beleidigt bist.«

»Hallo erst mal. Beleidigt? Wieso denn?«

»Na ja, weil unser letztes Treffen nicht gerade harmonisch war, und weil ich dich danach am Telefon so abgewürgt habe. Außerdem wolltest du dich noch mal melden und fragen, wie die Hochzeit war. So unneugierig kenne ich dich gar nicht.«

»Unneugierig? Als Journalistin muss ich sagen, dass ich bei dieser Wortkreation Schüttelfrost bekomme.«

»Jaja. Und außerdem bin ich etwas erstaunt darüber, dass du mich noch kein einziges Mal gebeten hast, dich irgendwo hinzufahren. Du kommst also ohne Führerschein gut klar? Na ja, warum auch nicht. Es gibt ja noch die Öffentlichen.«

Gesa schwieg ein paar Sekunden, dann meinte sie: »Es hat sich was ergeben.«

»Was ergeben?«, wiederholte ich.

»Im selben Bürogebäude arbeitet ein Anwalt, und ich habe jetzt mit ihm eine Fahrgemeinschaft.«

Das fand ich etwas merkwürdig. »Heißt Fahrgemeinschaft nicht eher, dass man sich abwechselt?«

»Ja, wenn ich meinen Führerschein wiederhabe, dann bin ich dran.«

»Wie alt ist denn dieser Anwalt?«

»Er ist einundsechzig.«

»So, so.« Ich schmunzelte in mich hinein. »Anwalt, hm. Worauf ist er denn spezialisiert?«

Gesa zögerte, dann nuschelte sie: »Bank- und Kapitalmarktrecht.«

»Ich sag's dir ungern, Gesa, aber spätestens jetzt gehörst du eindeutig zum Establishment.«

»Tsss«, machte sie.

»Und ist er der Grund, warum du dich in letzter Zeit nicht meldest?«

»Also, Clea. Diese blöde Fragerei. Na ja, ich wollte es dir eigentlich in einem persönlichen Gespräch sagen, aber wie es aussieht, bahnt sich zwischen Wojfi und mir etwas an.«

»Wojfi?« Ich versuchte nicht zu lachen.

»Er heißt Wolfgang.«

»Ich freue mich für dich, Gesa. Ehrlich. Wobei ich nicht unerwähnt lassen möchte, dass du nach der Scheidung mit meinem Vater gesagt hast: Einen Arzt und einen Anwalt sollte man nie im Leben brauchen.«

»Das war auf dem beruflichen Sektor gemeint.«

»Ja, klar.« Ich lachte.

»Und wann kann ich meinen neuen Stiefvater kennenlernen?«, feixte ich.

»Davon kann wohl kaum die Rede sein. Ich heirate nie wieder. Lieber werfe ich mich den Haien zum Fraß vor.«

»Na, na. Immer langsam mit den jungen Pferden. Lass uns in ein paar Monaten noch mal darüber sprechen.« Es amüsierte mich, dass Gesa einen Freund hatte. Schließlich war es noch nicht so lange her, dass sie beteuert hatte, sie wäre ein überzeugter und hundertprozentiger Single.

»Und was gibt es bei dir Neues?«

»Bei mir? Och, nichts.«

»Was ist eigentlich mit Frau Teufel? Wie ist die Geschichte weitergegangen? Weißt du was darüber?«

»Frau Teufel?«, fragte ich verwirrt.

»Deine Kundin, die jetzt als Kellnerin arbeitet.«

»Ach, *die* Frau Teufel.«

»Wie viele Frau Teufel kennst du denn?«

»Also, da läuft es ganz gut, glaube ich.«

»Ist sie jetzt mit dem zusammen?«

»Noch nicht ganz.«

»Warum?«

»Das Ganze ist kompliziert, weißt du. Es gibt nämlich zwei Kandidaten dort, die infrage kommen.« Ich befürchtete einen Moment, Linda könnte jetzt interessiert in meine Richtung blicken, aber sie hörte mich gar nicht, sondern sah sich weiter ihren Trash-Horror-Film an.

»Ach«, sagte Gesa, »sie hat also die Wahl zwischen zwei Kellnern. Oder die Wahl zwischen Pest und Cholera.«

»Sei nicht so überheblich.« Ich war wirklich verletzt. Natürlich hätte ich jetzt erklären können, dass sowohl der eine als auch der andere sehr wohl Zukunftsperspektiven und viel Potenzial in sich hatten, aber ich wollte das Thema nicht vertiefen.

»Na ja, es ist ihr Leben.«

»Das sehe ich auch so.«

»Was ist mit unserem Kurztrip nach Barcelona? Kannst du nächsten Monat ein verlängertes Wochenende mit deiner Mutter einbauen?«

Ich dachte eine Weile darüber nach, dann sagte ich: »Ja, denke schon, dass das gehen würde, aber ich möchte vielleicht doch lieber woandershin.«

»Kein Problem. Vielleicht lieber Rom? London? Wien?«

»Muss ich die Entscheidung denn gleich treffen?«

»Natürlich nicht. Gib mir einfach in nächster Zeit Bescheid, wohin du willst, wann du kannst, und dann buche ich.«

»Ich freue mich darauf.«

»Das ist schön, Clea.«

»Ich finde das sehr nett von dir, mich einzuladen.«

»Das tue ich doch gern. Du bist doch die einzige Rotzgöre, die ich habe.«

Eine halbe Stunde später stand ich unter der Dusche, als es klingelte. Wer konnte denn das sein? Vielleicht hatte Linda den Fernseher zu laut und unsere Nachbarin fühlte sich missioniert, sich darüber zu beschweren? Oder Linda erwartete Besuch. Aber dann hätte sie mir doch etwas gesagt? Ich stieg aus der Duschkabine und fing an, mich abzutrocknen, als Linda einfach hereinkam, ohne vorher anzuklopfen.

»Bist du verrückt?«, fuhr ich sie an.

Sie zog eine Grimasse, als sei ich übergeschnappt. »Ich schau dir schon nichts ab.«

Ich griff nach meiner Wäsche. »Wer hat da geklingelt?«

»Tja, deshalb bin ich hier«, sagte Linda genervt. »Deine Mitarbeiterin wartet in der Küche auf dich. Sie will hier pennen, weil sie daheim Stress mit ihrem Alten hat.«

»Waaas?«, rief ich schrill. Hoffentlich hatte das Karen nicht durch die geschlossene Tür gehört. »Was will die denn *hier*?«, flüsterte ich. »Wir sind nicht gerade dicke miteinander, und ich habe keine Lust, Eheberaterin zu spielen.«

Linda zuckte die Schultern. »Keine Ahnung.«

»Hat sie keine Freunde? Oder Verwandte?«

»Wie gesagt, ich habe keine Ahnung, Clea, aber sie scheint mir doch ganz nett zu sein. Jedenfalls habe ich nichts damit zu tun, deshalb beeil dich mal lieber und komm raus. Ich biete ihr schon mal etwas zu trinken an.«

»Ja, danke«, murmelte ich und zog mich an.

Karen. Hier. Bei mir. Mit Eheproblemen am Hals. Die hatte mir gerade noch gefehlt. Nach meiner Dusche wollte ich mir eigentlich ein Glas Wein einschenken, ein paar Käsesnacks essen und mir noch meine Nägel feilen und lackieren. Mist. Karen war okay, aber nächtelang ihre blöden Eheprobleme durchzukauen war nun wirklich nicht mein Job.

Als ich aus dem Bad kam, hörte ich Linda in der Küche gerade sagen: »Sie haben echt tolle Haare. Welches Shampoo benutzen Sie?«

Karen und tolle Haare? Eher Durchschnitt, würde ich sagen. Lustlos ging ich in Richtung Küche, und dann sah ich sie dort sitzen. Mir blieb vor Überraschung der Mund offen stehen.

22

»Johanna?«

Sie wandte den Kopf in meine Richtung. »Hallo, Clea.«

»Du? Ich dachte, es wäre Karen.«

»Nee. Bin bloß ich.« Sie klimperte mit den Augenlidern und lächelte gezwungen.

»Ja, das sehe ich. Äh, Eheprobleme? Ich kapier gar nichts.«

Linda nahm ein Glas Orangensaft und sagte sichtlich erleichtert: »Ich sehe mir dann mal den Film zu Ende an. Viel Spaß noch.«

Ich setzte mich zu Johanna an den Küchentisch. »Wie ernst ist es denn?«, fragte ich. Ich hatte ziemlichen Bammel vor ihrer Antwort, denn eine zweite Mitbewohnerin wollte ich nicht unbedingt in meinen vier Wänden haben. Mir reichte schon Linda.

Johanna nahm einen Schluck Wein, den Linda ihr angeboten hatte. »Du weißt doch noch, wie genervt ich am Montag in die Arbeit gekommen bin?«

»Ja.«

»Wir haben heute wieder über dasselbe Thema gestritten. Daniel krümmt keinen Finger im Haushalt. So, und jetzt soll er mal sehen, wie das ist!« Sie nickte nachdrücklich. »Soll er sich jetzt ein paar Wochen mit Kindern und Haushalt beschäftigen.«

»Ein paar Wochen?« Nackte Panik überfiel mich.

Johanna lachte auf. »Das würde ich am liebsten machen. Aber ich würde meine Kinder viel zu sehr vermissen.«

»Na Gott sei Dank.«

Sie lachte, und dann musste ich auch lachen. »Du spinnst doch, Johanna. Dein Mann macht sich doch die größten Sorgen.«

»Ich habe ihm eine SMS geschickt, dass ich morgen nach der Arbeit eine Kompromissbereitschaft seinerseits erwarte. Wäre es denn in Ordnung, wenn ich heute Nacht hierbleibe?«

»Na klar.«

»Danke.« Johanna nahm noch einen Schluck. »Mir ist die Sache wirklich ernst. Ich sehe es einfach nicht mehr ein, dass ich mich um alles kümmern muss. Wenn er nicht mit anpackt, dann verlasse ich ihn.«

»Tust du nicht.«

»Na gut, tu ich nicht, aber so geht das nicht weiter.«

»Das verstehe ich.«

Wir saßen noch lange so da, tranken Wein und unterhielten uns über Johannas Problem. Nach zwei Gläsern Wein war ich voll auf ihrer Seite und hörte mich sagen: »Wenn ich mal heirate, wird es ein Mann sein, dem es eine Freude sein wird, den Haushalt zu tun.«

»Träum mal schön weiter«, sagte Johanna.

Später saßen Johanna und ich auf der Couch, hatten eine weitere Flasche Wein geöffnet, das Licht gedämmt und uns in Decken eingewickelt.

»Weißt du, dass ich freitags nicht Spanisch lerne?«, sagte ich irgendwann.

»Omeingottomeingott, ich bin erschüttert«, erwiderte Johanna ironisch.

»Ich werde es dir erzählen, Johanna, aber du musst mir dein Wort geben, dass du es weder Valerie noch Karen erzählst.«

»Du beliebst zu scherzen, oder? Mit Karen habe ich ungefähr so viel gemeinsam wie Katja Riemann mit Hella von Sinnen.«

»Ah ja.«

»Und AK hinterherzurennen und ihr Einzelheiten über dein Privatleben zu erzählen käme mir wohl auch nicht in den Sinn.«

»Das glaube ich dir sofort.«

»Also erzähl schon.«

»Ganz ehrlich, Johanna, es ist echt schräg und du musst mir versprechen, dass du nicht lachst.«

»Jetzt pass mal gut auf, Clea. Ich klingele spätabends bei meiner Chefin und bitte um Obdach. Wie peinlich kann deine Geschichte schon sein, um das hier zu toppen?«

»Glaubst du an die perfekte Liebe?«

Johanna sagte nichts.

»Okay. Also, ich gehe freitag- und samstagabends immer kellnern.«

»Du tust was?«

»Du hast mich schon verstanden.«

»Du gehst kellnern? Warum das denn?«

»Angefangen hat alles auf Marions Hochzeit. Ich war doch auf der Hochzeit meiner Cousine. Weißt du noch?« Und dann erzählte ich Johanna die ganze Geschichte. Sie hörte zu, und es kam kein Piep von ihr. Zwischenzeitlich befürchtete ich schon, dass sie nicht zuhörte. »Weiter, erzähl weiter«, sagte sie nur auf meine Nachfrage und klang hellwach. Also fuhr ich mit meiner Geschichte fort und endete irgendwann beim heutigen Abend.

»Das ist …«

»Verrückt?«

»Das auch. Aber auch so mystisch. Der absolute Wahnsinn. Und diese Zelda ist keine Betrügerin?«

»Sie hat Dinge über mich und die beiden gewusst, das konnte nicht geraten sein.«

»Vielleicht steckt sie mit Marion unter einer Decke.«

»Komischerweise habe ich daran auch schon gedacht, aber Marion weiß weder von Elias noch von Floyd, sie hätte Zelda nichts über die beiden erzählen können.«

»Und jetzt, Clea? Wie geht es weiter?«

»Ich habe keine Ahnung. Weißt du, im Grunde kenne ich sie beide kaum. Ich weiß so vieles nicht von ihnen. Eigentlich müsste ich sie doch erst richtig kennenlernen. Aber die Zeit rinnt mir durch die Finger. Ich will mich aber auch nicht in etwas stürzen und es später bereuen.«

Johanna war eine ganze Weile still, dann sagte sie:

»Mir kommt es so vor, als wolltest du hundertprozentige Sicherheit. Aber es gibt keine Garantie, Clea. Niemals. Du kannst dich darauf einlassen und sehen, was passiert.«

»Nein, du hast recht, es gibt keinen Garantieschein. Aber man kann doch seine Chancen einigermaßen einschätzen, oder?«

»Welche Chancen denn? Die wirklichen Fähigkeiten und Tugenden eines Menschen liegen doch nicht unbedingt wie ein offenes Buch vor dir. Du musst es herausfinden. Vielleicht ist dieser Elias nur nach außen hin nett und in ihm schlummert ein Griesgram, der in zwanzig Jahren am Fenster steht und mit hochgestreckter Faust den Kindern das Fußballspielen im Hof verbietet. Und vielleicht ist dieser Floyd durch seine Geschichte ein misstrauischer Mensch, der niemanden nah an sich heranlässt. Vielleicht wird Elias sich verändern, oder Floyd. Und du wirst halt auch deinen Beitrag zu dieser Veränderung leisten. Na ja, eine Beziehung ist eine so komplizierte Sache, finde ich, da verstehe ich die Astrophysik noch besser.«

»Tust du?«

»Nicht wirklich, nein.«

»Kann ich dir eine total blöde Frage stellen?«

»Du meinst, noch blöder als ›Glaubst du an die perfekte Liebe?‹«

»Würdest du dich, rein hypothetisch natürlich, für den vernünftigen Weg entscheiden – oder auf dein Herz hören?«

»Was hat Liebe mit Vernunft zu tun?«

»Alles klar. Das war schon die Antwort.«

»Welcher sieht denn besser aus?«

»Elias ist hübscher. Floyd ist … Na ja … Du weißt schon.«

»Nee, was denn?«

»Na ja …«

»Heißer?«

»Er ist – männlicher.«

»Aaah …« Johanna lachte. »Du Schelm. Wo ist denn dieser Coffeeshop?«

»Im Lehel.«

»Wirst du Elias und Floyd erzählen, warum du wirklich in diesen Coffeeshop gegangen bist?«

Bei dem Gedanken zuckte ich zusammen. »Was? Ich kann doch nicht diese total bescheuerte Geschichte erzählen.«

»Du kannst es verschweigen, klar, aber offenbar hat dieser Floyd deine Lügen mittlerweile gestrichen dick.«

»Aber vielleicht bleibe ich mit Elias zusammen.«

»Selbst wenn. Du kannst doch nicht mit einer Lüge in eine Beziehung gehen.«

»Ja, ich weiß. Du hast ja recht.«

»Clea, meine Chefin, die Kellnerin.« Johanna grinste. »Du bist verrückt, Clea. Aber ich wünsche dir wirklich, dass diese Geschichte ein gutes Ende findet.«

»Floyd hat nicht angerufen«, sagte ich unvermittelt.

»Clea, es war doch nur ein Kuss. Du erwartest schließlich kein Kind von ihm. Außerdem hab ich irgendwo mal gelesen, dass Männer aus dem einfachen Grund nicht anrufen, weil sie keine Veranlassung sehen anzurufen.«

»Ein ewiges Rätsel.«

Sie lachte. »Männer? Aber ja.«

»Wie hast du eigentlich deinen Mann kennengelernt?«

Johanna seufzte. »Ich hab ihm in einem Restaurant die schwere Eichentür auf die Nase geknallt. Hab ihn leider nicht dort stehen sehen.«

»Wie romantisch.«

»Er hat mich als Idiotin beschimpft.«

»Und dann?«

»Dann bin ich wieder zurückgegangen und habe gesagt, er solle das wiederholen. Daraufhin hat er gesagt, ich sei zwar eine Idiotin, aber ich hätte die schönsten Augen, die er je gesehen habe.«

»Geradezu filmreif, die Geschichte.«

Johanna lachte, dann sagte sie: »Er wollte unbedingt meine Telefonnummer haben. Danach haben wir uns fast jeden Tag getroffen.«

»Wow, deine Türattacke scheint ihn ja ziemlich angeturnt zu haben.«

»Ach«, seufzte Johanna nach einer Weile. »Ich liebe ihn, den verdammten Mistkerl.«

»Ich hoffe, ich kann auch mal so etwas Wunderbares über meinen Mann sagen.«

23

Frau Wüdebrecht war an diesem Freitag meine einzige Kundin, und ich war so unkonzentriert, dass ich zwar routiniert und professionell ihre Schenkel knetete, aber kein Wort von dem aufnahm, was sie mir über ihre Ehe erzählte. Ich war sehr froh darüber, dass sie mich im *Bean & Bake* nicht entdeckt hatte, sonst hätte ich mich auf ein ganz anderes Gespräch einlassen müssen.

Während unserer kurzen Nachmittagspause sprach Valerie uns darauf an, warum Johanna und ich so müde aussahen.

»Wir waren die ganze Nacht zusammen und sind nicht zum Schlafen gekommen«, sagte Johanna.

»Stimmt das?«, fragte Valerie und sah mich erschrocken an.

»Ja, schon, aber ...«

»Was soll ich sagen?«, sagte Johanna seufzend. »Ich brauche halt diese Lohnerhöhung.«

»Jetzt hör auf mit dem Unsinn!«, rief ich, und wandte mich dann wieder an Valerie. »Du kennst doch ihren schrägen Humor.«

Valerie nickte solidarisch in meine Richtung. »Aber natürlich, Liebes.« Dann sah sie zu Johanna und schüttelte den Kopf. Schließlich ging sie, immer noch kopfschüttelnd, aus dem Büro.

»Johanna, du bist gefeuert. Fristlos«, sagte ich, kaum dass Valerie die Tür hinter sich geschlossen hatte.

»Sie ist ja eine gute Kosmetikerin, aber unglaublich dämlich«, meinte Johanna und mampfte unbeeindruckt an ihrem Croissant weiter.

»Ich will nicht, dass du hinter ihrem Rücken so über sie sprichst.«

»Ich kann's ihr auch ins Gesicht sagen, wenn du willst.«

»Hör jetzt auf!« Dann schüttelte ich ebenfalls den Kopf über Johanna.

»Ich bringe das mit ihr wieder in Ordnung, okay? Zerbrich du dir deinen Kopf lieber über wichtigere Dinge.« Sie lachte und gab mir einen Klaps auf den Arm.

Um halb sechs schnappte ich mir meine neue Airfield-Jacke und meine Tasche und machte mich auf zu meinem Nebenjob, den ich bald nicht mehr haben würde. Verrückterweise wusste ich jetzt schon, dass er mir ein bisschen fehlen würde. Nicht nur wegen Floyd und Elias. Yara war mir ebenfalls ans Herz gewachsen, und auch Pepe war auf seine ganz spezielle Art ein netter Kerl. Außerdem waren da noch ein paar Stammgäste, die ich mochte und die mich schon herzlich begrüßten, wenn sie hereinkamen. Bei manchen wusste ich sogar schon, was sie trinken wollten, und sie freuten sich, dass ich mir das gemerkt hatte. Wie fremd war mir das anfangs alles vorgekommen, und jetzt fühlte ich mich dort richtig wohl. Je näher ich dem *Bean & Bake* kam, desto nervöser wurde ich.

Ich hatte die Tür noch nicht aufgemacht, da sah ich schon Floyd durch die Glasscheibe auf dem Tresen gestützt und mit einer jungen Frau lachen. Es verursachte mir einen leichten Stich ins Herz. Als ich hereinkam, wandte er den Kopf, sah mich und nickte zur Begrüßung.

»Hallo«, sagte ich.

»Hey«, erwiderte er knapp.

Mein Blick fiel auf die junge Frau. Sie hatte eine Schürze umgebunden, war höchstens Mitte zwanzig und recht hübsch. Ihre langen, blonden Haare hatte sie zu einem Zopf gebunden. »Das ist Ida«, sagte Floyd, »eine Freundin von Yara. Sie studiert und hat schon öfter hier ausgeholfen.« Er sah zu Ida, dann wieder zu mir und sagte nüchtern: »Und das ist Clea. Sie wird uns morgen verlassen.«

Ich sah ihn an, und unsere Blicke trafen sich. Ida und ich gaben uns die Hand. Sie lächelte mir freundlich zu. »Yara hat mir schon von dir erzählt.«

»Ach«, sagte ich und war überrascht, dass Ida das offensichtlich als Aufforderung verstand.

»Ja«, fuhr Ida fort, »sie ist ganz begeistert von dir, findet, du bist eine tolle Kollegin. Genauso hat sie es gesagt. Aber es macht ihr ein bisschen Sorgen, dass ...«, sie verfiel in einen Flüsterton, »... dass du ein Auge auf Elias geworfen hast.«

Ich stand da wie versteinert. Ich hätte einfach lässig abwinken und darüber lachen können, aber ich reagierte nicht. Und in diesem Moment wusste ich es mit absoluter Gewissheit: Ich wollte mit Floyd zusammen sein und mit niemandem sonst! Es war mir gleichgültig, wo Elias sich gerade herumtrieb und ob er überhaupt hier war. Alles, was mir etwas bedeutete, war, wie Floyd auf Idas Vermutung reagieren würde.

»Äh«, presste ich hervor, »nein, also, das ist ein Missverständnis.« Es kam unglaubwürdiger heraus, als ich erhofft hatte.

»Ach so, na klar«, sagte Ida, augenzwinkernd und grinste mich an. »Geht mich ja auch nichts an.«

Floyd erhob sich von seiner aufgestützten Position und wandte sich wortlos ab. Er fing an, die Saft- und Wassergläser zu polieren. Ich machte mich daran, meine Tasche zu verstauen. Floyd drehte mir die ganze Zeit über den Rücken zu. Als ich am Umziehen war, kam Yara nach vorne und stellte ein Tablett ab. »Hallo, Clea.«

»Hallo.«

»Alles okay? Du wirkst irgendwie so geknickt.«

»Nein, nein, alles bestens, bin nur etwas müde.« Das war nicht mal gelogen, denn schließlich hatte ich die halbe Nacht mit Johanna gequatscht.

Yara fing an, sich mit Ida zu unterhalten, und ich betrachtete derweil Floyds Rücken. Er würdigte mich keines Blickes, sondern polierte weiter die Gläser. Zu allem Überfluss kam jetzt auch noch Elias. Er strahlte mich an. »Hallöchen«, trällerte er gut gelaunt in meine Richtung.

»Hallo, Elias.« Ich band mir in Zeitlupentempo die Schürze um und hoffte, alle außer Floyd würden verschwinden.

Elias kam auf mich zu. Nervös zupfte ich an meiner Bluse herum und beachtete ihn gar nicht.

»Also? Wie sieht es nächste Woche bei dir aus?« Elias wartete gespannt auf meine Antwort.

»Schlecht, um nicht zu sagen, unmöglich. Es geht nicht, Elias.«

Er sah mich argwöhnisch an. »Du meinst, du hast nicht einmal eine Stunde Zeit, um einen Kaffee zu trinken?«

»Genauso ist es. Leider.«

»Wir können auch am Wochenende etwas machen, da arbeitest du dann ja auch nicht mehr. Was hältst du von Freitag- oder Samstagabend?«

»Mein, äh, Cousin, äh, aus Holland kommt zu Besuch.«
»Aha. Ja, da kann man wohl nichts machen.«
»Hm, tut mir leid.«
»Du kannst mich ja anrufen, wenn du Zeit hast.«
»Klar, mach ich.«
»Habt ihr schon das Foto von Pepes neuer Freundin gesehen?«, rief Yara. »Das müsst ihr euch ansehen. Sie sieht aus wie Jack Black, nur mit längeren Haaren. Von wegen Sahneschnitte. Aber Pepe beschreibt sie als herben Typ.«

Elias sah mich noch einmal an, dann folgte er Yara und Ida in die Küche. Endlich war ich mit Floyd allein.

Was sollte ich jetzt sagen? Er hatte ja eben erlebt, wie ich Elias eine Abfuhr erteilt hatte. Da musste er doch verstanden haben, dass mir nichts an ihm lag. »Floyd?« Er drehte sich um, polierte aber weiter. »Was ist mit Bea? Wie geht es ihr?«

»Nicht so gut. Sie zieht in den nächsten Tagen zu Verwandten nach Essen.«

»Sie kommt nicht mehr?«
»Nein.«
»Das heißt, dass du demnächst mit Yara allein den Laden schmeißt? Oder kann Ida jeden Tag arbeiten?«

»Wohl kaum.« Floyd stellte das letzte Glas ab und sah mich direkt an. »Warum interessiert dich das?«

Für eine Sekunde erschrak ich ein wenig über diese direkte Frage. »Warum mich das interessiert? Ganz einfach. Ich will euch nicht im Stich lassen, und falls du mich brauchst, dann kann ich auch noch ein oder zwei Wochenenden dranhängen, bis du Personal gefunden hast.«

Floyd fing an, die Gläser ins Regal zu räumen, und sagte,

ohne mich anzusehen: »Das ist sehr nett, Clea, aber ich habe eine Annonce aufgegeben. Dann wollte ich auch noch ein Schild an die Eingangstür kleben. Das geht schon klar, mach dir keine Gedanken.«

Es traf mich, dass er mich nicht länger hier haben wollte. »Noch vor ein paar Tagen wolltest du mich demnächst in deinem neuen Lokal einstellen und jetzt ...«

Nun sah er mich doch an. »Und jetzt?«

Ich schwieg.

»Es ist nicht nötig, das ist alles«, sagte er ruhig. »Du hast die Entscheidung getroffen, hier aufzuhören, und das geht in Ordnung. Ich will nicht, dass du deine Pläne umwirfst. Du hast doch eben zu Elias gesagt, du hast keine Stunde Zeit.« In seinem Gesicht lag eine Mischung aus Spott und Erwartung.

»Ja, hab ich gesagt.«

»Und das war mal wieder gelogen, oder?«

»Mal wieder gelogen?«, rief ich etwas erbost, »Ja, ich habe dich angelogen. Viele Male sogar. Aber ich sagte, dass es mir leidtut und dass ich meine Gründe hatte.«

»Okay.« Er drehte sich wieder um und nahm den Telefonhörer zur Hand.

»Was tust du da?«

Er zog die Augenbrauen zusammen und sah mich fragend an. »Ich rufe den Getränkelieferanten an, wenn's recht ist.«

»Aber ich rede doch gerade mit dir.«

»Clea, ich bin zum Arbeiten hier.« Er hielt den Hörer in der Hand, wählte aber nicht.

»Floyd?«

»Clea?« Er hatte wieder diesen ironischen Zug um den Mund.

»Ich … Also, ich habe mich gefragt, ob du immer noch daran interessiert bist, zu erfahren, warum ich hier bin.«

»Na ja, heute ist Freitag, und du hast Dienst.«

»Hör auf, mich zu verarschen, Floyd. Du weißt genau, was ich meine.«

Er neigte den Kopf, dann sah er mich schweigend an.

»Was ist?« Ich klang langsam ungehalten.

»Wird es die Wahrheit sein? Die absolut ultimative Wahrheit? Oder wird es wieder eine kleine Märchenstunde?«

»Du kannst mich mal.«

»Das würde ich ja gerne, aber ich befürchte, du könntest dabei an Elias denken.«

Mir blieb der Mund offen stehen. »Was? Nein!« Nachdem mir dieser bescheuerte Ausruf über die Lippen gekommen war, wäre ich am liebsten im Erdboden versunken. Ich konnte mir mein Verhalten nur dadurch erklären, dass ich übermüdet und durcheinander war.

Floyd lachte kurz auf, dann schüttelte er den Kopf. Er nahm den Hörer und fing an zu wählen.

Ich wusste noch immer nicht, was ich sagen sollte, also machte ich mich auf den Weg in die Küche.

»Hallo, Sahneschnittchen.« Pepe und Elias kamen mir entgegen. »Willst du meine neue Freundin sehen?«

»Klar«, sagte ich.

Im nächsten Moment kam Floyd um die Ecke, mit einem Träger leerer Flaschen in jeder Hand, auf dem Weg ins Lager.

»Willst du auch mal einen Blick erhaschen, Floyd?«

Floyd antwortete nicht, stellte aber die Träger auf dem Boden ab und sah aufs Display von Pepes Handy.

Als das Bild vor unseren Augen auftauchte, erschrak ich beinahe. Sie hatte ein rundes Gesicht mit einem leicht aggressiven Ausdruck, breite Schultern und ein Tattoo am Hals. Ihre langen, schwarzen Haare waren mit breiten, blonden Strähnen durchzogen.

Pepe blickte erwartungsvoll in meine Richtung, also sagte ich: »Sie ist ein herber Typ.«

Die anderen lachten in sich hinein.

Pepe wirkte überrascht, dann nickte er heftig. »Wir sind jetzt seit zehn Tagen zusammen.« Er sah verliebt auf das Foto. »Sie ist eine Frau, die weiß, was sie will.«

»Das glaub ich dir aufs Wort«, meinte Floyd. »Was macht sie denn beruflich? Türsteherin?«

»Nein«, sagte Pepe ernst, »Sie ist im Personenschutz.«

»Bodyguard?«, fragte Elias.

Pepe nickte und platzte beinahe vor Stolz.

»Und wie heißt sie?«, fragte Yara, während sie sich das Grinsen verbiss.

»Jessica Larissa, aber ich nenne sie JayLo.«

»Sehr schön, Pepe«, meinte Floyd und hob seine Kisten wieder auf. »Ich hoffe, ihr werdet glücklich zusammen.« Als er an mir vorbeiging, hörte ich, wie er leise vor sich hin murmelte: »Und zeugt keine Kinder miteinander.«

Die nächsten Stunden war viel zu tun. Jedes Mal, wenn ich in die Küche kam, sah Pepe verliebt auf sein Handy oder tippte eine SMS. Einmal fragte er mich, wie man exzessiv schreibt. Es wunderte mich, dass Pepe das Wort überhaupt kannte. Ich buchstabierte es ihm, und als ich nach einer Weile wieder in die Küche kam, um das schmutzige Geschirr abzustellen, sagte er: »Sie hat ein Gedicht für mich geschrieben. Willst du's lesen?«

Was sollte ich darauf schon sagen, außer Ja? Wohl kaum: »Diese Freak-Frau und ihre Gedichte interessieren mich einen feuchten Kehricht?«

Pepe reichte mir das Handy und ich las:

> *Die Farbe meiner Liebe ist bordo.*
> *Die Farbe meines Herzens genauso.*
> *Ist so eine große Liebe möglich?*
> *Ist das nur geträumt oder ist es würglich?*

Im Grunde genommen, war ich gar nicht so schockiert darüber, da ich durch Valeries ehemalige Freitagnachmittagsgedichte einigermaßen resistent geworden war. Zumindest musste ich Valerie ihre Rechtschreibkenntnisse zugutehalten. Also sagte ich einfach zu Pepe: »Nett.«

Wenn ich zu Floyd an die Theke kam, sah er mich entweder kaum an und stellte einfach nur die Getränke auf den Tresen, oder er blieb geschäftsmäßig sachlich. Dieser Kerl machte mich verrückt. Hatte er denn unseren Kuss vergessen? Hatte er vergessen, dass ich auf Elias' Date nicht eingegangen bin? Er flirtete doch sonst mit mir, warum nicht jetzt? Ich wurde aus ihm einfach nicht schlau.

Als sich der Abend dem Ende neigte, sah ich immer wieder auf die Uhr. Ich hatte nur noch das bisschen Zeit heute Abend und die paar Stunden morgen.

»Kennst du einen guten Friseur?«, hörte ich mich plötzlich Yara fragen. Die Worte kamen einfach aus meinem Mund, bevor ich nachdenken konnte. Und zwar so laut, dass es auch Floyd nicht überhören konnte. Soviel zum Thema *keine Köder auslegen*. Aber jetzt war es zu spät, um sich zu schämen.

Aus den Augenwinkeln sah ich, wie er den Kopf wandte. Sein Gesichtsausdruck hätte mich brennend interessiert, aber ich traute mich nicht, ihn anzusehen.

»Nein«, meinte Yara und zuckte die Schultern. »Bin selbst auf der Suche nach einem guten Friseur.«

Sie verschwand wieder nach hinten, um die Tische zu wischen.

»Du suchst einen Friseur?«, sagte Floyd und ich zuckte innerlich etwas zusammen.

»Äh, ja. Kennst du einen?« Ich gab mich betont lässig.

»Stell dir vor, und das wird dich jetzt umhauen, ich *bin* Friseur.«

»Sag bloß!«, tat ich überrascht.

»Verrückte Geschichte, was?« Er sah mich, immer noch amüsiert, durchdringend an. »Was soll's denn sein? Waschen, schneiden, föhnen?«

»Was? Ich … Nur Spitzen schneiden.«

»So, so. Und dafür brauchst du einen guten Friseur? Interessant.«

Ich spürte, dass ich rot anlief. Deshalb setzte ich mich in Bewegung und machte mich daran, die Tische sauberzumachen. Floyd blieb grinsend zurück und sah mir nach.

24

Als unsere letzten Gäste gegangen waren, trödelte ich mit Absicht. Elias und Yara waren schon im Begriff zu gehen. »Kommst du mit?«, fragte Elias.

»Ach, ich bin noch nicht so weit.« Zum Glück hatte ich noch Geldbeutel und Schürze um, und damit klang es einigermaßen glaubwürdig. »Außerdem muss ich mit Floyd noch etwas Bürokratisches besprechen. Wegen Kündigung und so.«

Elias sah von mir zu Floyd, der gerade mit einem Lappen über die Theke wischte. »Ach so, ja dann, bis morgen.« Er klang enttäuscht.

»Tschüss dann«, sagte Yara, verschwand durch die Tür und lief Elias nach.

Ich entledigte mich meines Gürtels und legte ihn auf die Theke. Floyd warf den Lappen ins Spülbecken. »Was gibt es zu besprechen? Du musst eigentlich nur morgen noch das Entlassungsschreiben unterschreiben, das war's. Als Aushilfe gibt es da nicht viel an Bürokratie.«

Ich setzte mich auf einen der Tische. »Dass du Friseur bist, hab ich gewusst.«

»Wirklich?« Seine Stimme triefte vor Ironie.

»Woher weißt du denn, dass ich es weiß?«

»Intuition.«

»Ach was?«

»Außerdem kam das dermaßen schlecht gespielt rüber, dass die Laienschauspieler im Nachmittagsfernsehen dagegen einen Oscar verdient hätten.«

»Sehr nett, danke.«

»Du willst also, dass ich dir – die Spitzen schneide?«

»Hör auf mit dem Scheiß!«

»Wow, du bist heute ja regelrecht – keck.«

Darauf musste ich ein bisschen lachen.

Er ging um die Theke herum, setzte sich auf den Tisch gegenüber und stellte seine Füße auf einen Stuhl. Auf seinen schwarzen Nikes waren ein paar Kaffeespritzer. Ich hoffte, dass er jetzt etwas sagen würde, was mir die Sache leichter machen würde, aber er tat es nicht.

»Ich will dich nicht mehr anlügen, Floyd. Ich weiß auch nicht, aber seitdem ich damit angefangen habe, komme ich da so schwer wieder raus.«

Er betrachtete mich, war jetzt ganz ernst und sagte: »Sag mir, warum du diesen Job wolltest.«

Ich rieb mir die Augen. »O Gott. Die Geschichte ist so abgedreht, dass du sie mir entweder nicht glaubst oder, noch schlimmer, mich für durchgeknallt hältst.«

»Das tue ich nicht. Ich verspreche es.«

»Wirklich?«

»Wirklich.« Es hörte sich aufrichtig an.

Ich nahm all meinen Mut zusammen, atmete hörbar aus, dann fing ich an: »Ich habe eigentlich alles, was ich mir wünsche. Alles in allem bin ich doch sehr zufrieden mit meinem Leben, habe mir viel aufgebaut und auch viel Unterstützung von meinen Eltern bekommen. Der einzige Bereich in meinem Leben, wo ich nie wirklich Glück hatte, waren Beziehungen. Ich werde nun mal nicht jünger und ich hätte gerne einen ...«

»Du hättest gerne einen Freund?«

»Ja.«

»So abwegig ist das ja nicht.« Er lächelte.

»Jedenfalls war ich auf der Hochzeit meiner Cousine. Sie hat einen absoluten Traummann gefunden, einen Australier, und die beiden passen so gut zusammen, da habe ich sie gefragt, wie sie ihn denn gefunden hat.«

Ich sah in Floyds fragendes Gesicht. Offenbar konnte er den Zusammenhang noch nicht herstellen, was ich ihm nicht verdenken konnte. »Und sie erzählte mir von Zelda, einer ... na ja, einer Seherin, die für jeden den perfekten Partner findet. Sie kann dir sagen, wer auf der Welt perfekt zu dir passt.« Ich hatte Hemmungen weiterzusprechen.

»Okay, und weiter?«

Ich räusperte mich. »Sie sagte, mein perfekter Partner sei hier in München, was ganz selten wäre. Sie hat mich hierhergeschickt, ins *Bean & Bake*. Tja, mein perfekter Partner arbeitet hier.«

Floyd fixierte mich mit seinem Blick. »Ach?«

Ich nickte.

»Und wer ist es? Pepe?«

»Nein, es ist natürlich Eberhard«, sagte ich, um etwas Leichtigkeit in meine Geschichte zu bringen. Floyd lachte. O Gott, wie ich sein Lachen liebte. Ich wäre am liebsten aufgestanden und hätte seinen Mund mit tausend Küssen bedeckt. »Ich weiß, dass die Geschichte bescheuert ist.«

»Da will ich dir nicht widersprechen.«

»Ich hab einfach gedacht, ich mach das mal, was kann schon passieren.«

Er nickte. »Okay.«

»Willst du denn nicht wissen, wer es ist?«

»Wer was ist?«

»Na, mein angeblich perfekter Partner.«

»Nicht schwer zu erraten. Es ist Elias.«

Ich sah ihn erstaunt an. »Und warum weißt du das so sicher?«

»Wenn ich so den Vergleich ziehe, wie du dich ihm gegenüber verhalten hast und wie du mir gegenüber aufgetreten bist, dann ist das ja nicht schwer.«

»Das lag daran, dass du mich nicht leiden konntest.«

Er schüttelte den Kopf. »Das ist nicht wahr.«

»Du weißt es, gibst es aber nicht zu. Du warst mir gegenüber schroff und unfreundlich.«

»Aber nur, weil du dich so bescheuert angestellt hast.«

»Ich bleibe dabei: Du konntest mich nicht leiden.«

»Du kannst so lange dabei bleiben, wie du willst. Es ist nicht wahr. Ich habe aber ziemlich schnell gemerkt, dass du an Elias einen Narren gefressen hast.«

»Na ja, aber jetzt … will ich ihn nicht mehr.«

Er fuhr sich mit der Hand übers Gesicht, während er mich nicht aus den Augen ließ. »Wie kommt das?«

»Sagen wir, mir ist etwas dazwischengekommen.«

»Echt? Was denn?«

»Also … ich … will ihn nicht mehr. Punkt.«

Floyd betrachtete mich eine Weile, und ich versuchte die ganze Zeit über, mir meine Aufregung nicht anmerken zu lassen.

Endlich sagte er wieder etwas. »Schwer zu glauben, dass es Leute gibt, die so eine Fähigkeit haben sollen. Wie diese Zelda, meine ich.«

»Ja, ich weiß, dass das schwer zu glauben ist. Aber sie hat Dinge über mich, Elias und dich gewusst, die hat sie nicht erfinden können.«

»Über mich?«

Ich schloss für einen Moment die Augen und wäre am liebsten im Erdboden versunken. Da hatte ich mich aber gehörig verplappert. Floyd wartete auf meine Erklärung. Ich hatte beschlossen, ihn nicht mehr anzulügen, also kam ich aus der Nummer nun nicht mehr heraus. »Also gut, Zelda kann aufgrund eines persönlichen Gegenstands auf die Eigenschaften eines Menschen schließen.«

»Ach echt? Krasse Sache.«

»Ich verlange ja gar nicht, dass du daran glaubst.«

»Und welchen persönlichen Gegenstand hatte sie denn von mir?«

»Deine Krawatte.«

»Du hast mir meine Krawatte geklaut?«

»Ja, auf der Hochzeit. Tut mir leid.«

»Und warum?«

»Ich wollte wissen, was sie über dich sagt. Ich finde dich halt nett.«

Er lachte. »Echt, findest du das, ja?«

»Klar. Du bist ein netter Chef.«

»Du musst mir mal ihre Adresse geben, denn ich will wissen, was sie über *meinen* Chef sagt.«

»Über Meixner? Wahrscheinlich gibt's für den keine passende Frau.«

»So, und was hat sie denn so über mich gesagt, die abgedrehte Frau? Passen wir zusammen, du und ich?«

Ich wäre beinahe vom Tisch gekippt vor Aufregung, als er das fragte. Was sollte ich jetzt sagen?

»Clea? Was hat sie gesagt?«

»Du glaubst also an ihre Fähigkeiten?«

»Überspringen wir diese Frage einfach.«

»Also ... was sie gesagt hat? Äh ... na ja, du bist ein Sauhund, ein verreckter, hat sie gesagt, und ein harter Brocken.«

Sein Gesichtsausdruck war eine Mischung aus Überraschung und Neugier. »Und? Was soll das heißen?«

»Sie hat gesagt, an dir würde ich ... äh ... würde eine Frau sich die Zähne ausbeißen.«

Er nickte, während er mich betrachtete. »Und mit Elias hättest du dieses Problem nicht?«

Ich zuckte lässig die Schultern und sah weg. »Keine Ahnung.«

Floyd wandte den Blick nicht von mir, und als ich ihn ansah, spürte ich, wie mir die Röte ins Gesicht stieg.

»Ich bin froh, dass du ehrlich zu mir warst«, sagte Floyd plötzlich. »Jetzt ist es schon richtig spät. Lass uns einfach morgen weiterreden, okay?«

Ich nickte.

»Soll ich dich nach Hause fahren?« Er stand auf.

»Gerne, das wäre sehr nett«, sagte ich. Und erst dann fiel mir ein, was das bedeutete: »Mit dem Motorrad?«

»Mit was denn sonst?«, sagte Floyd.

»Oh, also ... Ich habe, äh, noch nie auf einem Motorrad gesessen.«

»Es ist ja nicht so, dass man dafür ein Seminar besuchen

muss. Du setzt dich einfach drauf und hältst dich an mir fest. Das ist alles.«

»Von mir aus«, meinte ich lässig, als sei mir das absolut gleichgültig. Ich war aufgeregt. Ein wenig hatte ich Angst, vor allem aber verursachte die Vorstellung, ihm gleich so nahe zu sein, ein wohliges Kribbeln in meinem Bauch.

Als ich meine Jacke vom Haken nehmen wollte, war da nichts. Ich starrte auf den leeren Garderobenständer.

»Was ist?«, fragte Floyd.

»Jemand hat meine Jacke gestohlen.«

»Oh. Scheiße.«

»Meine neue Airfield-Jacke!«, rief ich wütend. »Was haben wir denn für Gäste? Die lassen hier Kleidung mitgehen?«

»Warum hängt ihr eure Jacken auch hier auf? Ich hab's immer wieder gesagt. Verstaut sie doch unter der Theke. Ich mach das immer.«

Ich sah ihn verärgert an. »Zu mir hast du das aber nie gesagt.«

Floyd schaltete das letzte Licht aus und wir standen beinahe im Dunkeln. Von der Straße schien ein kleiner Lichtstrahl in den Raum. »Das ist die Strafe dafür, dass du mir meine Krawatte geklaut hast.«

»Weißt du, wie teuer diese Jacke war? Und wie viel hat deine Krawatte gekostet?«

Er zuckte die Schultern. »Keine Ahnung. Ich hab sie schon ein paar Jahre. Für Hochzeiten und Beerdigungen. Wo ist sie überhaupt?«

»Bei mir zu Hause.«

»Aha.«

Die nächste Frage beschäftigte mich schon eine ganze

Weile, und ich musste sie einfach loswerden. »Was ich dich mal so fragen wollte, nur so aus Neugier, meine ich …«

Als er mich so direkt ansah, verließ mich der Mut.

»Was denn?«, hakte er nach.

»Hast du die Servietten-Frau angerufen?«

»Wen?«

»Die aufdringliche Cappuccino-mit-Liebe-Frau.«

Er fing an zu lächeln. »Das interessiert dich, was?«

»Irgendwie schon.«

»Nein, hab ich nicht.« Floyd nahm den Schlüssel aus der Schublade, dann bückte er sich und nahm seinen Helm und seine Jacke. »Hier«, er reichte mir seine Jacke, »zieh die an.«

Ich betrachtete das Ding, das wohl für den Fahrer einer Geländemaschine geeignet war, aber kaum für mich. »Sie ist mir ein paar Nummern zu groß.«

»Na und?«, sagte Floyd, »wenigstens wirst du nicht krank. Ich kann dich schließlich nicht in dem Hemdchen da mitfahren lassen.«

»Aber dann hast du doch keine Jacke.«

»Das macht nichts.«

Ich zog also die Jacke an, deren Ärmel mir bis zu den Fingernägeln gingen. Floyd nahm den Helm, wir traten nach draußen, und er sperrte ab.

»Wo hast du denn geparkt?«, fragte ich.

»Nicht weit weg«, sagte er knapp.

»Wie heißt deine Tochter?«

Die Frage traf ihn unvorbereitet, denn er wandte ruckartig den Kopf in meine Richtung. »Ist der Informant über meine Tochter derselbe wie über meinen Ausbildungsberuf?«

»Linda hat sich mit Simone unterhalten.«
Er nickte wissend. »Meine Tochter heißt Amélie.«
»Sehr hübsch.«
»Das Kompliment gebührt mir nicht, denn ihre Mutter hat ihr den Namen gegeben.«
»Schätze, du und ihre Mutter wart nicht lange zusammen?«
Floyd lächelte ein wenig. »So könnte man das sagen, ja.«
»War das … so für eine Nacht?«
»Ja.«
»Und verstehst du dich gut mit deiner Tochter?«
»Ja. Sie ist wunderbar.« Er bekam einen weichen Gesichtsausdruck. »Obwohl die Pubertät ziemlich heftig war. Diese Rebellionsphase und die Besserwisserei! Die Wochenenden mit ihr waren anstrengender als eine ganze Arbeitswoche. Aber das alles ist zum Glück vorbei.«
»Ich weiß, was du meinst. Ich kann mich da noch an meine eigene erinnern.« Ich grinste und steckte Floyd damit an.
Wir standen vor der Maschine und er reichte mir den Helm.
»Ich soll den Helm aufsetzen?«, fragte ich überflüssigerweise.
»Nee, du sollst ihn polieren. Natürlich sollst du ihn aufsetzen.«
»Aber du hast mir doch schon deine Jacke gegeben. Ich kann doch nicht auch noch den Helm aufsetzen«, protestierte ich.
»Glaubst du, ich nehme dich mit und setze selber den Helm auf, oder was? Für was für einen Kerl hältst du mich eigentlich?«

»Aber du bist doch der Fahrer!«

»Setz jetzt das Ding auf! Wir dürfen uns nur nicht von den Bullen erwischen lassen.« Das letzte Mal, als diesen Satz jemand zu mir gesagt hatte, war vor fünfundzwanzig Jahren gewesen, als wir im S-Bahnhof mit Sprühdosen experimentiert hatten. Es war die einzige Gesetzesüberschreitung in meinem Leben.

Er stand da und wartete, dass ich brav das schwarze Ding aufsetzte. Es hatte vorne so einen Schirm, wie Baseballmützen sie hatten, und keine Schutzklappe. Das hieß, der Fahrtwind würde mir direkt in die Augen wehen. »Wenn ich den aufsetze, dann werden meine Haare bestimmt ganz platt«, nörgelte ich.

Floyd sah mich kopfschüttelnd an.

»Du als Friseur müsstest das eigentlich verstehen.« Nachdem er nicht darauf reagierte, setzte ich das Ding widerwillig auf.

Floyd setzte sich auf die Maschine und ließ sie an. Wow, das war ziemlich laut. »Weißt du denn, wo du hinmusst?«, fragte ich.

Er drehte den Kopf. »Deine Adresse steht in deinem Personalbogen.«

»Ach ja.« Ich stieg auf und fühlte mich ziemlich unwohl. Was, wenn ich nicht mehr lebend von diesem Ding steigen würde? Er war ja hoffentlich ein vorsichtiger Fahr… Er gab Gas, die Maschine ging ein klein wenig nach hinten. Panisch hielt ich mich an ihm fest, weil ich befürchtete, hintenüber zu kippen. Da ich mit meiner extremen Adrenalinausschüttung beschäftigt war, konnte ich keine Rücksicht darauf nehmen, wo ich meine Finger in sein Fleisch krallte. Er überholte, wich aus, fuhr in scharfe Kurven. Ich wartete jeden Moment darauf, dass wir über eine Sprungschanze führen und im Doppelsalto wieder auf dem Boden landeten. An einer roten Ampel bremste er scharf und zwang mich, dass ich mit meinem ganzen Körper an ihn heranrutschte. Ich merkte, dass meine Hände zitterten und konnte nur hoffen, dass er das nicht mitbekam. Ich roch wieder sein Aftershave und spürte, wie mein Herz hämmerte. Während er auf Grün wartete, warf ich einen Blick zur Seite. Da war ein Schaufenster und ich konnte uns darin sehen. Da war ich. Ich hatte Feierabend von meinem Kellnerjob, trug eine Motorradjacke, saß auf einer Geländemaschine mit einem Kellner/Friseur und ließ mich von ihm nach Hause fahren. Dass man kürzlich einen Rocksong über mich geschrieben hatte, in dem ich als cool bezeichnet wurde (Kompliment oder Vorwurf hin oder her), war ein Fliegendreck dagegen. Ach ja: Und wir durften uns nicht von den Bullen erwischen lassen. Kurz und gut, mein Leben hatte eine kleine Wendung genommen – vorsichtig ausgedrückt.

Er fuhr mich direkt vor den Hauseingang. Ich stieg ab und war noch ziemlich wacklig auf den Beinen. Es war ein ungewohntes Gefühl, festen Boden unter den Füßen zu spüren. Ich nahm den Helm ab und reichte ihn Floyd. »Das war sehr interessant.«

Er lächelte mich an.

»Also dann, vielen Dank fürs Nachhausebringen. Bis morgen.« Was sollte ich auch sonst tun? Es blieb nur zu hoffen, dass wir uns noch mal küssen würden.

Floyd rührte sich zuerst nicht, dann nahm er den Helm

und schaltete den Motor aus. »Soll ich dir die Spitzen schneiden?«, fragte er.

Ich war perplex, wusste nicht recht, ob ich lachen sollte oder etwas sagen. Er schien mir meine Ratlosigkeit anzusehen, denn er fügte hinzu: »Spitzen schneiden steht nicht für etwas anderes. Ich meine wirklich *Spitzen schneiden.*«

»Jetzt?«

»Ja. Und ich brauche unbedingt meine Krawatte.«

»Ach?«

»Ich muss morgen früh auf eine Beerdigung.«

»Schätze, mein Erfindungsreichtum hat auf dich abgefärbt.«

»Also? Ich brauche meine Krawatte und du einen guten Friseur. Und ich schwöre, Spitzen schneiden steht einfach nur für Spitzen schneiden.«

Ich warf einen Blick auf meine Armbanduhr. Es war Viertel vor zwei, und ich hatte die letzte Nacht etwa drei Stunden geschlafen. Morgen musste ich wieder um sieben aufstehen. Aber das alles war mir im Moment ziemlich egal. »Na gut«, hörte ich mich sagen.

25

»Du musst leise sein«, sagte ich zu Floyd, als wir die Wohnung betraten. »Linda schläft und sie steht um fünf auf, weil sie um sechs im Sender sein muss.«

»Das sind ja Arbeitszeiten.«

Wir schlichen uns in die Küche. »Willst du etwas trinken?«

»Was hast du denn?« Floyd setzte sich auf den Küchenstuhl, stützte sich mit dem Arm am Tisch ab und blickte zu mir hoch.

»Ach, so einiges. Gin Tonic? Whiskey Cola? Einen guten Rotwein hätte ich auch noch.«

»Verlockend«, sagte Floyd, »aber ich muss ja noch fahren.«

»Ich kann mir nicht vorstellen, dass du besoffen schlimmer fährst als nüchtern.«

Er lachte. »Vielleicht doch lieber ein Mineralwasser.«

»Ich habe auch alkoholfreies Bier da.«

»Das ist natürlich perfekt.«

Ich machte den Kühlschrank auf und holte zwei Flaschen heraus. Floyds Blick ruhte die ganze Zeit über auf mir. Ich holte zwei Gläser aus dem Hängeschrank und goss uns ein.

»Wie kommt es, dass du keinen Freund hast?«, fragte Floyd unvermittelt.

Ich nahm einen Schluck von dem alkoholfreien Bier, um

Zeit zu gewinnen. »Wie gesagt, hatte ich nicht besonders Glück, was Beziehungen angeht. Das heißt nicht, dass diese Menschen nicht in Ordnung gewesen wären, aber sie passten nicht zu mir.«

»Ja, das kenne ich. Meine letzte Beziehung ist eine Weile her. Wenn man abends unterwegs ist, lernt man meistens nur sehr seltsame Leute kennen. Und die Bekanntschaften durch Freunde und Bekannte ... Da war nie jemand dabei.«

»Und in der Arbeit?«, hakte ich nach.

»In der Arbeit ist so etwas nicht infrage gekommen. Ich habe Arbeit und Privates immer strikt getrennt. Das heißt, bis jetzt.«

Ich verschluckte mich beinahe an meinem Bier. »Wollten wir nicht ... äh ... Spitzen schneiden?«

»Oh ja, unbedingt.«

»Ich hole mal die Schere.«

»Eine Nagelschere wäre besser als eine gewöhnliche Haushaltsschere.«

Also stand ich auf und ging ins Bad. Ich war aufgewühlt. Floyd war hier, in meiner Wohnung. Ich kam wieder in die Küche und legte die Nagelschere und auch die Krawatte, die ich aus der Schublade im Flur genommen hatte, auf den Küchentisch. »Danke.« Floyd sah mich belustigt an.

»Damit du bei der Beerdigung schick aussiehst. Wer ist überhaupt gestorben?«

Er dachte eine Sekunde nach, dann meinte er: »Meine Urgroßmutter. Sie war aber schon hundertzwanzig. Altersschwäche.«

»Hm. Um es mit deinen Worten zu formulieren: krasse Sache.«

»Du sagst es. Übrigens, du musst dir die Haare nassmachen, dann schneidet sich's besser.«

»Klar.« Ich ging wieder ins Bad und brauste mir schnell die Haare ab, weil ich keine Zeit fürs Shampoonieren verschwenden wollte.

Fünf Minuten später saß ich in der Mitte der Küche auf einem Stuhl, während Floyd hinter mir stand und mir die Haare schnitt. Wie es aussah, war er nicht aus der Übung. Seine Hände in meinem Haar zu spüren, war ein berauschendes Gefühl. »Musst du deiner Familie und Freunden auch die Haare schneiden?«

»Hin und wieder mache ich das.«

»Es gibt doch dieses Vorurteil über Friseure. Hat dich das nie gestört?«

»Dass Friseure schwul sind?«

»Ja«, sagte ich bloß.

»Das ist mir total egal.«

»Warum arbeitest du denn nicht mehr als Friseur?«

Floyd antwortete erst nach einer Weile. »Ich bin in die Gastronomie gerutscht und da kleben geblieben. Hat sich halt so ergeben.«

»Hast du immer in Cafés gearbeitet?«, wollte ich weiter wissen.

»Nein. Ich hab so ziemlich alles durch. Ich war an der Schänke in einem bayerischen Wirtshaus, habe gekellnert in Cafés, Bistros, Steakhäusern und in einem Schickimicki-Laden in Schwabing. Das war gar nichts für mich, da war ich nur ein paar Wochen. Die Gastro ... na ja, man hasst sie oder man liebt sie.«

»Und du liebst sie?«

»Eigentlich schon.«

»Das ist toll. Ich meine, dass du sozusagen durch Zufall deine Bestimmung gefunden hast.«

»Das hast du schön gesagt«, sagte er leise. Ich mochte seine tiefe, kräftige Stimme.

»Musstest du denn einen Kredit aufnehmen für deine Pläne mit dem eigenen Laden?« Ich räusperte mich. »Ich wollte nicht indiskret sein ...«

»Ich habe die letzten acht, neun Jahre ziemlich gespart. Wenn du mein Appartement sehen würdest, wüsstest du, was ich meine.«

Ich nickte. »Ist doch klasse, wie du das gemacht hast.«

Lindas Tür war zu hören. Waren wir zu laut gewesen? Aber Linda hatte eigentlich einen tiefen Schlaf und störte sich nicht an Geräuschen. Schlaftrunken ging sie an der Küche vorbei, warf einen kurzen Blick hinein und hatte schon die Hand zur Badezimmertür ausgestreckt, als sie sich langsam wieder umdrehte. Sie sah uns verschlafen aus zusammengekniffenen Augen an. »Was macht ihr da?«

»Hallo, Linda«, meinte Floyd. »Was wir machen? Haare schneiden.«

»Mitten in der Nacht?«, fragte sie ungläubig.

»Ja. Und was machst du?«

»Aufs Klo gehen.«

»Hm«, meinte Floyd, »dann sind wir ja alle hier ziemlich beschäftigt.«

Linda drehte sich wieder um in Richtung Bad. »Ihr seid doch nicht ganz dicht«, hörte ich sie murmeln.

Floyd ging nun zu meiner rechten Seite. »Und was hast du früher gemacht, beruflich meine ich?«

»Ich habe BWL studiert.«

»Oh, der Klassiker, um auf Nummer sicher zu gehen.«

»Ganz unrecht hast du da wohl nicht, aber es war einfach auch eines der zwei Studienfächer, die mich am meisten interessierten.«

»Und das andere?«

»Pharmazie.«

»Okay. Ehrlich gesagt ...« Ich konnte seiner Stimme anhören, dass er lächelte.

»Ja?«

»Wenn ich studiert hätte, dann wohl auch BWL.«

»Sieh an.«

»Ja. Übrigens, ich bin gleich fertig.«

Linda kam wieder aus dem Bad und nickte uns zu, als sie an der Küche vorbeiging. »Viel Spaß noch, ihr Freaks.«

Nachdem ich ihre Tür gehört hatte, fragte ich: »Und du denkst wirklich nicht, dass ich bescheuert bin? Wegen dieser Geschichte mit Zelda und so?«

»Nein.«

»Ganz einfach nein?«

»Ich denke überhaupt nicht, dass du bescheuert bist. Reicht das?«

»Na gut.«

»Hat sie selbst denn einen perfekten Obermacker?«

»Scheint so. Der perfekte Obermacker ist bildender Künstler und Möbelpacker. Aber sie leben nicht zusammen, seltsamerweise.«

»Vielleicht siezen sie sich auch noch, wie de Beauvoir und Sartre.«

Ich hob den Kopf. »Hast du mal was von denen gelesen?«

Floyd sah auf mich hinunter. »Sartre im Original. Auch wenn es angeberisch klingt, aber ich habe eine Schwäche für diese Sprache und habe als Hobby Französisch gelernt.«

»Sprichst du es noch?«

»Wenig. Ich habe kaum Gelegenheit dazu. Aber ich kann sagen *Voilà*.«

»Na, das kann ich auch.«

Floyd lächelte.

»Oh.« Ich fuhr mir mit den Händen durch die Haare, und sah ihn an. »Danke.«

»Bitte.«

»Ich spreche kein Französisch, ich habe in der Schule nur Latein gelernt.«

»Ah. Na dann, *carpe diem*.«

»Hm. Nutzen wir hier nicht eher die Nacht als den Tag?«

Wir sahen uns an.

»Aber es klang schön«, unterbrach ich die Stille.

»Sag noch etwas auf Französisch.«

»Was?« Er lachte. »Was soll ich denn sagen?«

»Lass dir was einfallen.«

Er überlegte kurz, dann sagte er: »*Je t'ai attendu trop longtemps.*«

»Was heißt das?«

»Find's doch raus.«

»Wiederhole es.«

»Später vielleicht.« Er sah mich lächelnd an, dann kam er etwas näher und fuhr mit den Fingern durch meine Haare. »Ich hab nicht zu viel abgeschnitten, hoffe ich.« Er glitt mit den Fingern meinen Hals entlang.

»Hast du das immer nach einem Haarschnitt so gemacht, um dein Trinkgeld aufzubessern?«

»Klar, was glaubst du denn.« Er lachte kurz auf und ließ von mir ab.

Ich stand auf und nahm einen Kugelschreiber aus der Schublade, dann zog ich die Zeitung aus der oberen Ablage und sagte: »Bitte sag es noch mal.«

»Was?«

»Diesen französischen Satz.«

Er schüttelte leicht den Kopf, lächelte aber dabei. *»Je t'ai attendu trop longtemps.«* Während ich schrieb, sagte er: »Ich garantiere aber nicht, dass das grammatikalisch korrekt ist.«

»Das macht nichts. Ich werde schon rausfinden, was das heißt.«

»Zeig her.« Er streckte den Arm nach meiner vollgekritzelten Zeitung aus. Widerwillig reichte ich sie ihm. Als er sich meine Notiz besah, fiel er vor Lachen vornüber auf den Tisch.

»Was ist?«, fragte ich. »Ich kann halt nicht Französisch schreiben.«

»Ist das geil«, hörte ich ihn sagen, während er langsam wieder hochkam, aber immer noch lachte.

Ich schnappte ihm die Zeitung aus der Hand und warf einen Blick darauf. Ich hatte es einfach so aufgeschrieben, wie ich es verstanden hatte: *Schötä otondü tro longtoo.* »Im Latein gibt es diese Verschnörkelungen halt nicht.«

»Das muss ein Segen für dich gewesen sein.«

Ich verbiss mir das Lachen und legte die Zeitung wieder auf die Ablage, dann holte ich Besen und Kehrschaufel aus dem Schrank unter der Spüle, um meine Aufregung und das Herzklopfen wieder ins Gleichgewicht zu bringen. Floyd nahm es mir aus der Hand und fing an, die Haare auf dem Boden zusammenzufegen. Ich sah ihm dabei zu und fragte mich, was gerade in seinem Kopf vorging. In meinem jedenfalls war das totale Chaos.

Ich ging in den Flur, um mich im Spiegel zu betrachten. Das hatte er richtig gut gemacht. Er hatte nur minimal gekürzt, aber noch ein wenig abgestuft, sodass mein Haar jetzt fülliger wirkte.

Als ich wieder in die Küche kam, stand er mit verschränkten Armen gegen die Spüle gelehnt. »Gefällt es dir?«

»Grandios.«

»Na ja«, meinte er amüsiert, »keine große Sache, das bisschen schneiden.«

»Ich finde es aber grandios.«

»Okay.« Floyd kam auf mich zu und nahm mein Gesicht in beide Hände. Er zog mich zu sich heran und küsste mich. Es war noch besser als auf der Hochzeit. Mir war, als drehte sich die Küche um uns herum und als würde ich nicht auf dem Boden stehen, sondern schweben. Als der Kuss vorbei war, wanderten seine Finger meinen Hals entlang nach unten. Er öffnete den obersten Knopf meiner Bluse, während er mir in die Augen sah. Floyd trieb die Spannung in unverschämte Höhen. Bis er am untersten Knopf angekommen war, konnte ich schon nicht mehr klar denken.

Nach einem weiteren leidenschaftlichen Kuss fragte er: »Gibt es vielleicht auch einen Raum, wo wir es bequemer haben?«

Eine Minute später waren wir im Schlafzimmer und als wir aufs Bett plumpsten, sagte ich: »Es ist für mich ...«

Er hob den Kopf und sah mich an. »Ist es das erste Mal für dich, Clea?«

»Witzig. Ich wollte nur sagen, es ist ... so lange her.«

»Umso besser. Da rutsche ich automatisch auf der Skala nach ganz oben.«

»Du bist blöd.«

»Und du bist wunderschön. Du bist mir seit unserer ersten Begegnung nicht mehr aus dem Kopf gegangen.«

»Du lügst.«

»Nein, es ist wahr.«

»Wie es aussieht, steht Spitzen schneiden doch für etwas anderes.«

»Halt jetzt die Klappe.«

»Okay, Chef.«

Als ich aufwachte, lag ich allein im Bett. Wo war Floyd hin? Machte er schon mal Kaffee? Mein Blick auf die Uhr ließ mich erstarren. Ich war dermaßen spät dran, dass ich es nur ohne Frühstück und Make-up noch pünktlich in die Arbeit schaffte! Ich sprang auf und lief ins Bad. Während ich unter der Dusche stand, dachte ich die ganze Zeit an Floyd. Es war so spät, er war wahrscheinlich schon längst im *Bean & Bake*. Aber warum hatte er mich nicht einfach geweckt?

Meine Gedanken wanderten wieder zu letzter Nacht. Was ich früher für Verliebtsein gehalten hatte, war rein gar nichts im Vergleich zu dem hier. Warum war Floyd mir erst jetzt begegnet? Und ich hatte meine Zeit mit den anderen vergeudet. Wie hießen sie noch? Bastian ... und so weiter halt.

War das Leben nicht total verrückt? Wenn ich nicht auf Marions Hochzeit gewesen wäre, wenn ich sie nicht gefragt hätte, wenn ich nicht zu Zelda gegangen wäre und sie mir Elias ... Ach ja, Elias. Hoffentlich würde er mit Yara zusammenkommen. Die beiden wären ein nettes Pärchen.

Ich stieg aus der Dusche, trocknete mich in Windeseile ab und griff in meinem Kleiderschrank nach den ersten Klamotten, die mir ins Auge fielen. Zehn Minuten später verließ ich das Haus.

In meiner Pause hatte mich Valerie geschminkt. Nachdem sie ihr Werk vollendet hatte – und sie hatte ein Wunder vollbracht, denn nachdem ich zwei Nächte kaum geschlafen hatte, sah ich aus wie Marilyn Manson – war ich einigermaßen zufrieden mit meinem Aussehen.

Den ganzen Vormittag hatte ich überlegt, wer des Französischen mächtig war, aber mir fiel niemand ein. Ich wusste nicht, wie man es schrieb, weshalb mir das Internet nicht weiterhelfen würde. Also rief ich Gesa an. Ich konnte nur hoffen, dass der Satz nicht irgendwie anzüglich war.

»Gesa, leider habe ich nicht viel Zeit. Kannst du mir einen Gefallen tun?«

»Ja?«

»Du hast doch bestimmt Aminatas Handynummer?«

»Brauchst du eine Putzfrau?«

»Nein. Ich habe einen französischen Satz, den sie mir übersetzen muss. Bitte.«

»Aha. Woher hast du denn diesen Satz?«

Ich ging nicht auf ihre Frage ein. »Kannst du sie bitte anrufen und fragen?«

»Na gut. Lass hören.«

Ich las meine stümperhafte Notiz vor und wiederholte sie dann noch mal. Es hätte mich interessiert, wie Gesa das aufschrieb. Wohl nicht schlimmer als ich, nahm ich an.

»Wahrscheinlich werde ich sie nicht gleich erreichen«, meinte Gesa, »weil sie samstags in Privatwohnungen arbeitet. Aber sobald ich es weiß, schicke ich dir eine Nachricht, okay?«

»Das wäre toll. Vielen Dank.«

»Bis dann. Tschüss.«

Als ich ins *Bean & Bake* kam, stand Floyd am Tresen und schrieb eine SMS. Warum schickte er eigentlich allen anderen Leuten Nachrichten außer mir? Er hatte mir noch keine einzige SMS geschickt, nicht einmal heute. Kein *Ich denke an dich* oder *Es war wunderbar mit dir,* keine Erklärung, warum er heute Morgen wortlos verschwunden war. Und jetzt stand er da und schrieb eine SMS – an wen? Wer konnte denn wichtiger sein als ich!? Gut, das hörte sich egomanisch an, aber ein *Ich denke an dich* oder *Es war wunderbar mit dir* dauerte eine Minute. So viel Zeit hatte doch jeder! Als ich eintrat, hätte ich meinen rechten Arm dafür gegeben, wenn ich gewusst hätte, an wen er schrieb, aber ich konnte kaum wie eine militante Ehefrau Rechenschaft verlangen.

Floyd sah mich, lächelte und legte das Handy in die Schublade. »Hallo, Clea.«

»Hallo«, antwortete ich pikiert.

»Alles klar?«

Ich fing an, mich umzuziehen. »Was? Aber sicher ist alles klar.«

Floyd kam einen Schritt näher. »Sieht aber nicht so aus.«

Ich sagte nichts, sondern holte meinen Geldbeutel und meine Schürze aus der Tasche.

»Sieh mich an«, forderte er mich auf.

Ich sah ihn an.

»Wenn es deshalb ist, dass ich gegangen bin ... Du weißt doch, dass ich hier morgens aufsperren muss.«

»Klar weiß ich das.«

»Also?«

»Also was?«

»Warum bist du so zickig?«

»Zickig?« Meine Stimme hörte sich schrill an.

Elias, Yara und zwei junge Frauen kamen auf uns zu und unterbrachen unser Gespräch. Yara erklärte, dass die beiden sich auf die Annonce gemeldet hatten und heute zum Probearbeiten da waren. Die beiden Frauen gaben mir die Hand und stellten sich vor, aber ich war zu unkonzentriert, um mir die Namen zu merken. »Dann sind wir heute zu fünft?«, fragte ich.

Yara nickte. »Ich habe ja zu Floyd gesagt, er soll dir oder Elias absagen. Aber Elias hatte sein Handy ausgeschaltet und bei dir hat er gesagt, dass du kommen musst, weil du das Entlassungsschreiben unterschreiben musst. Sonst kriegt er Ärger mit Meixner, dem alten Arschloch.«

Die beiden neuen Kräfte sahen betreten zu Yara und lächelten verunsichert.

Floyd, der Pragmatiker. Nur deswegen sollte ich kommen, weil ich das Formular unterschreiben sollte? Hätte er nicht etwas Nettes über mich sagen können, zum Beispiel »Ach nein, ist doch schön, wenn sie heute noch kommt«?

Er war verkorkst. Zelda hatte recht gehabt. Mit ihm würde es nie einfach sein. Er schaffte es ja nicht einmal, eine SMS zu schreiben. Ich spürte die Tränen aufsteigen, nahm mich aber zusammen und sagte zu Floyd: »Leg schon mal das Papier her, das ich unterschreiben muss. Ich will mich nur schnell von Pepe verabschieden.« Auf dem Weg zur Küche spürte ich die Blicke der anderen im Nacken. Als ich die Küchentür aufmachte, saß Pepe auf einem Stuhl und starrte verträumt zur Decke.

»Ich wollte nur Tschüss sagen.«

»Was?« Er stand auf. »Ich dachte, du arbeitest heute noch.«

»Nein.« Ich gab ihm die Hand. Er ergriff sie, beinahe behutsam und sagte: »War nett mit dir, Sahneschnittchen.«

Ich lächelte gequält. »Pass auf dich auf, Pepe.«

»Hey, ich hab jetzt 'ne Braut, die auf mich aufpasst. Alles klar?«

Ich nickte und lächelte ihn an. Dann ging ich aus der Küche.

Yara stand an der hinteren Kasse und erklärte den beiden Neuen die verschiedenen Kaffeekreationen. Ich holte ein Kärtchen aus meiner Hosentasche und reichte es Yara. Sie nahm es überrascht entgegen und fragte: »Was ist das?«

»In diesem Unternehmen habe ich gearbeitet. Ich habe noch immer einen guten Draht zu den Leuten dort. Vor ein paar Tagen habe ich mit dem Produktionsleiter gesprochen. Du hast ein Bewerbungsgespräch am Mittwoch um dreizehn Uhr.«

Sie sah mich mit offenem Mund an.

»Clea«, sagte sie bloß.

»Hör zu, du wirst natürlich erst mal ganz unten anfangen und somit auch nicht allzu viel verdienen. Das heißt, die erste Zeit könntest du hier vielleicht noch nebenbei als Aushilfe arbeiten. Aber wenn du fleißig und zuverlässig bist, kannst du es bei *Bionatura* zu etwas bringen.«

Yara ging auf mich zu und umarmte mich. Sie drückte so fest zu, dass ich kaum noch Luft bekam.

»Jetzt übertreib doch nicht so. Es war doch nur ein Telefongespräch.«

Sie ließ mich los. »Das ist so wahnsinnig nett von dir!« Dann zeigte sie mit beiden Händen auf mich und rief laut durch den Laden: »Ich liebe diese Frau!«

Nun musste ich, trotz meiner misslichen Lage, doch ein wenig lachen.

Elias kam auf mich zu und nahm mich in die Arme. »Du wirst mir fehlen.«

»Ach, wie nett«, murmelte ich so vor mich hin. »Ich werde euch auch vermissen.«

Als ich nach vorne ging, war Floyd hinter der Theke an die Ablage gelehnt – und funkelte mich an. Seine Stimmung hatte umgeschlagen, das war nicht zu übersehen. Ich sah das Formular auf dem Tresen liegen. »Hast du einen Stift?«, fragte ich in geschäftsmäßigem Ton.

Er stieß sich ab, öffnete eine der Schubladen und knallte mir den Stift auf den Tresen.

Ich unterschrieb und schob ihm das Formular zu. Er

nahm es und legte es in die Schublade, wobei er mich die ganze Zeit über nicht aus den Augen ließ.

»Na dann, alles Gute.« Ich wollte nicht, dass es so endete, und ich wollte ganz sicher nicht, dass das Letzte, was ich zu ihm sagte, dieser lieblos dahingeschmetterte Satz war. Aber wenn ich noch weitersprach, würde ich in Tränen ausbrechen.

»Warum führst du dich auf wie ein Arschloch?«, fuhr er mich an.

»Was? Ich? Das soll doch wohl ein Witz sein.«

Er ging mit schnellen Schritten um die Theke herum, packte mich nicht gerade sanft am Arm und schob mich nach draußen in die Einfahrt neben dem Coffeeshop. Erst jetzt ließ er mich los. »Was soll der Scheiß?«

»Welcher Scheiß denn?«

»Warum bist du hier so angepisst aufgetaucht?«

»Also gut, du willst es wissen?«, rief ich nicht weniger laut als er. »Wie es aussieht schreibst du ständig irgendwelche Nachrichten an irgendwelche Leute und telefonierst herum. Mir hast du noch keine einzige Nachricht geschrieben, nicht einmal heute, nach … nach letzter Nacht. Und nach der Hochzeit und dem Kuss hast du nicht angerufen.«

Floyd sah mich fassungslos an. »Das ist dein Problem?«

»Soll ich es noch mal wiederholen, oder wie?«

»Der einzige Mensch, dem ich auf dem Handy Nachrichten schicke, ist meine Tochter. Und das liegt daran, weil ich sie selten sehe. Sie war im Krankenhaus und ist immer noch krankgeschrieben, deshalb schreibe ich ihr zurzeit öfter.«

»Oh.«

»Und mit wem telefoniere ich denn schon großartig? Mit den Lieferanten und Meixner. Jaaa, ich gebe es zu, ich habe was am Laufen mit den Lieferanten. Und wieso sollte ich dich nach der Hochzeit anrufen? Es gab doch nichts zu besprechen. Ich konnte es kaum erwarten dich zu sehen, und wenn du hier nicht gearbeitet hättest, dann hätte ich dich auch angerufen, um mich mit dir zu treffen. Außerdem habe ich dich auf der Feier gefragt, ob wir danach noch irgendwo hingehen, und *du* warst diejenige, die mich abgewiesen hat.«

Ich war einen Moment ganz still. Wie konnte ich nur so überreagieren? »Es tut mir leid«, sagte ich leise. »Aber du warst heute Morgen einfach verschwunden. Und wolltest du wirklich, dass ich heute nur wegen dem Entlassungsbescheid komme?«

»Clea.« Er rieb sich die Augenlider. »Du meinst, es wäre eine prima Idee gewesen, meinen Angestellten zu sagen, ich will dir nicht absagen, nur um dich zu sehen und dich um mich zu haben? Du hast doch auch Angestellte. Würdest du dir verträumt eine Strähne um den Finger wickeln und ihnen mitteilen, wie verliebt du bist?«

Ich riss meinen Kopf hoch und sah Floyd direkt in die Augen. Verliebt. Er wollte nicht nur mit mir spielen. Er war also tatsächlich verliebt in mich.

»Das, was du gerade abgezogen hast, Clea, dass du ohne triftigen Grund einfach abhaust, wäre ein Grund, dich zum Teufel zu schicken.«

»Was?«, flüsterte ich.

»Ich meine das ganz ernst. Du hast mich vor dem Personal

denunziert und mit mir geredet, als sei ich dein Handlanger.«

»Es tut mir leid«, sagte ich noch einmal.

»Das wäre ja noch schöner«, sagte er laut, »wenn dir das nicht leidtun würde.« Damit ließ er mich stehen und ging.

26

Ich weiß nicht, wie lange ich noch so dastand. Irgendwann setzte ich mich in Bewegung und ging ziellos durch die Straßen. Ich kam zu einem kleinen Café und bestellte mir auf der überdachten Terrasse einen Kaffee. Mir fiel ein, dass ich immer noch Zigaretten in dieser Handtasche haben musste, die ich immer ins *Bean & Bake* mitnahm, obwohl ich dort nie rauchte. Meine alte, vertraute Jimmy-Choo-Tasche. Ich hatte sie mir als Trost gekauft, als mit Christian Schluss war. Das war mindestens hundert Jahre her. Wenn nicht noch länger. Ich zündete mir eine Zigarette an und lehnte mich zurück.

Scheiße. Warum hatte ich mich nur so aufgespielt? Diese Ungewissheit, wem er schrieb, und die Tatsache, dass er heute Morgen ohne Nachricht verschwunden war, hatten mich wahnsinnig gemacht. Aber warum hatte ich mich da so hineingesteigert? Und natürlich hatte er recht damit, dass ich mich wie eine Halbwüchsige verhielt.

Aber ich war weder halbwüchsig noch dumm. Ich war einfach nur so verliebt wie noch nie. Warum konnte ich nicht so cool damit umgehen wie er und mich weiterhin wie ein normaler Mensch benehmen? Von wegen verkopft. Ich war mit Floyd alles andere als verkopft. Ich hatte vielmehr meinen Kopf verloren. Aber wie es aussah, wahrscheinlich auch Floyd gleich noch dazu.

Ich musste mit jemandem sprechen.

Ich rief Johanna an. Sie wirkte gar nicht überrascht.

»Hast du ein bisschen Zeit?«, fragte ich.

»Hm, die Küche gleicht einem Schlachtfeld und Daniel hat keine sauberen Socken mehr. Also ja, ich habe Zeit.«

Ich erzählte ihr, was vorgefallen war. »Ich glaube, er will mich nie mehr wiedersehen«, schloss ich.

»Ich kenne ihn ja nicht, aber lass uns das doch mal nüchtern betrachten. Wie wütend war er genau?«

»Sehr wütend.«

»Das ist schon mal schlecht. Was hat ihn am meisten wütend gemacht?«

»Dass ich vor seinen Leuten seine Autorität untergraben habe. Na ja, ich glaube den Vorwurf mit dem Anrufen fand er auch Mist. Und dass ich glaubte, er würde nur wollen, dass ich wegen dem Formular komme … Keine Ahnung. Wahrscheinlich alles zusammen.«

»Tja, Clea. Hättest du mal diesen Elias genommen. Der ist nicht so ein Testosteronbrocken.«

»Ich will nie wieder jemand anderen, Johanna. Wenn ich mir vorstelle, dass ich das heute alles kaputt gemacht habe, dann könnte ich durchdrehen.«

»Du könntest dich entschuldigen.«

»Ich habe ihm schon gesagt, dass es mir leidtut.«

Johanna überlegte eine Weile. »Entschuldigungen sind ja gut und schön, aber die können auch nicht alles kitten. Weißt du was? Lass mal ein paar Wochen vergehen, bis er sich beruhigt hat, dann ruft er dich vielleicht an und …«

»Ein paar Wochen? Bist du wahnsinnig?«

»Wow, du bist ja brutal von der Rolle.«

»Soll ich ihn anrufen?«

»Schick ihm lieber eine SMS. Aber noch nicht, erst in ein paar Tagen.«

»Findest du das auch so furchtbar schrecklich, wie ich mich benommen habe?«, fragte ich.

»Na gut, du hast dich blöd verhalten. Aber dann hast du gesagt, dass es dir leidtut. Das kann er zur Kenntnis nehmen, und wenn ihm etwas an dir liegt, wird er diese Tatsache gerne zur Kenntnis nehmen. Dein Verhalten war zwar überzogen, aber nicht unverzeihlich.«

»Danke.«

»Vielleicht dauert es auch nicht ein paar Wochen.«

»Ja«, presste ich hervor. »Vielleicht höre ich auch nie wieder etwas von ihm.«

»Jetzt hör schon auf. Wenn er so ein eitler Kerl ist, der nicht verzeihen kann, dann hast du ihn nicht verdient.«

»Da hast du wohl recht«, sagte ich, war aber nicht überzeugt.

»Übrigens, willst du nächsten Sonntag zu uns zum Grillen kommen?«

»Mal sehen. Aber danke schon mal für die Einladung.«

Nachdem wir uns verabschiedet hatten und ich das Gespräch beendete, sah ich, dass in der Zwischenzeit eine Nachricht von Gesa eingegangen war. Ich las:

Aminata sagt, der Satz heißt: Ich habe lange auf dich gewartet.

Ich las dieses *Ich habe lange auf dich gewartet* etwa acht-, neunmal hintereinander. Nur mit Mühe gelang es mir, die Tränen zurückzuhalten.

Ich hatte die letzten beiden Nächte kaum geschlafen und war total übermüdet, aber auch in dieser Nacht wälzte ich mich hin und her. Mein Kissen roch nach ihm, und ich schnupperte wie eine Bescheuerte immer wieder daran.

Irgendwann um vier oder fünf Uhr morgens schlief ich doch ein und träumte, dass Zelda mich durch einen Irrgarten jagte. Keuchend lief ich umher und fand schließlich den Ausgang. Dort wartete Floyd auf mich, und ich lief ihm in die Arme. Er gab mir einen Kuss auf die Wange und sagte: »Jetzt ist alles gut.«

Um neun Uhr wachte ich auf, und der Traum saß mir immer noch auf der Seele. Von wegen. Nichts war gut.

Ich hatte ihm am Abend noch eine SMS geschickt, mit dem Text: *Es tut mir leid, habe überreagiert. Es wäre gut, wenn wir darüber sprechen könnten.*

Mein Handy piepste. Ich sprang aus dem Bett, so schnell, dass mir etwas schummrig wurde. War es Floyd? Schickte er mir eine Antwort? Vielleicht: *Ich würde dir alles verzeihen* oder *Hauptsache, wir haben uns gefunden.* Nein, das passte nicht so ganz zu ihm. Jede Nachricht war mir recht, solange sie nur von Floyd war.

Ich blickte auf das Display. Linda. Meine Enttäuschung darüber war so groß, dass ich den Kopf sinken ließ. Ich setzte mich aufs Bett und las die Nachricht:

Hör bitte unbedingt zwischen 10:00 und 10:15 RockMetalRadio. Ist echt wichtig! Unbedingt!!! Bitte bestätige diese SMS!

Ja, ja. Wahnsinn wichtig, ganz bestimmt sogar. Wahrscheinlich hatte sie wieder eine Independent Metal Band entdeckt und wollte, dass ich ihren besten Song aus ihrem ersten Album hörte. Deswegen hatte sie mich schon mal an einem Sonntag aus dem Bett gefegt.

Also gut, meinetwegen. Ich hatte an diesem verdammten Sonntag eh nichts vor. Also bestätigte ich: *Okay.*

Kurz danach kam wieder eine Nachricht von ihr:

Du wirst es nicht bereuen! Ich tue etwas, das ich eigentlich nicht darf, aber okay.

Ich glaubte ihr ja, dass die Jungs ganz tolle Musik machen. Vielleicht hatte Bastian einen zweiten Hit gelandet und sie dachte, dass mich das wahnsinnig interessierte. Tat es nicht.

Gerädert schleppte ich mich in die Küche und ließ die Kaffeemaschine an. Danach schaltete ich das Radio an und ging mich umziehen. Mein Blick in den Spiegel erschreckte mich fast zu Tode. Ich legte Make-up auf, um den Schaden wenigstens ein bisschen zu begrenzen.

Als ich später bei meiner zweiten Tasse Kaffee war und gerade den Wirtschaftsteil in der Zeitung las, hörte ich Lindas Stimme.

»Das war *Stairway to Heaven,* von den Meistern, Led Zeppelin.«

Ich sah zur Uhr über der Küchentür. Es war fünf Minuten nach zehn. »Mach schon, Linda«, murmelte ich vor mich hin. »Was gibt es Großartiges?«

»Tja, wie ihr wisst, meine Lieben, erfüllen wir am Wochenende keine Hörerwünsche. Aber diesmal muss ich eine Ausnahme machen.«

»Ach was«, murmelte ich vor mich hin und nahm einen Schluck Kaffee.

»Da wünscht sich ein Floyd eine Nummer von Pink Floyd. Und der heißt wirklich so.«

Ich hielt immer noch die Tasse in der Hand und starrte geradeaus.

»Das alleine rechtfertigt schon die Ausnahme. Und er widmet das Lied einer Frau namens Clementia. Ich meine, Floyd und Clementia – die beiden sind doch schon genug gestraft, da kann ich doch diesen Wunsch nicht ablehnen. Hier also von Floyd für Clementia: *Wish You Were Here*. Und ich soll der lieben Clementia ausrichten, dass sie den Titel des Songs bitte wörtlich nehmen soll.«

Das Lied fing an und ich konnte mich nicht rühren. Es war, als hätte mir jemand gleichzeitig eine Beruhigungsspritze und ein Aufputschmittel verabreicht. Das Lied war so schön. Und ich war so glücklich. Er hatte Linda angerufen und sich das Lied für mich gewünscht. Ich sollte es wörtlich nehmen. Er wollte mit mir zusammen sein. Als das Lied zu Ende war, scrollte ich mit zitternden Händen durch mein Telefonbuch, bis ich Floyds Nummer fand. Ich drückte auf den Knopf und konnte es kaum erwarten, dass es klingelte. Er meldete sich nach dem zweiten Klingeln. »Hallo?«

»Hier ist Clea.«

»Ich weiß. Ich hab deine Nummer gespeichert.«

Drei Sekunden Schweigen.

»Du – hast dir das Lied für mich gewünscht?«

»Ja.«

Ich beschloss, mit einer Prise Humor weiterzumachen: »Aber du hast nicht angerufen!«

Es klackte. Er hatte aufgelegt. »Neeeein!?«, rief ich. »Es war doch nur ein Scherz!« O Gott, ich wollte doch nur … O mein Gott! Ich legte das Handy auf den Küchentisch und fragte mich, wer von uns beiden den größeren Knall hatte. Das Handy klingelte. Ich sah aufs Display. Es war Floyd!

»Hallo?«, meldete ich mich aufgeregt.

»Okay, ich hab jetzt angerufen.«

»Äh … Du bist bescheuert.«

»Kann sein.«

»Ich bin froh, dass du angerufen hast. Also, das mit dem Radio, das war echt Wahnsinn.«

»Ja?«

»Ja. Und das, was ich gestern getan und gesagt habe, würde ich rückgängig machen, wenn ich könnte. Aber ich kann es nun mal nicht.«

»Wir sollten das vergessen.«

»Kannst du das?«

»Was denn?«

»Oh, gut. Sehr anschaulich übrigens.«

»Hast du heute schon was vor?«

Ob ich heute schon etwas vorhatte? Selbst wenn ich vorgehabt hätte, die Welt vor Aliens zu retten, würde ich das absagen. »Nein. Und du wünschtest dir wirklich, ich wär bei dir?«

»Du bist schon ganz nah bei mir.«

»Bitte was?«

»Mach deine Haustür auf.«

Mit dem Handy in der Hand ging ich zur Haustür. Als ich aufmachte, stand er da. Er hatte auch sein Handy am Ohr.

»Ich finde, du solltest reinkommen«, sagte ich in den Hörer.

»Ich leg jetzt auf«, sprach er in sein Handy, dann schob er es in seine Jacke.

Leise schloss ich die Tür hinter ihm, dann kam er auf mich zu und nahm mich in die Arme. »Ich kann nicht aufhören, an dich zu denken«, sagte er leise.

»Dito.«

»Nein, ich bin's, Floyd.«

Ich lachte. »Du bist echt blöd.«

»Wollen wir den Tag zusammen verbringen? Danach könnten wir Spitzen schneiden.«

»Ich glaube, ich werde nie wieder zum Friseur gehen können, ohne rot zu werden.«

Er sah mir ins Gesicht. »Du musst doch ab jetzt nicht mehr zum Friseur. Ich werde dir die Spitzen schneiden. Wann du willst und so oft du willst.«

»Floyd?«

»Ja?«

»Ich kann's nicht fassen.«

»Was?«

»Du hast angerufen.«

Er kam mit seinem Gesicht ganz nah an meines, gab mir einen leichten Kuss auf den Mund und sagte: »Oh, Clea. Du bist echt ein Unikat.«

Drei Monate später

Zelda sah mich über ihren Schreibtisch hinweg mitleidig an. Alois hatte mich gerade schon am Eingang gefragt, ob ich »immer no koan Mo gfundn« hätte. Diesen Termin hatte ich nur bekommen, weil eine Seidenmalerei-Kundin abgesagt hatte. Wie es aussah, liefen die Geschäfte dank Mundpropaganda und Zeldas Rabattaktion.

Zelda räusperte sich. »Was kann ich für dich tun, Goldie? Willst du jetzt doch den Typen in Sibirien?«

Ich schüttelte lächelnd den Kopf. »Davon kann keine Rede sein.«

»So? Warum wolltest du dann diesen Termin?«

Ich langte in meine Handtasche und nahm einen großen Umschlag heraus. »Ich sollte Sie doch auf dem Laufenden halten?«

»Ja.«

»Und ich hatte doch mal versprochen, mich erkenntlich zu zeigen, wenn ich meine wahre Liebe finden würde.«

»So ist es.« Offenbar hatte ich Zeldas Interesse geweckt, denn sie saß plötzlich kerzengerade und starrte auf den Umschlag. »Das ist aber ein großer Tausendeuroschein, den du da drin hast.«

»Ich habe mich für etwas Persönlicheres entschieden.«

»Hm«, machte sie missmutig. Als ich den Umschlag auf den Tisch legte, griff sie sofort danach und zog die Blätter heraus.

»Es ist ein verlängertes Wochenende in Paris«, sagte ich. »Vier Nächte in einem neu renovierten Drei-Sterne-Hotel. Flug zweiter Klasse. Ist das in Ordnung für Sie, Zelda?«

Sie ließ die Papiere und den Umschlag fallen. »Ob das für mich in Ordnung ist?«, wiederholte sie ungläubig. »Das ist das Netteste, das je eine meiner Kunden für mich getan hat.«

Es rührte mich, wie überwältigt sie war. »Ich hoffe, Sie haben eine schöne Zeit dort. Übrigens habe ich nur für Sie gebucht. Die Reise ist also ohne Alois.«

»Ein Grund mehr, dir dankbar zu sein.«

Ich grinste. »Dachte ich mir schon.«

»Das ist wirklich sehr nett von dir, Clea.« Es war das erste Mal, dass sie mich beim Vornamen nannte. »Vielen Dank.«

»Sehr gerne.«

»Du hast den Pump genommen, stimmt's?«, sagte Zelda plötzlich.

»Ja.« Ich grinste. »Der Filzpantoffel ist jetzt mit Yara zusammen, die auch in diesem Café gearbeitet hat.«

Nachdem Yara sich mit Elias überhaupt keine Hoffnungen mehr gemacht und ihn bei seinen Besuchen im *Bean & Bake* daher nicht mehr umschwärmt hatte, hatte er angebissen und Yara angerufen. Yara arbeitete im *Bean & Bake* nur noch zweimal pro Woche als Aushilfe. Wie es aussah, lief es bei *Bionatura* richtig gut, und sie würde nach der Probezeit dort Vollzeit arbeiten. Sowohl in Yara als auch in Johanna hatte ich inzwischen enge Freundinnen. Floyd störte es zum Glück nicht, dass ich durch die Freundschaft mit Yara hin und wieder auch Elias begegnete. Floyd war ohnehin anders als alle Männer, die ich bis dahin gekannt hatte. Genau wie seine Freunde Ben (ein Koch, den er in dem

Schwabinger Schickimicki-Laden kennengelernt hatte) und David (ein Pilot, den Floyd seit der Schulzeit kannte). Ich fand sie sehr nett, und besonders mit Davids Frau verstand ich mich auf Anhieb.

Mit Floyd hatte ich eine ganz neue Seite an mir entdeckt. Ich war viel toleranter und gelassener geworden.

Wenn ich etwa Floyd nach einem intensiven Styling fragte, wie ich aussah, sagte er einfach nur: »Gut.« Wenn ich ihm sagte, er könne vielleicht aufhören zu rauchen, meinte er: »Könnte ich, klar.«

Wenn ich sagte, dass ich mir ständig Sorgen machte, wenn er mit der Maschine unterwegs war, sagte er: »Ich pass schon auf mich auf.«

Wenn ich mir mit ihm einen Liebesfilm ansah, schlief er auf der Couch ein. Sein favorisierter Schauspieler war Samuel L. Jackson und sein Lieblingsregisseur Quentin Tarantino. Nun ja, das war ziemlich weit weg von meiner Vorstellung eines netten Filmabends.

Aber das alles war mir egal. Es waren Nebensächlichkeiten, die ich früher für Kriterien einer gelungenen Beziehung gehalten hatte. Zelda hatte recht gehabt. Mit Floyd war es nervenaufreibend, herausfordernd, aufregend … und ich war das erste Mal wirklich glücklich! Oft erwischte ich mich, wie ich blöd grinsend vor mich hinstarrte. Einfach so. Wenn ich auf die Uhr sah, rechnete ich jedes Mal, wie lange es noch dauerte, bis wir uns abends sehen würden. Ich hatte viel Spaß mit ihm, und wir lachten viel, und auch wenn mich sein Humor manchmal in den Wahnsinn trieb, liebte ich ihn doch unglaublich. So fand ich eines Morgens einen Zettel auf dem Küchentisch, auf dem stand:

Ich ruf dich an, moo Scherie.
PS Ich schreibe, wie man's spricht, damit auch du es verstehst.

Er kaufte mir eine Motorradjacke, und einmal holte er mich mit der Maschine von der Arbeit ab. Johanna war beeindruckt und Valerie sah ich durchs Schaufenster, wie sie sich bekreuzigte und uns ungläubig nachsah.

Die Wohnung hatte ich jetzt wieder für mich. Linda war vor sechs Wochen ausgezogen, um endlich ihren eigenen Weg zu gehen. Sie zog mit ihrer Kollegin zusammen, für die nach der Scheidung die Wohnung zu groß geworden war. Bei ihrem Auszug schenkte ich ihr meine Prada-Pumps, die ich nur einmal bei der Hochzeit getragen hatte. Bevor Linda durch die Tür verschwand, sagte sie mir, dass sie mich liebte. Das hatte mich sehr berührt, denn Linda war nicht unbedingt jemand, der mit solchen Gefühlsäußerungen um sich warf.

Julia hatte ich nicht wiedergesehen, und ich vermisste sie auch nicht. Wir hatten uns dann einfach nicht mehr angerufen. Julia hatte zu meinem damaligen Leben gepasst, aber nicht mehr zu dem jetzigen. Manche Menschen kreuzen deinen Weg zum richtigen Zeitpunkt, und manchmal ist dieser Zeitpunkt einfach vorbei.

Gesa und ich waren in Erfurt. Schließlich hatte ich mir das Reiseziel aussuchen können. Sie war darüber mehr als erstaunt und wollte natürlich wissen, warum ausgerechnet Erfurt. Auf unserer Reise erzählte ich Gesa meine Geschichte. Eigentlich hatte ich angenommen, dass sie bereits ahnte, dass ich nicht von einer Kundin, sondern von mir selbst gesprochen hatte. Aber ihrer Reaktion nach zu urteilen, war sie gar nicht auf diese Idee gekommen. Sie hatte es besser aufgenommen, als ich erwartet hatte, und gemeint, Hauptsache, ich sei glücklich. Und das war ich. Gesas Freund, der Anwalt, war nicht unbedingt mein Fall. Er sprach nicht viel, aber wenn er es tat, dann war er in allem unglaublich nüchtern und abwägend. Er hatte keinen Sinn für Humor, aber er sprach mit Gesa überaus respektvoll und galant, was ihr wohl imponierte.

Mir hatte es mit Gesa in Erfurt gut gefallen. Ich weiß nicht, ob die Tatsache, dass Floyd dort aufgewachsen war, etwas damit zu tun hatte.

Gesa und Floyd waren nicht das ideale Schwiegermutter-Schwiegersohn-Gespann, weil sie beide ihren eigenen Kopf hatten und sich gegenseitig nicht mit Argumenten und schlagfertigen Antworten schonten. Aber das war mir egal. Ich liebte meine Mutter, und ich liebte Floyd – und sie beide mussten sich nicht gegenseitig lieben. So sah ich das. Und wie ich ihn liebte! So sehr, dass ich mir die typische Verliebtheitsfrage stellte: Wie hatte ich es nur neununddreißig Jahre ohne ihn ausgehalten? Vor Kurzem hatte ich mich dazu durchgerungen, ihn zu fragen, ob er sich vorstellen könnte, noch ein Kind zu haben. »Ja, kann ich«, hatte er gesagt. »Eigentlich möchte ich gerne noch ein Kind, und diesmal auch ein richtiger Vater sein. Aber vielleicht warten wir noch ein paar Monate, bis wir beide beruflich zur Ruhe gekommen sind.« Floyd hatte einen Laden in einem Neubaugebäude gefunden, und in drei Wochen sollte die Neueröffnung sein. Er hatte vor zwei Wochen bei *Bean & Bake* gekündigt und verbrachte die Tage jetzt mit der Einrichtung seines neuen Geschäfts.

Mein neues, größeres Studio würde nächste Woche fertig sein. Ich hatte zwei neue Angestellte gefunden. Valerie war nun zu meiner Stellvertreterin aufgestiegen, und Johanna würde von nun an fünf Stunden pro Woche mehr arbeiten. Sie bekam von mir eine Lohnerhöhung und konnte so die Kinderbetreuung finanzieren. Johanna schien zufrieden. Als ich sie bei ihr zu Hause mit den Kindern erlebte, schmolz beinahe mein Herz. Die Art, wie sie mit ihnen sprach und wie sie ihre Kinder ansah, zeigte mir eine ganz andere Johanna. Man spürte, wie sie ihre Kinder liebte und wie viel sie ihr bedeuteten.

»Und?«, unterbrach Zelda meine Gedanken. »Ist er es? Der perfekte Partner?«

Ich lächelte. »Was heißt schon perfekt? Er ist nicht perfekt, und ich bin es auch nicht. Aber ich denke den ganzen Tag nur an ihn und will nie wieder einen anderen.«

»Na, das klingt doch perfekt, Goldie.«

Ich nickte und sah sie an. »Danke für alles.«

»Keine Ursache.«

Ich ergriff den Henkel meiner Handtasche und stand auf. »Ich muss gehen. Er wartet unten auf mich.«

»Ach? Kann ich ihn vom Fenster aus sehen?«

Wir standen gleichzeitig auf. Zelda klackte mit ihren High Heels Richtung Fenster. Ich ging ihr nach und wir beide sahen zur Straße hinunter. Floyd saß auf dem Beifahrersitz meines Autos (ich musste Gesa versprechen, dass ich in meinem Auto nie auf die Beifahrerseite wechseln würde) und hatte den Arm zum Fenster hinausgelehnt.

»Ist er nicht traumhaft?«, flüsterte ich.

Zelda sah mich von der Seite an. »Na ja, ich seh ja nur

den Arm, aber der ist ganz große Klasse, ja.« Dann schmunzelte sie vor sich hin.

Zum Abschied umarmte sie mich. Es war ein bisschen schwierig, sie in den Arm zu nehmen, weil sie mir trotz ihrer hohen Schuhe nur bis zur Brust ging. »Alles Gute, Zelda.«

Fünf Minuten später machte ich die Tür zu meinem Auto auf und nahm hinter dem Steuer Platz. Floyd sah mich an.

»Sie hat sich sehr gefreut«, erzählte ich.

Er lächelte. »Gerade lief dieses Lied von deinem Exfreund im Radio.«

»Ach ja?«

»Der hat dich überhaupt nicht gekannt, Clea, sonst hätte er dich nie so gesehen. Der Rhythmus ist zwar fetzig, aber der Text ist weinerlich und voller Selbstmitleid.«

»Was soll ich sagen? Das hör ich gerne aus deinem Mund.« Ich lachte leise. »Aber ich habe mich auch verändert.«

Floyd nickte einsichtig. »Ich habe überlegt, ob es irgendetwas gibt, auch nur annähernd, das mich an dir stört. Aber da ist so absolut nichts. Ich meine, wirklich nichts.«

»Na ja, wir sind gerade in einer Rauschphase. Ich glaube, das eine oder andere wird schon noch kommen.«

Floyd zog mich zu sich heran. »Meinst du?«

»Bestimmt.«

»Es spielt keine Rolle mehr.« Er umarmte mich und flüsterte mir ins Ohr: »Wir werden mit allem fertig.«

Danksagung

Ein großer Dank geht an meine Kolleginnen und Kollegen aus der Gastronomie. Mit euch zu arbeiten war eine Freude. Ihr habt mich inspiriert! In diesem Zusammenhang muss ich erwähnen: Die Handlung bzw. der Schauplatz in diesem Roman sind natürlich frei erfunden.

Mein kritischer und aufmerksamer Testleser: Milan, mein wunderbarer Mann. Danke für die wertvollen Anmerkungen und die interessante Männer-Perspektive. Frau lernt nie aus …

Ich danke an dieser Stelle besonders den Singles unter meinen Freundinnen, die mir ihr Herz darüber öffnen, wie schwer es ist, den Mann fürs Leben zu finden. Eine von ihnen drückte es so aus: »Die Männer fürs Leben sind entweder schwul, bereits tot oder außer Landes.« Mein Gedanke war: Außer Landes? Was für eine gute Idee für einen Roman!

Es ist einfach wunderbar, eine Freundin wie Dani zu haben, die beim Lesen deines Buches eine SMS schickt mit den Worten: *Ich liebe dein Buch und wische mir gerade die Lachtränen aus dem Gesicht!*

Für die großartige Zusammenarbeit mit dem Diana Verlag kann ich mich gar nicht genug bedanken, besonders bei meiner Lektorin Carolin Klemenz.

Last but not least: Meinem Agenten Dr. Harry Olechnowitz ein großes Dankeschön für die hilfreichen Tipps und die freundliche Unterstützung!

FRANZISKA STALMANN

Das Herz hat viele Zimmer

Alla Junge ist Übersetzerin und mit Ende vierzig glückliche Ehefrau und Mutter zweier fast erwachsener Söhne. Bis sie sich verliebt. Hals über Kopf und gegen ihren Willen – in den zehn Jahre jüngeren Matthias, für den sie sogar ihren Mann verlässt. Gemeinsame Freunde meiden sie nun, ihre Söhne gehen auf Distanz. Und Alla muss um ihre neue Liebe kämpfen. Als sie ihre demenzkranke Mutter zu sich holt, wachsen ihr die Probleme über den Kopf. Zum Glück gibt es noch die besten Freundinnen Anne und Elisabeth, die erst alles besser wissen und dann mithelfen, dass Alla wieder ihren Platz im Leben findet.

Eine Geschichte über die große Liebe, kleine Wunder und die Kraft der Freundschaft

978-3-453-35739-6

www.diana-verlag.de

Diana Verlag